Best Time

白马时光

TELL ME
YOU'RE
MINE

〔瑞典〕伊丽莎白 · 诺利贝克 著

罗琳 译

斯特兰德庄园

天津出版传媒集团
百花文艺出版社

图书在版编目（CIP）数据

斯特兰德庄园 /（瑞典）伊丽莎白·诺利贝克著；罗琳译 .— 天津：百花文艺出版社，2020.5
ISBN 978-7-5306-7826-8

Ⅰ.①斯… Ⅱ.①伊… ②罗… Ⅲ.①推理小说－瑞典－现代 Ⅳ.① I532.45

中国版本图书馆 CIP 数据核字（2019）第 265475 号

天津市版权局著作权合同登记章
图字 02-2019-365

斯特兰德庄园
SITELANDE ZHUANGYUAN
〔瑞典〕伊丽莎白·诺利贝克 著 罗 琳 译

特约策划： 王俊艳　　**封面设计：** 林 丽
责任编辑： 安子宁 苏 依　　**特约编辑：** 石 雯
出版发行： 百花文艺出版社
地址： 天津市和平区西康路 35 号　**邮编：** 300051
电话传真： +86-22-23332651（发行部）
+86-22-23332656（总编室）
+86-22-23332478（邮购部）
主页： http://www.baihuawenyi.com
印刷： 三河市兴博印务有限公司
开本： 880 毫米 ×1230 毫米 1/32
字数： 336 千字
印张： 11
版次： 2020 年 5 月第 1 版
印次： 2020 年 5 月第 1 次印刷
定价： 45.00 元

如有印装质量问题，请与三河市兴博印务有限公司联系调换
地址：河北省廊坊市三河市杨庄镇大窝头村西
电话：0316-5166530　　邮编：065299

我对我失踪的女儿的生活一无所知。

——斯特拉

斯特拉

我躺在地板上。

曲起双脚，双手抱膝。

吸气，呼气。

耳鼓中，我的心仍然怦怦作响，胃部的疼痛已经变成了恶心感，但至少我没再发抖了。

现在，我的名字叫斯特拉·威斯特兰德，而不是斯特拉·约翰逊。我今年 39 岁，而不是 19 岁。我很久都没有发作焦虑症了。

秋日灰蒙蒙的天光洒入室内。我听见外面依然大雨滂沱。这间诊所的办公室看起来与往常无异，高高的窗户，爬满青苔的绿墙。室内挂着一幅巨大的风景画，木质地板上铺着一层手织毛毯。门后放着我那张陈旧的书桌，角落里堆着扶手椅。我还记得当初装饰这房间时，我对每个细节都吹毛求疵。但如今我已记不起来，当时为何要大费周章了。

我总是幻想我能找到她，而不是她先追寻到我的下落。也许她受了好奇心的驱使，想要知道我是谁。也许她为指控我而来，那样我才刻骨铭心。

也许她来，是为了报仇。

我耗竭多年精力去重建自己的生活，才活成今时今日的模样。但即使我将往昔置于身后，我也从未忘记过。有很多事情，你永远无法释怀。

我躺在地板上。

曲起双脚，双手抱膝。

吸气，呼气。

清早，亨里克在我的脸颊上印下了一记再见吻，出门去上班。我陪米洛吃完早餐，把他送去学校，再去国王岛（Kungsholmen）。又是一个平淡无奇的日子。车窗上泛起一层雾气，特兰堡（Traneberg）大桥的车辆川流不息，梅拉伦（Malaren）湖青灰色的水面笼罩着薄雾，开进城里就找不到地方停车了。

她预约了在午饭前一小时会面。她敲门，我一开门就认出她来了。我们握手，做自我介绍。她说她叫伊莎贝尔・卡尔森。

她知道自己的真实姓名吗?

我接过她的湿夹克，闲聊了两句天气，便请她进来。伊莎贝尔面带微笑，在一张扶手椅上坐下。她有酒窝。

遵循初次会面的惯例，我问她因何而来。她有所准备，完美地扮演了一个苦情女孩的角色。她声称自从父亲去世后，她就饱受失眠的痛苦。她说自己无助又不安，内心的悲痛无处排遣，社交也出现了障碍。她需要帮助。

她似乎做好了万全的准备。

为什么?

为什么她不坦言她想要什么?她没必要隐藏自己的真实意图。

她今年 22 岁，中等身高，身材玲珑有致，纤腰盈盈一握。指甲干干净净的，修剪得十分平整。身上没有明显的刺青或穿洞，连耳洞都没有。一头乌黑的直发柔顺地垂到腰间，刚淋过雨，还微微冒着湿气，在白皙肤色的映衬下泛着健康的光泽。她比我想象中更美丽，我不由得恍了恍神。

接下来的谈话一片模糊，我很难想起自己说了些什么，好像谈了团体治疗的动态运作、沟通技巧，或是个人形象对他人眼光的决定性作用。

伊莎贝尔・卡尔森看起来听得聚精会神。她甩了甩头发，又露出了笑容。但她很紧张，一直没有放下戒备。

我开始恶心起来，头晕乎乎的，胸腔憋闷，呼吸也不顺畅。我立刻意识到了这些症状。我向她道歉，快步走了出去，冲进走廊的洗手间。我的心跳加速，后背冷汗涔涔，眼后抽疼，脑中似有道道闪光掠过。我腹中如打结般绞痛，不由得跪倒在地，攀扶着马桶，干呕起来。但我吐不出。我瘫坐在地上，靠着冰凉的瓷砖，闭上双眼。

别再回想你的经历。

别再想她。

别再想了。

停！

几分钟后，我回到办公室，告诉她欢迎她下周三下午 1 点钟来参加团体治疗。伊莎贝尔・卡尔森穿上夹克，从颈后抽出头发，甩了甩。我想要伸出双手，摸一下她的头发，但我竭力忍住了。

她发现了。

她看出了我的犹疑，看出了我欲碰又止。

也许这就是她一心达到的目的？让我踟蹰忐忑？

她将背包挎上肩膀，我为她打开门，她走了。

我一直梦想着这一天的到来。我幻想过无数次这一刻的情形，我会有什么感受、我会怎么说。但不应该是这样的。这比我想象中的更令人心痛。

我躺在地板上。

曲起双脚，手臂抱膝。

吸气，呼气。

她回来了。

她还活着。

伊莎贝尔

"伊莎贝尔！"

我听见乔安娜在喊我，便转过身来。我在偌大校园另一头的 M 楼。午餐时间将近结束，室内全是学生，每张座椅上都坐着人。中午时分这里总是人头攒动。我转过身，却没有看见乔安娜，直到她站起来挥挥手。

"过来这儿！"她嚷道。

我一点都不想去那边。过去的整整一小时，我都焦躁不安。心里压抑着纷乱的情感，我感觉自己可能要爆发了。

悲痛，愤怒，仇恨。我却偏要极力掩饰这些情绪，强颜欢笑，故作无事，扮演一个自己都不认识的陌生人。

我宁愿在下节课开始前独自一人啃三明治，好好想想在心理治疗师的办公室里发生的事情。**但我总是无法开口说不。**我拽了拽肩膀上的背包，一路擦身穿过人群，跨过地上的背包，绕过绿桌子、红椅子，走到她面前。

乔安娜是迄今为止我最好的朋友。从在瑞典皇家理工学院（KTH）可怕的第一节课开始，她就是了。她对我关怀备至，让我搬去和她住。为什么？我不知道。我们没有任何相似之处。她见多识广，周游世界各地。她染了一头紫发，打了耳钉和鼻钉，下背和前臂上有文身。那是一头喷火的独角兽。乔安娜很酷，很自信，她很清楚自己想要什么。

苏茜和玛丽安坐在她旁边，她们人也很好，但只有和乔安娜在一起时，我才能放松下来，露出真性情。

“你去哪了？”玛丽安问，“我没看见你上数学课。”

“我逃课了。”我答。

“这是怎么了？”苏茜夸张地一手捂住胸口，“你一向很乖的。”

“有些事情要处理。”我把她旁边的椅子拉出来，把外套搭在靠背上，坐了下来。居然有人注意到我，我很惊讶。我不习惯有人留意我、想念我，我习惯寡言少语、独来独往。

我打开背包，拿出一个在便利店买的三明治。这个三明治买了好多天了，于是我又把它扔了回去。

“还在下雨吗？”乔安娜说。

“和今天早上一样。”我回答。

“啊，星期一。”苏茜叹了口气，指尖翻来覆去地摆弄着一本力学教科书。

“你懂这玩意儿吗？”

“上节课我才写了很多关于动量的笔记，”乔安娜说，“但现在已经全部忘光了。”

她们笑了，我也笑了。部分的我却生出了自己被困在玻璃笼子里向外张望的错觉。我觉得自己像是两个不同的人，一个是人们看到的，而另一个，只有我自己能看见，她才是真正的我。这两者之间存在天壤之别。真正的我心里横亘着一条黑暗的峡谷，还隐藏着多愁善感的思绪。

“伊莎贝尔，你懂力学，对吧？”玛丽安转向我问道，“考试周要开始了，我们必须尽快开始备考。”

“我保证，读完这本书你就会懂了。”我说。

“有什么话直说不就好了。如果我们把时间花在学习而不是社交上，我们肯定也懂的。”苏茜笑着轻轻推搡我。

“说中了吧。”乔安娜用餐巾拍了拍我的头，“承认吧，伊莎贝尔。”

“你觉得我很无聊？”我嗔道，“你们以为我是一个老古董、一个不懂享受的书呆子？没有我，看你们怎么办。你们这些个懒鬼。”

我把餐巾扔回给乔安娜，两个纸球几乎马上打在了我的脑袋上，我不禁大笑起来，转身把餐巾扔向苏茜和玛丽安，很快，我们这一张桌子打起了纸球仗。我们嬉笑着、尖叫着，餐厅里的所有人都站了起来，开始呼喝，然后——

我的手机响了。

我经常迷失在虚构的梦境里，我的脑海里经常放些可笑的小电影。在那些场景里，我和其他人一样收放自如。

我掏出手机，看着屏幕。

“是谁？”玛丽安问，“不接吗？”

我把来电转到语音信箱，放了回去。

“不是什么重要的电话。”

课程结束后，我独自回家。乔安娜要去她男朋友那儿。我真希望参加完治疗后能直接回家，和乔安娜出去玩很累，但我也不想错过学校里任何重要的事情。

现在我一个人在地铁上。我只是许多陌生人中的一个。刚搬到这儿的时候，我厌恶这种孤独的感觉，但现在我不介意了。在斯德哥尔摩（Stockholm）待了一年，我把路都认全了。刚开始我特别害怕迷路，我把哈瑟尔比（Hasselby）和哈撒特拉（Hagsatra）两个地方混淆了，总要反复地确认我想去的地方的路线。尽管如此，我还是看了一些风景，参观了大部分斯德哥尔摩公共交通能到达的购物中心。

我试过坐通勤列车到终点站，搭乘所有的地铁线路，在市中心坐了大多数公共汽车。我在斯德马尔姆岛（Sodermalm）和国王岛闲逛，穿过瓦萨坦（Vasastan）和诺马尔姆（Norrmalm）的街区，在市中心玩了很久。

我观察着身边通勤的陌生人，假装对他们无所不知。那个戴着红宝石眼镜的橘发老太太，每周要去弗里斯基斯与斯维蒂（Friskis & Svettis）健身房两次，她穿着 80 年代的彩色紧身裤，还肆无忌惮地用眼神挑逗健身房里的男人。

那对手牵手接吻的情侣：他是一名医学生，她是一名中学教师。他们正要回布隆马普兰（Brommaplan）附近的小公寓。回到家，他们会一起做饭，一起看电影，一起在沙发上相拥而眠。不久，她会上床睡觉，他会拿出电脑看网络情色片。

那个穿西装的瘦高个儿，咳嗽得直不起腰来。他被肺癌折磨得奄奄一息。没人知道他还能苟活多久。我们还有多少时日？生命随时可能结束。**也许今天就会结束**。

我想念爸爸。离 5 月的那一天已经过去整整四个漫长而空虚的月了。我发现他恶心、反胃了好几个星期。当然，他没有去看医生。我什么都不知道。爸爸几乎从不生病，也不会无端地让我操心。

内疚并不能完全概括我的感受。我很少回家，最后一次见到他是在复活节。我甚至没有待完整个周末。

我搬家是自私的吗？爸爸想让我搬家。他鼓励我留在城里，周末可以和朋友们出去玩，也可以好好地休息。

直到他去世前我才知道所有的真相。我永远不会原谅她所做的一切。我真希望她死掉。我恨她。

恨她。

恨她。

恨她。

斯特拉

我在位于瑞典布罗马市（Bromma）艾维克斯维根（Alviksvagan）的家中醒来。我一直盖着毯子睡在床上，就像卧床数日了一般。

我让雷娜特（Renate）替我取消了其他病人的预约，把借口怪罪到偏头疼上去。然后我冒雨在圣艾瑞克斯（St. Eriksgatan）招了辆出租车，之后的记忆便是一片空白。到家的时候，我肯定给司机付了车费，下车，进屋，脱掉鞋子和外套，上楼回卧室。但我什么都记不起来了。

我眼睛酸痛，头疼欲裂，有一瞬间我甚至怀疑这一切都是自己凭空幻想出来的——一个名叫伊莎贝尔·卡尔森的女人来到我的办公室。

我倒希望如此。

躲避疼痛是人类的本能，人类倾向于逃避而不是直面伤害。

我确实希望我能逃脱。

听到亨里克的路虎揽胜在马路上行驶的声音，我从床上起来，走到窗前。雨还在淅淅沥沥地下。我们有个邻居正披着雨衣，带着他那只叫个不停的小狗站在篱笆前。米洛跳下车，朝家里跑过来。亨里克向邻居问了声好，跟了上去。前门开了，我听到他喊“有人在家吗”。我闭上眼睛，几秒钟后深吸一口气，走下楼去。米洛从我身边跑过，问我晚饭吃什么。我说还不确定，他跑进客厅，把自己重重地摔在沙发上。亨里克在大厅的地板上捡起我的外套挂了起来，说他打过电话给我。

我告诉他，我的手机肯定在钱包里。他看向地板。手机就躺在我的鞋子旁边。他捡起手机递给我。

“我在想要不要叫外卖，”他说，“你没有做晚饭。”这不是疑问句，而是陈述句。

“我没时间。”

“发生什么事了吗？”

“为什么这么认为？”

“你的车呢？”

我的奥迪还停在国王岛，没有开回来。

“我搭出租车回来的。”

亨里克仔细地打量着我的神色。我飞快地啄了他一口，避开他的目光，走进厨房。他跟了上来。

“米洛得吃饭了，”他打开冰箱说，“他待会儿就要走。”

我居然忘了米洛还有篮球训练，我从来没有忘记过。我坐在餐桌旁，查看我的手机：两个未接电话和一条短信。亨里克从冰箱里拿出一个塑料碗，向米洛喊，说饭快好了。

“今天过得怎么样？”过了一会儿，他问道。

“不错。”

“一切都还好吗？”

“好着呢。”我回答。

“真的？”

“真的。”

亨里克一边搅拌意大利面，一边加热波隆那肉酱。他告诉我下周末要去乡下探望父母、本周六要去看米洛打篮球赛、今天的工作如何。他把盘子、餐具和玻璃杯摆到桌子上，将水壶装满水，开始谈起工作上的事。

和寻常的星期一一样，我们结束了漫长的一天，回到家里，在厨房里话家常。我先生如旧，我儿子也如旧。我们温馨的家庭生活如旧。然而，一切却又如此陌生，我似乎换了个灵魂，变成了自己生活里的陌生人。

亨里克大声喊米洛饭好了。客厅里没有人应。亨里克让米洛快点，但米洛磨磨蹭蹭的。我走到客厅，身体探过沙发，摘下他的耳机，把 iPad 从他手里抢过来，喊道：“你还不快点！”米洛吓了一大跳，他气呼呼地从我身边跑过，一屁股坐在了餐桌旁。

亨里克的手轻轻地放在我的胳膊上，米洛没有看我们。我很清楚他想说什么：**放松。你怎么了？**

我应该告诉他发生了什么事，应该和他谈谈。我不喜欢保守秘密。毕竟我是一名心理学家和一名合格的心理医生。我一向直言自己的情绪，坦诚地探讨，尽量找出问题所在，尤其在涉及一些可能影响我们生活的事情时。另外，亨里克是我的蓝颜知己，我们对彼此总是敞开心扉，无所不谈。他比任何人都了解我，所以我很难对他隐瞒什么，我也不想隐瞒，至少到目前为止是这样。

这顿晚餐我难以下咽。亨里克和米洛在说话，我不知道他们在说什么。我听见了，但又似乎什么都没有听见。我的思绪不断地飘回她身上。

伊莎贝尔·卡尔森。

我不知道她为什么用那个名字。我想知道她了解些什么。

米洛兴致勃勃地告诉我们，他想要一辆超级炫酷的自行车。他拿出手机来给我们看。我站了起来，说声抱歉，离开厨房，去了洗衣房。我努力冷静下来。

我慌了。12 年来，头一回惊慌失措，不知如何是好。排山倒海的恐惧和焦虑控制了我的身体，侵占了我的思想和感情。我仿佛登上了脱缰野马般的列车，被迫驾驶它开往终点。而那个终点，我此生都不愿再次踏足。为了隐藏这个秘密，我愿意倾尽所有。一想到这个秘密将会坦露在我的家人面前，我就恐慌不已。

假如我早知道这次会面会带来什么样的后果、我早知道她是谁，我还会勇敢地去见她吗？

假如真的是她。

我仿佛看见了自己在质问她，凝视着她的眼睛，组织着问题，看着我说的话触动她的灵魂，引发她的一连串反应。

不，那不是我。

真？假？

好吧，那是我。

真？假？

我不相信伊莎贝尔·卡尔森。我怎么可能相信她呢？她想要什么，我根本一无所知。我必须找出真相。

亨里克站到我身后，把手放在我的胳膊上。

“到底怎么了？”他说，“跟我谈谈吧，斯特拉。”

“我很累。”

“不是身体累这么简单，”他说，“我看得出，有事情困扰着你。”

他不会放弃追问的，我转过身来。

“今天糟透了，”我说，“我头很痛，就取消了所有行程回家。”我话里暗示，我的反常与最近和我有过纠纷的病人莉娜有关。我知道他懂的，他肯定会往那方面想。

亨里克摸了摸我的脸颊，伸手拥我入怀。他问我，有没有和社会医疗健康监察机构联系过。我说没有，还没有。

他安慰我，虽然过去几个月一直压力重重，但最终都会拨云见日的。他今晚会带米洛去参加篮球训练，我可以待在家里。

我站在厨房窗户前看着他们离开。

上阁楼。看看那个手提包里的东西。

那个阁楼上的手提包。自从我们搬来这里，我就再没有碰过它。然而，整整 12 年过去了，我仍然记得清清楚楚它放在哪里。我并不想看里面有什么。如果我看了，我又会失控的。

21 年前，我的生活被毁了，但我重新振作了起来。虽然我选择了活下去，但我忘不掉，我什么都做不了。唯一的选择是死亡，但我做不到。

我全身心地投入学业中去，投入实现目标中去。五年后，我遇到了亨里克，我们坠入爱河。

我埋葬了她，这并不意味着我忘了她。

去看看那个手提包里的东西，就在阁楼上。

我今天如此失措，是很奇怪的。这种情况不会再发生了。我不需要去阁楼，我需要的是睡眠。

走进卧室后，我觉得自己累到连澡都不想洗，连妆都懒得卸，连刷牙的力气都没有。我把亨里克送我的手表摘下来，放到书桌上，再把裤子和衬衫扔在门边的椅子上，脱下胸罩，钻到毛毯下面。

半夜醒来，雨还在滴滴答答地敲打着窗户。我一定睡得很沉，都没听到亨里克和米洛回来的声音。窗帘很厚实，此时房间里漆黑一片。我一贯很喜欢这种幽静的感觉，但今晚的黑暗却让我喘不过气来。

上阁楼，看看那个手提包里的东西。

亨里克的手臂搭在我的腰上，我移开他的胳膊时，他低声发出咕哝。我爬下床，穿上睡袍，蹑手蹑脚地溜出卧室，关上门。我拉了一把椅子到厅里，放在通往阁楼窗口的下方。我爬上去，抓住把手，用力一拉。把手咯吱作响，我不由得屏住呼吸。我放下梯子，爬上去，开灯。

那个手提包安静地躺在角落里。我拿开几个盒子才看到它。这是一个蓝色和酒红色交织的手提包，上面绣着佩斯利花纹。多年以前，母亲亲手将它赠予我。我把它捡起来，慢慢地滑坐到地上，拉开它的拉链。

那个链扣是蜘蛛形的，八条腿，紫黄相间，柔软坚韧，头上还带着傻乎乎的大大的笑容。我拉了拉它腹部下的绳子，什么声音也没有。它以前会唱几节儿歌“一只小蜘蛛”，我们都觉得这有趣极了。

还有一条灰色星星图案的白毛毯、一件脖子和袖子上缝有花边的蓝色小礼服，这是我保存下来的唯一一件衣服。我把鼻子埋进衣服里，只闻到了樟脑丸的味道。

还有很多照片。三个欢乐的少年站在一个展台上。丹尼尔，他的妹妹玛利亚，还有我。

我几乎一直都留着浓密的深棕色的自然长鬈发。拍这张照片时，我的头发已经长到齐背了。我穿着黄色连衣裙，腰上系着一条宽大的黑色松紧带。丹尼尔的胳膊搭在我的肩上，看起来张扬肆意，自信满满。他的黑发一直都很蓬乱，他穿着一条旧牛仔裤和一件袖子被剪掉的法兰绒衬衫。

他现在在哪呢？过得快乐吗？有想过我吗？我忽然很想知道。

我凝视着玛利亚。她直发齐腰，和丹尼尔的一样乌黑透亮。她和伊莎贝尔·卡尔森竟然如此相似。她们可能是姐妹，或双胞胎。

但这是个巧合。这必须是个巧合。

我翻找出更多照片。一个稚气未脱的 17 岁少女怀抱一个婴儿，两人都笑容满面，露出甜甜的酒窝。

我的眼睛感到一丝刺痛，于是我用睡袍的袖子擦了擦眼睛。手提包的底部放着一本红色日记本。我把它拿了起来。

1992 年 12 月 29 日

天哪！该死，该死，该死！我居然怀孕了。怎么会这样？好吧，我做了防护措施，但还是中招了。所以这段时间我才那么累，那么情绪化，那么爱哭。

比如今天，我、丹尼尔和佩尼拉去法斯塔中心买衣服。我看上了一条超级可爱的牛仔裤，却连扣子都扣不上。那是我的尺码。我真的试过了，但没能扣上。

我知道我反应过度了。我在试衣间里哭了。丹尼尔一点也不明白，还很迟钝，他本来就那样。“大姨妈来啦？试试更大的码数，这有什么大不了的？”我好生气，哭得更厉害了。佩尼拉替我骂了他一顿。我们没有买到衣服，只喝了咖啡。

我该怎么告诉妈妈？她会暴跳如雷的。海伦娜会觉得我惹了大麻烦。丹尼尔呢，他会说什么？他要成为爸爸了。但这并不在我们的计划之中。

我不知所措。我的生活都乱了套。

我真不敢相信我们这么蠢。太不负责任了。我还有那么多计划，现在该怎么办呢？

我感觉自己快疯了，哭笑不得。我好高兴，又好害怕。一条小生命就这么来了？！我会疼爱肚子里的这个小家伙吗？

我想要这个孩子。我想和丹尼尔组建家庭。我希望他也想要这个孩子，这是我会做出的唯一决定。

就这样。宝贝你好，欢迎你来到这个世界上。如今唯有等待了。

伊莎贝尔

奥斯特拉（Ostra）车站现在正处于上午 10 点的高峰时段。苏茜站在自动扶梯上，比我低了几级。我转过身，发现她在看着我。这就意味着，剩下的路程我得和她聊天了。态度尽量随意一点，正常一点。

正常。我都不知道这个词到底什么意思。

像其他人一样？

我真的知道什么样的表现才叫正常吗？好不让人发现我这个人很奇怪，很邪恶？

邪恶。我想不出别的形容词了。我不做缺德的事，但有时我担心自己会误入歧途。我内心隐藏着仇恨，隐藏着与日俱增的怒气。这就是让我变得邪恶的原因。我不知道该怎么办。我怀疑再这样下去，自己的结局好不到哪里去。我内心盘旋的想法和感觉一定会招致不好的后果。

我又在多愁善感了吗？

我下了自动扶梯，等着苏茜。

“嘿，伊莎贝尔！”她大喊我的名字，向我走来。她说话总是一惊一乍的。“太好了，没下雨！这几天天气好糟糕！乔安娜在哪儿？”

“我想她在找吃的。”

“找吃的。”她大笑起来，模仿着我的乡下口音。已经很少人会这样嘲笑我了，我也不会像初来乍到时那么尴尬了。

“在哪里上课？”

“Q1 大厅。” 我答。

“你做作业了吗？”

“做了，” 我说，“你呢？” 说完，我甩了甩头发。**我想戒掉这个坏习惯**。

苏茜扮了个鬼脸：“你真厉害。我希望今天不要点我名。”

她一路都叽里呱啦地说个不停：说她有多感激今天是星期五；她周末都干了啥；问我周六大家出游，我去不去；她的狗昨天吐了，我知不知道她朋友是兽医；还说天哪，当兽医是不是老看到些恶心的东西，哈哈。她提醒了我，9 月过去一半了，时间过得太快了，很快又要到雨季了。

我静静地听着，时不时回应一下。我们到了大厅，她就去了洗手间。我打开门进去。还有 11 分钟就开始上课了。我站在阶梯上，环顾四周，最后选择了第三排的一个位置。

我总是坐在前排。**总是早早就到了**。我坐下，面前放好笔记本和铅笔，准备随时记下大量笔记，记下每一个数字和字母。我会用不同的颜色来标记东西，给它们加下划线，并连线帮助记忆。这样有点强迫症，我知道。我了解过强迫症。每一个数字我都很在意，即使我知道我记得住，或者用不上的某个数字，我都会把它们记下来。

我们 3 点 26 分见。**03∶26**。

在奥登普兰坐 515 路、67 路公共汽车。**515，67**。

身高 64 英寸，体重 123 磅。**64，123**。

很多人认为我太严肃了。我在瑞典皇家理工学院认识的每个学生学习都很认真，但他们也会社交，可以说很热衷于社交。学生会每个星期五都会提供便宜的啤酒，还会举办晚宴。但每个人都换上工作服，里面漂亮的衣服反而被遮住了，最后所有人都累得不行。不同的班级还组织大家比赛喝啤酒，去串酒吧。考试结束后，总会有一场盛大的庆祝活动。更不用说各人家里举办的派对了。

乔安娜和苏茜总想让我去她们的派对，但我只去过几次。去年春天那场迎新派对是我去过的唯一大型派对。

不是我不想去。我也想成为欢乐的人群中的一员，我希望我能变得更快乐，更轻松地融入其中。

不过，搬来这里是我做过的最正确的决定。我在 Facebook 上的朋友数量飞快地增加。我在 Instagram 上的粉丝更多了。我注册了 Snapchat 账号。**我喜欢 Snapchat！**我在网上记录我的日常生活。我还发自拍。网络世界的我是迷人的，张扬的，疯狂的。看着我发上去的照片，你会觉得我在生活中总有很多朋友相陪，时时刻刻都令人难忘。每个点赞、每个评论都让我高兴不已。我知道这很肤浅，但我不在意。肤浅有什么错呢？直到去年夏天，我在网络上和现实中都很活跃。

直到爸爸死了。

眼角的余光察觉到旁边有人，于是我抬起头来。一个我不认识的男的，很英俊。他问我能不能让一让，我觉得我脸红了。我站起来，他朝我笑了笑，挤进了这排座位，还对我的短裙和及膝长靴投来了意味深长的一瞥。

今年我还习惯了一件事，那就是男人们的眼光。**在家里没人看我**。全身上下我唯一满意，甚至可以说为之骄傲的就是我的头发。但是我的身体呢？有时男人们会像他刚才那样盯着我。虽然他们的行为很怪异，但我也挺享受这种眼光的。尽管如此，没有人能透过表面看到我的内心，洞察我虚伪、卑鄙、混乱和扭曲的内在。我锁上了心门。

乔安娜和苏茜帮我化了妆。一开始，我从乔安娜那里借了一件很适合我的 T 恤。因此她们就让我试穿了她最短的一件下衣。真的太短了。但她们说这才是亮点，就是要炫耀一下我的美腿。

她们把我拽到 H&M、Monki、Gina Tricot 这些店里，逛了个遍。我发现这里的衣服比博尔温格（Borlänge）的质量好得多。现在我的衣橱里全是新衣服。我以前从未买过这些尺寸和款式的衣服。

我已经习惯了别人的眼光。我觉得这没那么糟。恰恰相反，这样更容易隐藏。你可以选择自己呈现给别人什么样子。

这是我重获的自由和新生的力量。

我只希望我能完全忘记真正的我。

就在这时，斯特拉·威斯特兰德出现在我的生活中。

课堂一开始，我就不再胡思乱想了。我认真地听课，课间还做了些笔记。我站起来，让同一排的人穿过我走进过道。我正想着要从厅里出去还是待在这儿，就听到了他的名字。

弗雷德里克。

我四处张望。他坐在我后面几排。他抬起头来，和我视线相对，轻轻地点了点头。**我知道我在盯着他看**。他站起来，转过身，寻找着梅蒂。他冲梅蒂喊了一句话，我没太听清。

弗雷德里克身形瘦削，比我高一点。他有一头浓密的金发，经常把头发拨到一边或用手梳理头发。他很爱笑。看着他入学的照片，我想象得出他七岁时的样子，除了少了颗门牙，和现在相差无几。

他经常穿牛仔裤、低腰斜纹棉布裤和 T 恤衫。他是个滑冰运动员，以前还哄我去玩他的长滑板。他牵着我的手，和我并肩跑着，笑得那么灿烂。我问他为什么非要我玩他的长滑板，他告诉我，我尖叫起来像个小女孩。他很可爱，很酷，很帅，舞跳得很好。而我是在大学迎新派对上跳了一次舞之后才学会的。

他也永远都不会发现我的真面目。

他旁边坐着一个漂亮苗条的黑发女人。她站起来，拉住他的手，他看着她。他们走上阶梯，走向出口，她说的每一句话都能轻易地把他逗笑。他显然讨厌我了。也许他知道了些什么，产生了怀疑。

也许每个人都知道我有问题。

我又坐下了。我希望生活能有所不同，希望自己能融入这里，和其他人和睦相处，驱除心里的阴影，再也没什么好隐瞒的。

但我的生活就是有所不同。

这是她的错。

我要报仇。

我要她像我一样吃尽苦头。

我要她消失在这个世界上。

我要她死。

斯特拉

咚、咚、咚。篮球在地板和墙壁上反弹起来，发出沉重的声音。像是用一把回音大的球拍将球击到篮板上，产生的噪声震耳欲聋。

我在索尔纳（Solna）的瓦萨伦（Vasalund）大厅里，正沿着看台楼梯走下去，手里稳稳地捧着用纸杯装的滚烫的咖啡。我坐下来，冲一些熟悉的人点了点头，掏出手机来故作忙碌，以免有人找我交谈。我整个星期都在忙，听病人的倾诉、买食物、做饭、洗衣服，假装什么事情都没有发生。但我的脑子里除了伊莎贝尔·卡尔森，什么都装不下。我一直在想她。亨里克每天都加班到很晚，米洛和朋友们出去玩得很疯，我都无所谓。

马库斯发来一条短信：星期三一起去吃晚餐吗？我哥哥说听你的。

我一直很喜欢亨里克的弟弟，但我现在不想和任何人出去。尽管如此，我还是回复说，我们期待认识认识他的新恋人。当然，也盼望见到他和孩子们。

我认识的一个篮球班的妈妈问我她能不能坐下。我滑到长凳的另一头，看向场上的球员们。米洛在球场的另一边运球。我冲他挥手，但他没看见我。我从钱包里拿出日记本，平放在膝盖上。我还是个少女时，几乎每天都写日记，这是我最后一本日记了。

很明显，日记里每一页都写满了丹尼尔和我的生活规划，以及少女时期的幻想。我想当裁缝，或者陶艺家，或者从事时尚行业或室内设计。我全都想试试。我想成为一个多才多艺的女子，在创意领域工作，有空就环游世界，在这儿或那儿待上一个月。

丹尼尔的梦想和我的不一样。他对旅行、学习或掌握新语言都没有兴趣。他想留在昆桑根（Kungsängen），开一家汽车修理厂。昆桑根是斯德哥尔摩的郊区，我们在那里长大。只要他的车好好的，时不时可以去街头赛车，周末能和朋友去喝啤酒，他就心满意足了。我们真的很不一样。但我依旧爱上了他，我们很幸福。

1992 年秋天，我和丹尼尔度过了一段美好的时光。我们开着他的红黑斑羚四处转悠，玩得很开心，根本不知道未来潜伏着什么。我们都想要这个孩子，甚至讨论过还要再生几个。

我在日记里记录了怀孕的事，记录了我的期待和恐惧，还有人们形形色色的眼光，我们都只有十几岁而已。并不是每个人都和我们一样，为这个超出预期的孩子欣喜雀跃。

她出生了，我第一次抱着她。丹尼尔眼里满含泪水，我怀里抱着爱丽丝。

我们第一次见到这个给我们的生活带来翻天覆地的变化的小家伙。她身上有股香味，我怎么都闻不厌。还有可爱的小嘴巴，可爱的小酒窝。

读到这些的时候，我的感触更深了。里面每句话都直戳我的心扉，让我放声大笑，让我潸然泪下。老实说，我对自己写的东西记不太清楚了。这就像一个熟人在娓娓道来。

只要我不去想那年的那一天，只要我把那段往事的门关上就行。我不知道我有没有勇气去面对那样的痛苦，接受那样的指责。我就是觉得我回不去了，就让愧疚把我拖入深渊吧。

你为什么不在?

场上得了分，后面有人兴奋地大叫，把我吓了一跳。

米洛抢篮板球，带球穿过球场。

他还小的时候，每一次训练、每一场比赛，无论是篮球的还是网球的，我都一定到场。即使现在不再需要我每场都去支持他，但大多数情况下我还是会到场。他 13 岁了，我还这么做，就叫过度保护。但他是我唯一的孩子。

不知道从什么时候开始，我不再把他当作我的第二个孩子了。

他们两个笑起来都很像我。米洛遗传了我的鬈发，爱丽丝呢，遗传了我的眼睛。不然他们肯定会喜欢爸爸多一点。

爱丽丝。丹尼尔。

米洛。亨里克。

这两种不同的生活。

即将发生碰撞了吗？

这会给我和我的家人带来什么影响？这一定是巧合，是我的幻想。我花了很长时间才重塑希望和信念。再来更多焦虑和无用的提心吊胆，实在是超出我的心理负荷。既定事实是无法改变的。过去的已然过去，再也回不来了。

和米洛离开瓦萨伦大厅时，我顺手把日记丢进了垃圾桶。

1993 年 7 月 29 日

我当妈妈了！

爱丽丝·莫德·约翰逊今天刚一周大。

以前我根本不知道当妈妈是什么感觉，现在我体会到了。我的生活完全改变了。

谁承想我瞬间就对一个小人儿产生了满心怜爱。她是你能想象到的最完美的人儿，有着小小胖胖的手指和脚趾，蓬乱生长的浓密头发。丹尼尔说，她一生下来就有了自己专属的皮帽，这头浓密的黑发跟他像极了。

她有着全世界最可爱的小嘴。我想她还有酒窝。尤其是左边的那个，和我的一样。她的右耳像丹尼尔和玛利亚的精灵耳朵。这是家族基因。

她看起来更像爸爸，但她的眼睛像妈妈。她是我们两个人的结晶。我从没有这么快乐过。

她很脆弱，完全需要依赖我。

这是如山般沉重的责任。

怀孕的时候，有一次，我摇摇晃晃地拎着好几袋杂货回家，丹尼尔看见了，把我骂了一顿。很明显，重过一盒牛奶或一条面包的东西，我都不能拎。有时，他会把耳朵贴在我肚子上，听宝宝的动静，低声吟唱猫王的歌《泰迪熊》和《请温柔地爱我》，唱着唱着，他就安静了下来，睁大眼睛看着我，轻声说他能感觉到她在动。他把手放在我肚子上，抚摸着我们的孩子，想摸摸她的脚在哪里。那才过去了一周，我感觉却像过了整个世纪。

分娩持续了整个晚上，我疼得要命，以为她永远出不来了。这个过程很痛苦，却是我人生中最棒的经历。最后，她们把她放到我的怀里时，我看着她粉嘟嘟的皱起来的脸庞，望着我的纯真的大眼睛，觉得那是我一生中最美的时刻。

丹尼尔不忍心看到我这么痛苦。后来他告诉我，我快把他的手给捏碎了，他以为他也会晕过去。

他真的晕过去了！就在爱丽丝出生的那一刻。他像树一样直直地倒下了，头磕到椅子上。他在发际线附近缝了五针，不让我再提这个事儿。我的爱人啊，你是我勇敢的英雄。

他第一次抱她，就忍不住流泪了。我比以往任何时候都更爱他了。

妈妈和海伦娜今天都来了。虽然妈妈认为我们不该这么年轻就有了孩子，但她还是抱着小爱丽丝不肯松手。海伦娜对我和丹尼尔都有点生疏。有丹尼尔在，她有点放不开。她不想抱我的女儿。我挺伤心的。

随着时间的流逝，我和姐姐越来越不一样了。

我思考得更多，也许是因为我有点内向。但是，如果一个人不反省、不思考，怎么做成事情呢？姐姐不喜欢思考，她喜欢直接做。不管她对某一件事的观感如何，她都会继续做下去。我意外地怀孕了，将来该怎么办，我还没有一个清晰的计划。但她就会不停地纠结这些细节。

我希望自己变得不一样吗？怎么变得不一样呢？又会变成什么样子呢？

生活的走向是叵测难料的。任何事情都可能发生。

不管我思考了多少，海伦娜计划了多少，我们谁也不知道会发生什么。这不是生活有趣的地方所在吗？我知道我在犯傻。我还是一个少女，却试图让自己听起来那么深沉。

我得睡觉了。丹尼尔和爱丽丝就躺在我旁边，睡得像小猪一样。我的家人啊。

斯特拉

今天是星期三。时间过得真慢。

喝完早晨这杯咖啡，我把杯子放进洗碗机，合上餐桌上的日记本。扔掉它是愚蠢的，似乎这样做就能改变些什么一样。昨晚我和米洛还没走到停车场，我就让他等等我，飞快地跑回了瓦萨伦大厅，从垃圾桶里翻出那本日记，擦干净，放回了包里。

读完这本日记，往事仿若历历在目。和想象中一样，内疚和焦虑涌上我的心头。我知道自己做了永远都无法挽回的事情。但我别无选择，我只能继续生活。我一直试图装作什么都没发生。亨里克不知道。他还不能知道。

我锁上前门，朝车走去。隔壁邻居在挥手喊着我的名字。每次我们出门或回来，约翰·林德伯格总是在外面看着。他之前在一家大投资公司当财务顾问，最近被炒鱿鱼了。他一直性骚扰女同事，被举报了。当然，公司给了他优厚的离职补偿金。他虽然越界，但做到了这个职位，走得也还算体面。我们把他叫作投资者。他整天待在家里，吹嘘他当一个日内交易者的新生活。他很烦人，但无妨，和他聊天有时也挺开心的。但我今天没心情寒暄，所以我挥挥手，开车走了。

我走过接待处，向雷娜特打了声招呼。她问我感觉怎么样，说我脸色有点苍白。我没有告诉她我一夜未眠，也没有说我胃口不佳。我笑着调侃说，我脸色一直都是这样，这得怪我家的基因。她笑了，我也笑了，转身沿着走廊走回办公室。我挂起外套，换下鞋子，坐在桌子旁，拿出日历和笔记本电脑。我翻翻日历，记下今天的行程。早上有两个活动，午饭后进行团体治疗，之后还有一个会议。

我已经九天没见到她了。那个自称伊莎贝尔·卡尔森的女孩。这是枯燥乏味的、令人窒息的、空虚的九天。我一直都在灌自己酒。当然是为了借酒消愁，不然呢？

我不喜欢亨里克一直往家里带的红酒，我甚至不喜欢葡萄酒。葡萄酒不好喝，喝了就头疼，每次喝超过两杯，我都会不舒服。但前几天晚上，为了睡觉，我都大口大口地喝酒。虽然这样也没什么帮助，不过还是比安眠药好一点。我一吃安眠药，第二天大脑就宕机了。是的，我知道酒精不是长久之计。喝得越多，我旧病复发的风险就越大。

这种不确定性令人煎熬。我根本不知道也没办法让我内心嘈杂的思绪和疑问沉淀下来，我不停地在确定和怀疑之间摇摆。我觉得我的直觉没有错，但我也可能错了。我的心情糟透了，我完全失去了耐心。

伊莎贝尔·卡尔森，今天她第一次参加团体治疗。我不记得上次我对即将开始的治疗聚会感到紧张是什么时候了。或者说，我在害怕？也许我作为一个心理医生的自尊心没有以前那么强了。不，我知道莉娜·尼米（Lina Niemi）的遭遇不是我的错。在我的领域里，我是专业的。

不过，我应该早点发现她的问题。我努力了很久，她却没能好转。最后她变得非常依赖我，想让我随传随到。

我试图把莉娜·尼米转给其他医师，很快就发生了她自杀未遂这件事。去年 5 月，她开了一把抗抑郁药，就着酒水一口全吞了下去，被她妈妈及时发现了。她因为胃痛在医院住了一晚。这就是事情的经过。她没有生命危险，但莉娜说她差点就死了。她声称一切都是我的错：在心理谈话中，我态度不够负责，对她的心理问题和寻求帮助都不理不睬。她说我不够专业，导致她对我极度依赖。

莉娜的父母偏信她的一面之词，这是可以理解的。但后来，莉娜的母亲开始在博客上诽谤我，说我的控制欲很强，治疗方法很可疑，在病人需要我的时候，我不予理睬，袖手旁观。虽然她从来没有提到过我的名字，但在国王岛，没有多少个心理医生的名字缩写是“SW”。

不过，当他们向社会医疗保健监察机构举报我时，我还是非常惊讶。我大受打击。在莉娜的心理治疗过程中，我有误诊过吗？我对她进行了很多次心理分析，每次得出的结论都是相同的。

不，我没有误诊过。

然而，我很难确定我的同事们是不是抱有同样的看法。当然，他们都想明哲保身。好几次，他们都问我，莉娜是不是真的没有自残的迹象。每次我都向他们保证，我一直为莉娜·尼米竭尽所能。他们还怀疑我需要休息，甚至建议我休假。我清楚地告诉他们，我不需要。

我提交了莉娜的病患日志以供审查，并将我的医生版本提交给了社会医疗保健监察机构的检查员。目前还在等结果。

现在，我不能再抱怨了。

在伊莎贝尔面前，我必须展现出我的专业素养。问题是，我不知道她有何目的，这让我很害怕。

有人敲门了。现在是 9 点钟，我的第一个病人来了。

还有几分钟就下午 1 点了，我越来越恐惧。我不能再发作焦虑症了。我试着让自己平静下来，不那么情绪化。我试着理性思考，自己游说自己。

一切都是你凭空想象出来的，斯特拉。

肯定有个合理的解释，这只是个巧合。

这是个误会。

不可能是她。

吸气，呼气。

没用。

一点用都没有。

焦虑的情绪啮咬着我的胃，我的视野缩小到一个模糊的光点。

我冲出大厅，直奔洗手间。我跪在马桶前，不停地呕吐。我站起来，抓住水池的边缘，闭上眼睛，等头晕的感觉渐渐消退。

我漱漱口，用纸巾擦拭额头和脸庞。我看向镜子，研究着自己的表情。我扯了扯嘴角，试着露出一个笑容，转身离开洗手间去休息室。

地毯上，九把红色的扶手椅围成了一个圆。有人提前整理了房间，可能是雷娜特，室内的空气很清新。我坐在平常坐的椅子上，强迫自己放轻松，呼吸。

索尼娅尾随着我走进来，她坐在离我最近的椅子上。聚会结束后，她会第一个离开。她患有社交焦虑症，在这个团体中的时间最长。不过，她从不说话。我向她打招呼，她做了个动作回应我。

我的扶手椅放在靠窗的地方，左边是另一面嵌有高窗的墙，右边是门。我看了看墙上的钟，又看了一眼我的手表。我总是一丝不苟的，会面之前一定到达，90 分钟够了就准时结束。

还剩两分钟。

伊莎贝尔・卡尔森还没来。

克莱拉已经到了，因为她害怕迟到。

她坐在我的左边。她对自己的要求非常苛刻。虽然她在一家成功的媒体公司担任项目负责人，但她始终怀疑自己的能力。

马格纳斯也来了。他坐在我对面，眼神一直停留在他脚上那双旧鞋上。他抬起头，把挡住眼睛的刘海拨到一边，又低下头去。他长期抑郁。

伊莎贝尔打开了门。

她乌黑发亮的头发扎成一条马尾，穿着浅蓝色牛仔裤、黑色上衣和深棕色皮夹克。她轻轻地关上身后的门，坐到索尼娅旁边的椅子上。

我发现我一直都憋着一口气，这时才呼了出来。

她的神情让人捉摸不透，我抑制住了想盯着她看的冲动。让我如释重负的是，我没有再像上次会面时那样激动得难以自抑。我第一次看见她，就觉得她像丹尼尔的妹妹玛利亚，至少当时我是这么想的。今天的她没有给我这样的感觉。

我们视线相对了。我知道，这不是巧合。

伊莎贝尔来这里是有原因的。

她来，一定是为了弄清楚我是谁，而不仅仅是为了心理治疗。我得知道她到底在找什么、她想要什么，为什么她表现得这么神秘。我还不敢当面和她对质。如果她对我坦诚一点，一切都会容易得多。我不知道她为什么不把话说清楚。

我正要开始治疗的时候，阿维德拉开门冲了进来。他一屁股坐在马格纳斯旁边的椅子上。我意味深长地看了他一眼，希望他明白我有多么反感他惯性般的迟到。他无视了我，拿出一盒薄荷糖，扔了一颗进嘴里。

我开始发言：欢迎各位。我上周说过，从今天起，有一个新成员要加入我们，她的名字叫伊莎贝尔。

现场陷入短暂的沉默中。大家都看着伊莎贝尔。她微微一笑，装出羞涩的模样。她表现得很好。她怎么会演得这么逼真？

马格纳斯：我觉得安娜不应该走。她的情况刚有点起色。

克莱拉：她说她必须停下来，才能有所进步。你这么觉得只是因为你站在自己的角度思考，你本身就不喜欢变化。

马格纳斯：也许吧。我还是觉得她不应该走。

现场又陷入了沉默。

克莱拉：你这周过得怎么样，阿维德？你参加了家庭聚会，对吧？

阿维德：呃。我还以为我会疯掉。和家人在一起的那几天真是个噩梦。我妹妹很古怪。和平时一样，爸爸醉醺醺的，妈妈神经兮兮的。我们还在亲戚面前假装成“幸福的一家子”。天哪！全是假话。

门又开了，皮埃尔走了进来。

皮埃尔：对不起，塞车了。

我深深地看了他一眼。我怀疑他留意到了。皮埃尔拉出伊莎贝尔旁边的扶手椅。伊莎贝尔似乎很尴尬。

我重复了一遍：欢迎你，皮埃尔。你能赶到真的太好了。我之前告诉过大家，从今天起，伊莎贝尔加入我们的团体治疗。

皮埃尔：嗨，伊莎贝尔。希望你取得比这里的某些人更大的进步。

他耐人寻味地看着索尼娅。伊莎贝尔低下头，看向地毯。她生气了吗？

皮埃尔：如果你不开口，治疗是没有意义的。你为什么来这里？

伊莎贝尔：我爸爸死了。

她的声音真好听。她清了清喉咙，看了看我，又低下了头。她似乎真的很伤心。我误会她了吗，或者说她又在演戏？

伊莎贝尔：一切发生得太快了。我没能及时赶回家。我们根本没有机会说再见。我甚至不知道他病了。

阿维德：回家？你是哪里人？你这是达拉纳郡口音吗？

伊莎贝尔：是的，我来自博尔温格。

她脸红了。如果她在演戏，那她真的是个影后。

伊莎贝尔：我去年 8 月搬来这里读书。

我：你在达拉纳出生吗？

我问得很直接，大家都侧目看向我。但我控制不了自己。

伊莎贝尔：我在丹麦出生。但我大部分时间都住在博尔温格。

马格纳斯：你喜欢斯德哥尔摩吗？

伊莎贝尔：多亏了爸爸，我才来了这里。

她笑了，似乎很尴尬。我也赞许地笑了。我不知道该怎么判断。她真的有那么像玛利亚吗？也许我错了。

我：听起来你和你的父亲关系很好？

伊莎贝尔看着我。她的眼神咄咄逼人，充满了挑衅和轻蔑。她什么都知道。毫无疑问，她什么都知道。但她知道我知道吗？她会不会发现我早就看透了她精心打造的假象？

伊莎贝尔：对我来说，他就是我的一切。所以当我发现他不是我的亲生父亲时，我非常震惊。

开始了，终于说到这个话题了。很快大家就会知道她来这儿的真正原因了。

阿维德：你心里觉得他是你的亲生父亲？

伊莎贝尔：是的。他邂逅我妈妈之后，领养了我。我不知道我的亲生父亲是谁。

领养？

我们第一次见面的时候她有说过吗？我不记得了。她称为妈妈的那个女人是谁？是她的亲生妈妈吗？

谈话还在继续，但我发现我根本就注意不到其他人说了什么。时间静止了，还是比平时快？

“斯特拉？今天辛苦你了！”

我从自己的思绪中跳了出来，一抬眼，就迎上皮埃尔嘲弄的目光。我抬头看了一眼墙上的钟：2∶33。我手表上的时间正好一样。我生怕自己会说出什么不该说的话，只点了点头，就站了起来。我知道自己表现得有多奇怪。今天的治疗超时了，大部分时间我都在走神，我还出人意料地问了伊莎贝尔一个突兀的问题。一般情况下，我只在谈话没有进展的时候才开口说话，有时是为了帮助来访者表达得更流畅清晰。但我从来不会出现这么拙劣的失误。

索尼娅先走了出去，其他人跟在后面。通常我也会马上离开房间。但今天我的双脚像生了根一样，动弹不得。我闻得到我一呼一吸间的口臭。我的腋窝出汗了，希望没人看见。

我的眼睛没办法从伊莎贝尔身上移开。

她把背包斜挎在肩上。她转身时，马尾会一甩一甩的。

她的右耳尖尖的，比左耳长一点。

在这个世界上，还有两个人有这样的耳朵。

她的右耳和丹尼尔、玛利亚的一模一样。

这个发现就好像有人重重地捶了一拳我的胃，我又想吐了。

我听到了丹尼尔的声音，那声音清晰可闻，就像他在房间里一样。**是的，我有一只小精灵耳朵，你要拿我的耳朵开玩笑吗？你知道吗，这意味着我会给你的生活带来魔力，斯特拉。**

“伊莎贝尔？”我说。

“嗯？”她答。

我想告诉她，我等这一天已经等了20多年。我想走过去，把她抱在怀里，永远不放手。

“今天辛苦你了。”我低声说道。我只能这么做。

伊莎贝尔笑了，她脸上的酒窝陷了下去。她走了。

她走了。

我瘫坐在扶手椅里，闭上眼睛，紧紧地攥住颤抖的双手。

我埋葬了你。我们站在你的墓碑前，哭着说再见。

不过我一直都在找你。我在人群中找你，在无数张不同的脸中找你，在每一辆公共汽车上、每一条街道上找你。年复一年。

期盼着，祝愿着，等待着，总有一天你会回来的。

但后来我放弃了。我不再期盼，不再祝愿。我必须继续我的生活。要么我继续活下去，要么我追随你，消失在这个世界上。我选择了活下去。为了我自己，为了我儿子，这有错吗？

我不明白你为什么假装我们是陌生人。你是想看看我是什么样的人吗？

想看看我有没有后悔？有没有被愧疚折磨？你恨我吗，和我恨自己一样？

你想惩罚我？让我痛苦？

我已经很痛苦了。

你给的痛苦永远都不会离开我。和你一样，那已经成了我的一部分。它不准我忘记。你想知道什么？想让我说什么？

我只能说对不起。

原谅我，爱丽丝。

克斯廷

我把手机放在桌上，眼睛一眨不眨地盯着它，等它响起来。这些日子我给伊莎贝尔打过电话，她很少接，也从不回我的电话。这对我是不公平的。这么多年，我为她付出了多少。我尽力了。一个人使出浑身解数后，只会无计可施。我只是一个普通人。

我站起来，走向吧台上的咖啡机，伸手去拿橱柜里的杯子，但里面一个杯子都没有了。我看着水池。自从洗碗机坏了以后，水池的水总是溢得满满的。

汉斯立即就能修好。没有什么问题难得倒汉斯·卡尔森。但现在他不在了，剩下我一个人。厨房里有股臭味。脏盘子、玻璃杯、咖啡杯和餐具全都胡乱地堆叠在一起。我应该洗碗的，但我没有力气了。一个人做饭，一个人吃饭，真是让人心情低落。一个人的时候，随便做个小三明治、喝杯咖啡比较方便。谁要管那些脏盘子？反正只有我一个人。

我卷起袖子，洗了一个杯子，给自己倒了些咖啡，放了两颗糖。当我伸手去拿第三颗的时候，我的耳边响起了汉斯责备的声音。**想想你都喝了什么进身体里，克斯廷。他总是怪我要放第三颗糖。**

他怎么会走了呢？当然，他比我大 12 岁，但 59 岁还不算老。他把自己照顾得很好，不抽烟，一天只喝一杯咖啡，饮酒不过量，控制体重，但都没用，他死于中风。

我挑衅地把第三块糖放进咖啡里，把杯子带到“图书馆”。他就是这么称呼厨房后面那个小隔间的。我啜饮了一口，盯着陈列满书的书架。上面的书各种各样，但我很少读。我只是不明白为什么人要浪费时间幻想另一个世界，要往脑海里塞满别人的废话。对此我敬谢不敏。我宁愿看电视，看一些甜蜜有趣的电影，系列电影也不错。可以浪漫点，最好不要有过激场面。但现在这个年代，很少有电影没有这种情节，影片里没有赤身裸体的场面，都上传不到网站上。

但家里的墙颜色很单调，对吧？是的，我觉得是的。但装修这个房间时，我觉得棕色是一种美丽舒缓的颜色。也许是时候翻新了？

很明显，我在自欺欺人。我知道我永远都不会翻新的。现在我是唯一一个不得不对着这些颜色单调的墙的人，实在不必大费周章。

自从他去世后，伊莎贝尔就离开了，这栋房子变得好孤独，好安静。墙上的钟依旧嘀嗒作响。嘀嗒嘀嗒，嘀嗒嘀嗒，嘀嗒嘀嗒。但不知何故，时间仿佛静止了一般，纹丝不动。我受不了这种声音了。

我走出前门，沿着房子周围的碎石路走到屋后。室外空气清新，阳光明媚。但花园却笼罩在阴影之下。周围的树已经长得很高了，几乎没有光线穿透进来，我就像生活在森林深处似的。

我抬头看着房子，这是一栋典型的红白相间的乡间房子。它非常适合我们家，楼上是一间浴室和我们每个人的卧室，一楼是客厅、图书馆和厨房。但以前不是这样的。现在窗框上的油漆脱落了，屋顶的雨水池歪歪斜斜地挂着，红色的油漆也需要重新粉刷。

还不止如此，楼上浴室里的水管在漏水，厨房天花板上的污渍开始扩散。

我要怎么修葺这些残损？我哪有那么多钱？

我拿着杯子坐在后面的台阶上，盯着仍未修剪的草坪。我只剪过一次。差不多20年前，我们刚搬到这里时，这个院子第一眼就吸引了我。每年春天，伊莎贝尔都会帮我打理院子。但慢慢地长大后，她觉得这太无聊了。最近一段时间我也没打理过，现在草木都长得很旺盛了。我应该把花园里的家具放进棚子里的。我们的塑料户外家具很漂亮，以前雪白雪白的，现在都变灰了。

“你好，克斯廷，好久没看见你出来了。”我的邻居站在不远处。

“你好，古妮拉。”我回道。

她摘下园艺手套，用袖子擦了擦额头。古妮拉50多岁。她把头发染成了铜褐色，想掩盖灰白的头发。但她的身体很健康，她充满活力，热爱运动。她每年都坚持参加瑞典经典赛（Swedish Classic），去安格布列斯拉普特（Engelbrektsloppet）比赛滑雪，去范斯博罗西明根（Vansbrosimningen）比赛游泳，去丽汀格拉普特（Lidingoloppet）比赛跑步，去瓦特伦丹（Vatternrundan）比赛骑自行车，为此她很自豪。

她和她的丈夫尼尔斯都是户外运动型的人。他们没有孩子，把时间都花在运动和跑步上。也许这样满足了他们的某种需求，我也不知道。他们舒适的房子和完美的花园旁有一个整洁的车库，他们把设备存放在里面。他们不懂抚养孩子究竟意味着什么。这意味着要比关心自己更关心她，要把自己的需求排在她的后面。所以我很难喜欢上他们，他们也讨厌做我的邻居。

“今天适合做点园艺，你不觉得吗？”她问。

“也许吧。”我答。

古妮拉歪了歪头。在她眼里，我看到了同情，也看到了轻蔑。

这让我好奇别人眼中的我到底是什么样子的。我低下头看我平时穿的这件软塌塌的旧毛衣，顺了顺头发，我的发丝早已染上灰白。想到生活是如何苛待我的，这也就不足为奇了。我的皱纹越来越多，越来越深。我的眼眶凹陷下去，下巴的皮肤变得松弛下垂。最近我的体重还增加了。我觉得自己看起来比古妮拉老得多了。

“今天晚些时候，尼尔斯会到珐葛米拉（Fagelmyra）的回收中心去。”她说，“他的车子还有空间，如果你有什么东西不要了，他可以帮忙哦。”

她短暂地迟疑了，这种迟疑耐人寻味。她指的正是我和汉斯从商店里清理出来的那堆垃圾。汉斯身体抱恙后，我们就没再收拾过了，所有东西都堆在了房子前面。这对我们这个完美主义的邻居来说，那可是一个大问题。但它可以待在那里。我有权利做我想做的事。我不欠谁什么东西。

“不用了，谢谢。”我谢绝道。

古妮拉似乎吃了一惊。她伸了伸懒腰，准备走了。“我只是为了你好。”

我叹了口气，她感觉到了我的尴尬，也发现我的语气并不友好。

“对不起。”我说，“谢谢你的善意，古妮拉。”

我努力挤出一个微笑，但感觉更像是在拉扯自己的脸部肌肉。她坐在下面的阶梯上。

“你知道吗，克斯廷，我们很乐意帮助你。汉斯走了，家里一定很冷清。还有在斯德哥尔摩的伊莎贝尔。我们一直都很担心你，”她把手放在我膝盖上，我身体一僵，她移开了手，“也很关心你。”

“谢谢你这么说。”我回答。

“你以前总是来花园里。”

“我只是不想出来了。”

“我明白。真的。”

“哦，是吗？”

“什么意思？”

“先是我的女儿搬出去了，然后我又失去了我的丈夫。我现在是孤家寡人一个。你怎么会明白这种感受？”

“我只想说，我们都在你身边。我们不想打扰你，但孤立自己似乎不是件好事。”

“我很伤心。这不叫孤立自己，这是有区别的。”

她低下头，看着色彩鲜艳的跑鞋，叹了口气。我们沉默了好久。

“有需要的话就告诉我们。”古妮拉说完，站了起来，走回自家的院子里。

我也希望我能提高一下话家常的水平。但我宁愿坐着，沉浸在自己的思绪里。汉斯在的时候，一切都更顺利些。在他走后，我才意识到他对我产生的积极的影响。以前我们一直过得很开心，我们的小家很温馨。那时的伊莎贝尔不像现在这么不可理喻。

她变了，变得沉默又冷淡。我不知道为什么，她什么都不告诉我。肯定发生了什么，不只是为了悼念她的父亲。但我根本无从得知。我每天都在想，她在做什么、她在想什么。我希望她能告诉我，和我分享她的事情，就像她小时候一样。她是我的洋娃娃，是我亲爱的女儿。以前我们相处得很好，无话不谈，常常逗得对方开怀大笑，难过了就相互安慰。

我的眼泪突然涌上来。这不是我理想中的生活，不该是这样的。我把剩下的咖啡倒在阶梯旁，站起身来。我打开院子的门，走回那间漆黑、寂静的房子里。

伊莎贝尔

我站在弗瑞德汉姆（Fridhemsplan）地铁站的站台上，等待着绿线列车。开往哈瑟尔比方向的 19 号线列车将在三分钟后到达。

我在想斯特拉。我经常不由自主地想起她。她很漂亮，看起来很年轻。我想知道她到底多大了。我看得出她很坚强，她可能自己都没有意识到。我想知道她在隐瞒什么，或者在逃避什么。她在害怕吗？可能吧。

她害怕是应该的。毕竟你永远都不会知道未来有什么在等着你。

我坐在长椅上，抑制住打哈欠的冲动。我累了。连生气的力气都没有。

斯特拉今天的指甲颜色换成了樱桃红。她的发型一丝不苟，妆容精致，口红素净，戴着很可爱的耳环，看起来很昂贵。她的黑裤子很合身，灰色上衣的质地很好。她全身的搭配都恰到好处。她一定很有钱。她结婚了，左手无名指上戴着一枚镶钻的金戒指。

对斯特拉·威斯特兰德来说，生活很轻松。

她端正地坐着，背挺得很直，但姿态放松。她看起来很自信。她是怎么做到的？也许她一直都戴着面具。她褪去面具的时候是什么样子？和我一样丑陋邪恶吗？我真希望我对她的了解能再多一点。

在参加团体治疗之前，我以为面对她是件很难的事。我想把心里的话像倒豆子一样，一股脑儿全说出来。但我做不到。每个人都盯着我看。那些话太沉重了，我如鲠在喉。

斯特拉也盯着我看。她明白吗？

皮埃尔问我来做什么的时候，我本来可以说出来的。

他们在等我的回答，但我还是说不出口。

我想说的话一句也没说。我感觉到斯特拉投来询问的目光，我确定她在盯着我看。

他们当中会不会有人知道我的事情，知道我是谁呢？我坐在这些人中间，怎么都没人看得出我的忐忑？

列车进站了。我上车，在一位老太太对面坐下。她紧紧地抓着她的钱包，但当她与我四目相对时，她笑了。她也看不出我的本质。我也朝她微微一笑，随后靠在窗户上，闭上双眼，感觉冰凉的玻璃抵着我额头。

每个人都会害怕。但是我们微笑着伪装自己，戴上面具，这样就没人能看穿了。

但我已经决定了，下次我要把一切都告诉你。

全部真相。

斯特拉

该死的，他们已经到了。

我在厨房听着大厅里的嘈杂：鞋子踩在大厅地毯上的咚咚声、夹克衫摩擦的沙沙声和衣架碰撞的叮当声，小女孩的尖叫声、打招呼的拍背声、男人的笑声，还有一串高亢尖锐的女人的声音，显然她亟需即时的关注和回应。

今天早上，亨里克提醒我晚上有聚餐，我假装期待不已。不幸的是，那时候要取消为时已晚。我给一家餐饮公司打了电话，他们带着精美的秋季菜单过来了。工作人员在餐厅里做餐前准备，他们把食物放在餐盘和碟子上，再把它们放进食品保温器里。

今晚我要怎么硬撑过去?

经过今天的团体治疗，其他一切都显得微不足道了。

我喝了一大口红酒，谢天谢地，亨里克在他们到之前就把它带回家了。

我脸上挂起微笑，走出大厅迎接我们的客人。

“她出来了。”马库斯一脸欢喜，给了我一个大大的拥抱。

“斯特拉。”杰丽娜叽叽喳喳地叫着，吧唧左右亲了一口我的脸颊，“我们终于见面了。我听说过很多你的丰功伟绩。”

马库斯的新女友自称是个模特，她确实很有模特范儿。她是一个关注美容、健康和正念的网红博主。她开怀地笑着，露出一口持久炫白的贝齿。她的身体连一盎司多余的脂肪都没有，她有着一双金褐色的匀称大长腿。她很喜欢穿黑色短裙来炫耀它们。她可能连 25 岁都不到，全身上下没有一处不完美的，只有 20 岁出头的妙龄女子才可能有这种状态。

埃巴和索菲娅是马库斯的女儿，一个九岁，一个五岁。她们吵吵闹闹，一直没停过。米洛走出房间，主动让她们玩电子游戏，这让我松了一口气。我一定要记得好好奖励他。亨里克带着马库斯和杰丽娜进客厅聊天去了。

我跟在他们后面，却一点都不想参与，我脑子里想的是伊莎贝尔·卡尔森。

爱丽丝。

我看见了你脸上的酒窝，你的耳朵。你笑得小心翼翼，没有透露半点真实想法。你根本想象不到我有多想你。从你消失的那天起，你就成了令我心底隐隐作痛的一根刺。

你到底去哪儿了？

你为什么不告诉我？

我反反复复地问自己同样的问题。我无法沉默以对。

但我确实试过别的方法——喝更多的酒。

杰丽娜说她想参观我们的房子。

我以处理食材为借口逃到了厨房。

我一口干了杯子里的酒，当杰丽娜热情地来和我攀谈时，我又斟满了杯子。

她超级喜欢我们的灰色大沙发、地毯、铜罐，包括罐子里巨大的仙人掌。她超级喜欢我们院子附近墙上的黑白照片，上面的风景多迷人，还有地毯，多么漂亮的地毯，还有书架上的小雕塑，她全都好喜欢！我们家完全可以放在室内设计杂志上，我们的房子怎么可以美成这样？

幸亏亨里克走进厨房搭救了我。他说我在设计方面一直很有天赋。或许她才是他要救的人？他可能看出来我快受不了她了。

我又喝完了杯子里的酒。我要走进迷雾深处，逃离这压迫着我的尖锐刺骨的现实。

晚饭我几乎都没有参与。

各种声音响了起来，相互混合：椅子刮擦声，餐具蹭到盘子咔嗒作响，还有咀嚼声和咕噜声，这些声音钻进我的耳朵，攻击着我。亨里克正和他们讨论自己的公司。说公司运营得多好，扩张得多大，销售额不断地增长，很快就要迎来振奋人心的新挑战，等等。“那你们呢？”“我们在一起 16 年了。”“你们结婚多久了，亲爱的？……这是塞拉诺火腿、帕尔马干酪和咖喱烤大虾。”“嗯……好久了。”“哦，天哪，现在怎么样？”“很快就 14 年了，米洛 13 岁了，我们在这所房子里已经住了 12 年了，从我们重新装修厨房到现在肯定有五年了，对吧？亲爱的？”“这是晒干的番茄和蒜香沙司烤制蔬菜。”“我们到了那里之后就直接去酒店。”“是的，这个周末我们在尼科平（Nykoping）外的威斯特兰德乡村别墅见，一定会很好玩的。”“不，上次亨里克猎鹿去了好久。”“这是羊乳酪、哈洛米芝士和芦笋，对。我们在阿布扎比（Abu Dhabi）的时候。”

所有这些对话似乎都来自另一个房间，另一栋房子，人们坐在另一张桌子旁，用一门我说不流利的语言交谈。亨里克把手放在我的大腿上捏了捏，无声地催促我：**拜托，你快醒醒**。

“不，我们没有搬家的计划，我们喜欢这里，对吧，亲爱的？”又一次毫无意义的按压。我像个白痴一样点头微笑，仿佛我的一生中除了点头微笑什么也不用做一样。

“你是心理医生吗？”杰丽娜靠向我，大声问道。

我在椅子上直起腰来。“没错。”我轻声说。

“你怎么做到整天听别人发牢骚的？”她问，“听他们哭诉日常的烦恼和问题，我会发疯的。那一定超级郁闷。”

这就是坚持练正念的人？

我把杯子递给亨里克，让他给我再添一杯。他担忧地看了我一眼，我假装没看到。他倒了一点。我说：“心理治疗不会为了解决问题而沉溺于问题上，”我像个机器人一样机械地解释道，“心理治疗的目的是检测出可以改变的模式或行为，学习如何应对我们的恐惧，改掉旧习惯，养成新习惯，发展成一个真正的人。”这是我的惯常回应，给白痴简单地科普一下心理治疗。

“你为什么会决定进入这一行业？”

“我遇到了鼓励我的人。”

“这真是超级让人感动，”杰丽娜说，“我的意思是，你能帮助好多人。”她饱含深情地看了马库斯一眼，用手指抚摸着他的脖子，“马库斯说，你总是很快乐，”她继续说道，“你看起来心态很平衡。”

心态平衡？我想站起来，把所有的盘子都砸到地上，对着它们大喊大叫，让它们下地狱。

亨里克把手放在我背后。“斯特拉非常棒。她很坚强，很专注，无论她想做什么，她都能做到，”他说，“这就是我爱上她的原因。”

“她一直这么冷静自持吗？”杰丽娜问。

马库斯笑了：“斯特拉有脾气的，我发誓。但这么多年，她性子收敛了不少。你说呢，小亨克？”

对，小亨克，你说呢？斯特拉修身养性了吗？

他朝我咧嘴笑了笑：“表面上收敛了。”

白痴。我爱你，亨里克，但今晚你是个白痴。

晚饭后，马库斯带杰丽娜去二楼参观。她已经看过楼下所有的房间了。我又躲进了厨房里。我在煮咖啡，把精美罗斯特兰德陶瓷餐具摆到桌子上，这套餐具是从亨里克祖母那里拿回来的。我有种把所有东西都砸到墙上的冲动。

“你今晚没怎么说话。”亨里克走进来，靠在厨房的吧台上。

“我必须说话吗？”我又把杯里的酒一饮而尽。

“亲爱的。”他把杯子拿走，“你有点醉了。你喝得比平时多。”

杰丽娜的高跟鞋在我们头顶上方咔嗒作响。

我指着天花板嘶吼道：“她简直是个疯子，她是我见过的最无耻的跨越底线的人。除了外表，马库斯还看中这个歇斯底里的女人什么？”

“如果说有人歇斯底里，那就是你，”亨里克看着我说道，“你一副想掐死她的样子，这可不像你。”他握着我的手，把我拉近，亲了亲我的头发。我任由他抱了我一会儿，便扭动起来，说我要去洗手间。

我走进洗手间，坐在马桶盖上，把脸埋在手里。我真是个可怕的人，我为自己感到万分抱歉。

房子里现在很安静。餐饮公司的工作人员拿走食品保温器、托盘、盘子和碗，开始收拾桌子和洗碗。

客人都走了，米洛睡着了。亨里克睡在我身后，爱抚着我的身体。我们已经很久没有这样亲密接触了，一般只有晚安吻。我尝试着享受，但即使喝了那么多酒，我还是不能放松。我太生气、太伤心了。

过了一会儿，他停了下来，吻了吻我的肩膀，咕哝着说晚安，背过身去。

确定他睡着后，我就下了床，去大厅拿手提包。我爬到沙发上，打开日记本。

1994年8月5日

佩尼拉今天来了。除了宝宝的话题之外，我们还聊了点别的。谈话很有趣，这是我平日里一次愉快的休息。我很感谢她。所有其他的朋友都远离了我。

但我们很坚强，我和我的小毛球都很坚强。大部分时间她都很开心，很满足。（每个人都问她是不是一个“好”宝宝，就像她是一只狗或什么的。“是的，她很好，也从不咬人。”或者“好吧，她不是故意的。”我这么回答。）

但最近她比平时更难伺候了。她睡得很轻。我一把她放下，她就会醒过来抗议。如果我躺在她旁边，想要站起来，她就会大哭。

她会出牙吗？这是我们几个星期来一直在讨论的话题。她一不高兴，我们就打趣道：“出牙齿了。”但我们还没有看到一颗新牙齿。猜猜？饿了，饱了，累了，太热了，太冷了？

也许这只是一个阶段，一个不好玩的阶段。

不管怎样，丹尼尔20岁了，他的父母送了他最贴心的礼物——属于我们3个人的小假期。耶！我们下周末就出发去斯特兰德庄园，那是一个位于山猫地蓝色海岸的旅游胜地。

听起来不好玩吗？一个海滩庄园。

也许在那里我们会比在家里睡得好，谁知道呢。希望如此，因为我们都已经疲惫不堪了。整个夏天，丹尼尔都在从早到晚地拼命工作，我们几乎没有见过面。再见面时，我们都不太习惯对方在身边的感觉了。我们需要这个朝夕相处的假期。

我们需要一起到某个地方去。开着车，唱着无聊的歌，转悠转悠。我们将住进一间小木屋，享受日光浴，游游泳。

我等不及了！

斯特拉

星期六早晨，我穿好衣服，煮上咖啡。我应该吃点东西，但煮东西还得等。我吞下最后一口咖啡，咖啡很热，尝起来有点像洗碗的皂水。我用水漱漱口，吐在水池里。

我走出去开车。先打火起步，倒车时转过身去看后窗。我穿过门柱，正要掉转车头，忽然有人敲了一下副驾驶的车窗。我立刻刹车，扭头张望。

约翰·林德伯格正咧嘴看着我。他的小狗跟在他身后，不住地颤抖着。我摇下车窗，以为他会简短地吹嘘一下他在股票市场上如何大杀四方，或者和特蕾丝这段“公开”关系的更多细节。

“你赶时间吗？”他问。

“对不起，约翰。我没看见你。”

“我藏在树篱后面，斯特拉，不是你的错。”

我重新摇上车窗。约翰把手放在上面，向前倾身，冲我眨了眨眼。

“每次我见到你，都觉得你又变漂亮了。”

我看了看时间，给他一个“你懂的”的微笑。

“你要背着亨里克做什么？他知道他的小娇妻要独自外出吗？”

“请不要告诉亨里克。别出卖我。”我继续倒车。

约翰·林德伯格抓着车窗。他看着我，脸上露出惊喜的神色。

“你在开玩笑吗，斯特拉？哇，太酷了。我说嘛，这就是你维系夫妻关系的秘诀。我突然有点兴奋。去吧，女士！”

我拐上街道，开车走了。在后视镜里，我看到约翰和他的小狗站在街中央。我很不理解，他双手握拳高举在头顶什么意思。团结奋斗？我暗自乐了。如果亨里克在这里，我们会笑成一团的。

我才出门一小时，电话就响了，铃声又突然又尖锐。我开着车，被吓了一跳，只好转入休息站接电话。

“我吵醒你了吗？”亨里克说。

“没有，”我答，“玩得开心吗？”

电话那头传来呼呼的风声，看来他在户外。

“米洛还在睡觉。我跑完步在花园里喝咖啡。你干吗呢？”

“没干吗呀。”我撒谎了。

“我想你了。”他说，“但你休息一下挺好的。”

“我也想你。”我安抚道。

他们正在威斯特兰德家族的乡间别墅度假，那是一个庄园，里面有马，有狩猎场，还有一个私人海滩。我本该去的。但我没有，我另有打算。

我们聊了一会儿房子和船，聊了他们今天的安排。他说他的父母向我问好。我让他也代我向他们问好，再帮我给米洛一个大大的拥抱。聊天结束后，我又开车上路了。

威斯特兰德家族所处的社会阶层和我不同。我家属于工薪阶层，我在郊区昆桑根长大，那里的成长环境比亨里克的简单得多。我是单亲家庭长大的，我家只有妈妈、我和大我七岁的姐姐海伦娜。亨里克出生在斯德哥尔摩市繁华的郊区丽汀格，就读名校，学航海技能，学打网球和高尔夫。他的前女友是个叫路易丝·范什么的法律系学生。她有一笔信托基金，在岛区传统的贵族聚居区上还有一间面积庞大的公寓。

妈妈和海伦娜不看好我们的恋情。但是亨里克的父母很喜欢我。他的母亲玛格丽塔很高兴儿子能找到一个通情达理的爱人来陪他度过下半生。我和他一样把他们当作自己的家人。

我快到尼科平了。他们的乡间别墅离这儿不远。昨天，亨里克最后一次试图说服我和他们一起去。

他对我描述了一番如何在壁炉旁度过宁静的夜晚，在清凉的秋日去散步，在深夜里痛快地享受和熬夜，诱惑着我改变主意。我说我没什么兴致，我累了，也不太合群。我需要一些独处的时间来休息。

我通常会感到内疚。但现在不是内疚的时候。

我开车穿过出口。

两小时后，我向斯托维克和斯特兰德庄园开去。上次来这里还是丹尼尔开的车。我甚至还没有考驾照。我记得上次最后几英里时，他嘴里咒骂个不停。这条碎石路积满灰尘，一路上全是深深的坑洞和急转弯。他担心他的车会受震动冲击，担心沙砾会刮坏车漆。他还说他怕会撞上一些傻乎乎冲出来的乡下土包子。

昔日的碎石路已经修好了，化身宽敞的柏油路。以前的斯托维克（Storvik）都是森林和田野，现在新建的房屋鳞次栉比，一家挨着一家，好像直接从商品目录中发货的一般。连片的草坪绵延开来，周围还放置着红色的三轮车、公益蹦床和石头日晷。这些地皮上都没有种树，其中一些还是建筑工地。

在工地开外，柏油路消失了，又是一条老旧的碎石路。那边没有新房子，也没有正在施工的建设项目。

我一个急刹车。

一只大红鹿站在我面前，它那双乌黑清澈的眼睛盯着我，巨大的鹿角就像一棵树。我打开车门，走出来，伸出手。为什么？我也不知道，也许这是一种问候。大红鹿转身跑开了。它一跃而起，跑进了马路另一头的一块地里。我目送它远去，直到它消失在浓密的树林中，才回到车上。

我转入森林小道时，已经快到午餐时间了。四个多小时后，我到达了目的地。

斯特兰德庄园，这个标志仍然挂在车道的上方。看起来和我记忆中的并无两样，只是破旧了不少。这条森林里的路其实就是两条深槽，中间长满了高高的草。两边都是茂密的灌木，树枝在路的上方纵横交错。我缓慢地穿过一条铺满橙色树叶的隧道，到达停车场。

一辆露营车被遗弃在这里，没有门，窗户也破了。几辆生锈的自行车靠在松树上。树叶、针状物和松果覆盖着这片田野。

我从车里下来，舒展着僵硬的身体。我沿着碎石路向主楼走去。在低矮的房子后面，草坪如同一片野生草地，向大海延伸。左边的迷你高尔夫球场上长满了青草和灌木林。屋外那条走廊上的木板东一块西一块的都不见了。木板下面的灌木丛探出头来，百叶窗紧闭着。这个海滨度假胜地似乎早就被遗弃了。

我绕着主楼走，沿着碎石路向右边的六间小屋走去。它们在水边那片高大的树木间，离主区域有点儿远。第一间是最远的。

我们住在海边第一间私人小屋里。我坐在门廊上，爱丽丝睡在树木之间的婴儿车里。我想，在乡村这种清新的空气中睡觉对她有好处。枝叶繁茂的树木撑起了浓密的阴凉。

海滩边上有更多的小木屋，都有人住了，沿路的营地也满了。这里有一群德国人和荷兰人，还有很多带孩子的家庭和开房车来的退休人员。

我们的小屋清幽、宁静、舒适。只有丹尼尔、爱丽丝和我。我们安享在自己的小天地里。这几天真是太美妙了，没有比这更自在的生活了。

但是明天，我们的小假期就要结束了，我们又要回家了，所以我要好好把握今天。

这些小屋也需要修葺了。在阳光暴晒的那一侧，几乎所有的油漆都已脱落，而另一侧的屋顶也变形了。我走上那条走廊，踏入我们曾经住过的小屋，透过窗户往里看。靠窗的桌子和三把椅子都不见了，棕橙相间的沙发和占据卧室大部分空间的双人床也不见了。一切都已物是人非。

我没有什么特别的感触。没有焦虑，没有喧嚣的情绪。我就在事发之地斯特兰德庄园。但我并没有出现想象中的情绪波动。

我转身走向海滩。

波罗的海的风夹杂着盐和海草的腥味。我深呼吸一口，让清冽的秋天的气息充满我的身体。我蹲下来，摸了摸水。水是冰冷的。虽然才到 9 月，但夏天已经过去了。我站起来，凝望着这片蔚蓝的海。

那天晚上，爱丽丝醒了，于是我们走了出去。我们坐在这里，看着天上那轮满月。只有我们三个人。

我心里异常平静。

低沉的狗吠打破了这片寂静。

“巴斯特！”一个穿着皱巴巴宽大外套的老妇人以惊人的速度追逐着她的狗。

那只狗冲进了水里。它看见我，高兴地冲我奔来，停在我面前，甩着湿漉漉的皮毛。它是一只体形巨大的狗，那颗大脑袋不停地摇晃着。水珠朝四面八方飞溅开来。

“别担心，它不危险。”老妇人喊道，边走边裹起外套。整个场景都很滑稽，我忍不住笑了起来。

这只红褐色的短毛狗，身体很健壮，几乎和它的主人一样大。我朝她微笑，拍了拍狗。

“不过，它没什么礼貌。”老妇人边说边系住它。

“它很可爱。”我说。

“你听见了吗，巴斯特，你这个坏家伙？”她语气和善，大狗发出低沉的吠声回应她。

“它是什么品种？”

“英国獒犬。你能想象到的最好的拉普狗。”老妇人得意地斜睨了我一眼，“你怎么会来这儿？我们很少在斯特兰德庄园看到有人。”

我环顾四周：“很久以前我在这里度过假。我刚好开车经过，想来看看它会不会还是我印象中的样子。”

“不是，再也不是了。”那女人对着周围的环境摊了摊手。忽然，她笑了。“我在想什么呢？”她指向我这边，“我叫伊丽·玛利亚。我们住在山的另一头。我在那里已经住了 40 多年，巴斯特跟着我八年了。”

“斯特拉，”我介绍完，和她握了握手，“以前这里环境清幽，到处都是花。各种颜色的植物、花盒、花坛、灌木，还有修剪细致的树木。”

“你什么时候来过？”

“1994 年，8 月。”

“这个地方荒废了真的很可惜，以前打理得很好，很受欢迎。夏天总是游客成群。”

“为什么现在没人打理了？”我问，“这块地一定很值钱。”

“这么多年来，一直有很多开发商在周围虎视眈眈。所有人都想分一杯羹。但年复一年，这里还是老样子。”

“怎么会这样？”

“嗯，我想想，你是 94 年来的，你说呢？”

我和伊丽·玛利亚沿着海滩漫步，听她追忆往日的故事。太阳当空高挂，阳光下的海面熠熠生辉。巴斯特又跑掉了，它冲在我们前面，在海滩上的浮木和残骸中四处觅食。

“在漫长的岁月里，慢慢衰退的记忆既会让你失望，也会让你受益。”伊丽·玛利亚说，“但有些事情你永远都不会忘记。那年夏天，有个小女孩在这里溺水身亡了。那家人是游客。来的时候，一家三口整整齐齐，回去的时候，可怜的父母已经痛失了心爱的女儿。那是个悲剧。伦丁深受打击。他是斯特兰德庄园的主人，他为此奋斗了一生，几乎全凭一人之力自主经营。但很快他就死了，非常突然。他的女儿变成了业主，但她什么都不管。从那以后就没见过她了。”

我们继续沿着海滩走下去，穿过主楼，经过迷你高尔夫球场的旧迹。伊丽·玛利亚抽了抽鼻子说：“那一年，她搬到这里住了一段时间，后来又消失了。她生了一个孩子。我想，可能是因为单凭她一个人，实在经营不来这么大一个庄园。”

我们走到了沙滩的尽头，远处有几只海鸥在空中盘旋滑翔。巴斯特屁颠屁颠地跑去看它们。

“这儿是尽头了吗？”我说，“我记得这片海滩一眼都望不到边。”

“记忆是会骗人的，”伊丽·玛利亚说，“以后会更糟。等你到了我这个年纪，你就知道了。”

我们继续沿着小路走，穿过长在奇石嶙峋的海滩上的一丛丛蒿草。我记得我们以前把这条小路叫作险阻之路。

“我想起来了，”我说，“这条小路上有很多供人冥想的驿站。”

我们在一个大石头围成的中间堆着拳头大小的小石头的石环前驻足，石环旁边钉着一块牌。伊丽·玛利亚弯下腰，背着手，仔细地端详着。

“如果你的眼力够好，你可能看得见上面的话。我什么都看不清，也记不起来了。”她轻轻拍着前额，咯咯地笑了。

“劫难之环。”我说。

我走进石环里，捡起一块石头搓了搓。我在思考着心中的顾虑和以前遇到的磨难。我把石头扔到石环外，假装把烦恼都扔掉。我认真地扔完，心中的烦恼似乎减轻了不少。我转过身来，看见丹尼尔朝我咧着嘴笑。

“也许我应该把你从石环里扔出去，斯特拉。从我遇见你的那一天起，你就只给我带来了麻烦。”

我大吼一声，沿着小路追他。我们大笑着相拥，在草地上亲吻对方。那时我们还不知道我们的生活在将来的某一瞬间会崩塌。

我站在石环里，捡起一块石头搓了搓。尽力把它扔到最远的地方。这丝毫没有给我带来解脱的感觉。只有深不见底的痛苦。我缓缓地跪下，抽泣着、尖叫着，直到丹尼尔过来，执意把我拉走。

伊丽·玛利亚的手覆在我的手上时，我强迫自己从消沉的情绪里挣脱了出来。她捏了捏我的手，抓住我的胳膊，我们继续往前走。

过了一段路，这条小道就往上延伸到一座陡峭的山丘上。在我们的正下方是一条碎石路，我们在那里分开。伊丽·玛利亚和巴斯特要走那条路，因为速度更快。

“不然巴斯特会难受，”她说，“它容易低血糖，你懂的。”

“我懂，”我说，“我丈夫也是。”

伊丽·玛利亚笑了，我们抱了抱对方。我继续朝山顶走去。我走到了一个险峻的悬崖上，悬崖的左边生长着不少树，一栋建筑俨然矗立其中，但林荫遮住了它的部分面貌。

我继续朝另一个方向走去，那边是面向大海的悬崖峭壁。上次游玩我没来这里，我们不能推着婴儿车走这么远。在这里，你的目光可以探到波罗的海对岸数英里之远。悬崖以一个陡直的落差骤然而止。我走近前来，站在悬崖边往下看，崖底层层巨浪冲刷着岸边的巨石。

一只石鹿站在我下面的灌木丛中。它总是这副作势要逃的姿态，却只能永远冻结在这里。我坐在它旁边，凝视着大海。

回去的路上，我在劫难之环停了下来，进去捡了一块石头，放在手心搓了搓，把它远远地扔进了树林中。

伊莎贝尔

“舒服吗？”乔安娜和我一起躺在毯子上，像只猫咪一样把手脚伸展开来。

我闭上眼睛感受阳光。“太舒服了。”

“太舒服了，乔安娜。”

今天是星期六，我们班在坦托伦登（Tantolunden）公园野餐。我很高兴乔安娜叫我一起去。**别再沉湎于过去了，暂时忘掉那些事吧**。我决定恢复父亲去世前的最起码的社交活动。

乔安娜告诉我，阿克塞尔来了，我睁开了双眼。她向她的男朋友挥挥手，站起来走向他。他们互相拥抱了一下，吻上对方。

我可以把生活过得像一部电影。一部描述我的大学生活和女孩们的夜生活的电影，背景配上咯咯的笑声，感觉还不错。只要我能自在地表现，放开自己，只要姑娘们的浪漫爱情故事陆续不断。乔安娜、苏茜和玛丽安可以分享她们日常的所做、所见、所闻。这种幻想忽然让我意识到自己的见识是多么的浅薄。我能数出几个好朋友，但怎么数都是那几个而已。我心想，**是时候做点什么了**。迎新晚会上，我就放得很开。那天晚上我喝的酒比前几十年加起来还要多。别人逼着我穿了一件紧身的黑色连衣裙。搞得我整个晚上都觉得勒得慌，酒喝多了之后，我才忘了这茬。但这身裙子吸引到的所有目光，我一个都没错过。我承认，我喝的酒越多，这些眼神看起来就越兴味盎然。

每每想起那晚，我整个人都会兴奋起来，现在也不例外。弗雷德里克把我拉进舞池里。他的手放在我的腰上。我不断地贴近他，感觉他越来越难耐。他牵住我的手，把我拉到一条空走廊，吻我的喉咙、耳朵、耳尖。有时我会对我尖尖的右耳产生些许困惑。我们亲吻时，他的手不安分地在我身上点火。**如果妈妈知道了会怎么样？**

他的朋友喊他，他让我等一下，然后转身走了。我错就错在开始思考。一想到妈妈会大发雷霆，我马上就回家了。

我坐在毯子上，看到我们班同学来得越来越多。有些人在打垒球，有些人在闲逛，还有人在拨弄吉他。

弗雷德里克也来了。他手里拿着啤酒，坐在几英尺远处。

当他离开交谈的那群人时，我鼓起勇气向他挥了挥手。

“嘿。”

他看着我笑了。

“你好，贝拉。”

“你还好吗？”我说。

“很好，你呢？”

他一屁股在我身边坐下，开了一瓶新啤酒。

“我没想到你会来，”他说，“喝点吗？”

我吮了一口，尽量不被呛得龇牙咧嘴，再把瓶子递回去。弗雷德里克接过来躺下。过了一会儿，我也躺下了。

“你夏天过得好吗？”**这话听起来就像妈妈那一代的人，疏远，干巴巴。**

“我一直在帮爸爸干活。”他说，“但我去了柏林和圣特罗佩斯，短暂地游玩了一段时间，你呢？”

“我整个夏天都在工作。”我答道。**多有趣的女孩。**

“你回达拉纳了？”

“没有，我在维林比的一家杂货店里打杂。”

“烧烤会上没看见你。”

我耸了耸肩：“来不了。”

“太遗憾了。”

他又把那瓶啤酒递回给我。我真的不想喝了，但像这样躺在这里，感觉很微妙。我和他分享着同一瓶啤酒，假装自己对他来说很重要。

“你想回博尔温格吗？”

我想了想。

“不想，”我说，“或者说有时想，有时不想。想回去的时候一般都是夏天。斯德哥尔摩也很棒，但在家里更舒服。”

“你说笑吧？群岛上半夜太阳都高高挂着呢，外面全都是户外酒吧和餐馆。还不如在国王花园（Kungsträdgården）坐着吃雪糕，在公园里喝啤酒，在尤尔戈登（Djurgården）散散步，多好……”

“散步？”我嘲笑道，“你退休了？”

他戳了我一下，我不禁哈哈大笑。

“别忘了，你还要和一群满身大汗的乘客挤地铁。”我提醒他，“一般你的鼻子都被迫钻进别人的腋窝里。咦，好恶心。”

“哈哈，好笑。那博尔温格有什么了不起的？山地车？民族服装和声音尖锐的小提琴？”

“你不明白。”

“那就跟我解释一下。”

“那里很安宁，很清静。山脉呈现出一片清冷的蓝色。我会到外婆家去，在屋旁的草地上度过一个个美妙的夏夜。”

“蓝色的山和美妙的夏夜，听起来诗意十足。”

“想象一下，你骑自行车到湖边，感受风穿过发间的惬意。在树林里转悠，好几小时都遇不到一个人，耳边只有啾啾的清脆鸟鸣。”

“想象一下你迷路了，被一群群蚊子活活吃掉，最后迷失在距离文明世界几百英里的深林里。”

“别傻了。你要是不想去森林，可以和那些无趣的游客一起去勒克桑或者诺雷特，去米蒂吃汉堡，去莱克山德的萨默兰附近的沙滩游泳。你知道锡兰湖有多冷吗？刺骨地冰冷。”

“听起来像是诋毁。”

现在轮到我戳他一下。

“你去过塔尔贝里（Tallberg）吗？那里太美了。爸爸总是开得很慢，所以我们能欣赏沿途的房子。那里的道路又窄又弯。有时我们开车经过霍尔纳斯（Hjortnas）桥。每次去维达布里克（Vidablick），我们都要吃冰淇淋，眺望锡利扬湖（Siljan）。那里的景色美得不可思议。最后我们一般在赖特维克（Rattvik）长长的码头上散散步，结束旅行。小时候，我觉得那条码头的路长得没有尽头。我们得跑回岸边上。”

我不说话了。

“你在想什么？”弗雷德里克问道。

“在想我爸爸。”

“我听说了。真的很抱歉。我这么问会伤害到你吗？”

“谢谢。”

“你应该说点什么。”

“说什么？”

“你应该告诉我发生了什么。你就这么消失了，拒绝参加所有活动，没人知道你的情况。”

“我知道。”

他看着我的眼睛。我想让时间永远停留在这一刻，和他在一起。他问我现在的感觉如何，我没打算说什么，但我坦承我已经开始接受心理治疗了。他似乎不觉得奇怪。**当然，我不会什么都告诉他的。**

我们静静地躺了一会儿。我告诉他，去年春天我和乔安娜一起去献血，在献血车上留了一份血样。付出的感觉很好，但献血的人并不多。最近我收到了我的第一份捐赠传票。

我一直在说话。我想再体会一番方才的气氛，想让他尽可能待久一点。

我说我可能会晕倒，摔倒在地，把手臂上的针头撑开来，血液喷洒在房间里，护士就滑倒在血泊中。弗雷德里克大笑起来。他从口袋里拿出手机，凑到我跟前。他把手机举过我们头顶，拍了张照片。我抗议说我还没准备好。他又拍了一张。

“可以了吗？”他把手机递给我过目。

“可以，好多了。”

“来吧，我们看起来超级性感，对吧？”

他收到了一条短信，读完便坐了起来。

“在某个我觉得无奈的时刻，我屈服于妹妹，答应送她去宜家。”他说，“我得走了。没办法。但我们还会再见的。”

我坐在那里笑得像个白痴。这种暧昧的状态可能会持续到我终于发现我们之间永远不会有结果为止。等他发现了我的真面目，我会厌恶他，他也会惧怕我的。

我害怕我自己。

我害怕我藏在心底的东西。

斯特拉

在连续开了八个多小时的车后，我终于回到了家里。我泡着热水浴，睡着了，又在冷水中醒来。我爬出来擦干身体，想着亨里克。

我还是不知道怎么向他开口。告诉他，爱丽丝还活着，我见过她了？告诉他我并没有待在家里休息，而是去了斯特兰德庄园？这次是真的。

他的 T 恤搭在卧室的椅子上。我穿上它，躺在床上，打开日记。

1993 年的那个夏天，我怀孕了。4 月底的气温达到了 24 摄氏度，那是一年中最热的一天。不然整个夏天会又长又冷又多雨。第二年，我们遇上了高温时期，爱丽丝已经穿着尿布到处爬了。

我们在乔德布罗租了一间公寓，房东是丹尼尔父亲的朋友。厨房窗外飘散着金银花的香味，卧室里贴着肮脏的灰色条纹墙纸，上面全是坑坑洼洼的小洞，后来我用报纸全盖住了。

丹尼尔是我的初恋。读高中时，他比我高一年级。那时他开着他那辆加大马力的车，载着形形色色的女孩四处兜风。我表现出对他的兴趣，但没有追他。不知怎的，我还是引起了他的注意。我在那辆车的后座把第一次给了他。

丹尼尔桀骜不驯，凡是中意的东西，他都有很强的占有欲。他惹恼了我的姐姐。她认为他是一个坏家伙，他不符合海伦娜正派的世界观。我们总是在外头待到很晚，玩街头赛车、去派对社交、在车后座上疯狂亲热。

我们两姐妹中，海伦娜一直是值得信赖的那个。我是个梦想家，一直都是。我性子急，容易冲动，想做什么就做什么。姐姐很负责任，该做什么就做什么。她很早就表现出了成熟的一面，因为我们的爸爸不在了。

妈妈和我们相依为命。为了多挣点钱，她晚上替别人缝补衣服，白天有时做清洁工，两班倒。那时候我才五岁，海伦娜不得不待在家里照顾我。长大后，我和姐姐逐渐疏远了。我17岁就怀孕了，这让我们的关系更难缓和。

丹尼尔知道自己要当爸爸时欣喜若狂。他遵照父母的要求，高中毕业，拿了毕业证书。我们搬到了一起。他在车库里找到了一份工作。我们靠微薄的工资和满腔固执过日子。只有我们和爱丽丝。

我喜欢和爱丽丝待在家里。我一边给她喂奶，一边凝视她的眼睛和小嘴，她的小嘴咂巴咂巴地寻觅着我的乳头，含到嘴里时便发出幸福的喟叹。我喜欢闻她身上的香味，喜欢听她发出的小声响，她对我全身心的信任唤醒了我内心温柔的母爱。

爱丽丝出生的第一个年头，我读了一些关于宝宝怎么学会坐、学会翻身的文章。她在一岁生日那天终于长出了第一颗乳牙。她的第一个生日。我在烤她的第一块生日蛋糕时，一个气球砰地爆裂了。她吓得哇哇大哭，丹尼尔哄了好久才让她露出笑容。

就在我们即将开始期待已久的假期之前，佩尼拉来访了。

我把日记放在床头柜上，不读了。我不知道自己还能不能读下去。我从床上爬起来，擦干我的头发，穿上一条紧身裤和一件运动衫，再次拿起日记，坐到床沿。回忆又向我袭来。

海滩，一望无垠，洁白无瑕。大海，风平浪静。各种颜色的花，到处都是。

闷热。树叶随风摇曳。第一间小木屋。

她的红色婴儿车在沙滩上翻倒了。

爱丽丝，你在哪里？

1995年8月15日

你到底在干什么？你当时在哪里？

你为什么不在那里？你为什么什么都没听到？

你为什么没注意到她不见了？

他们一遍又一遍地追问我同样的问题。

我才离开一会儿。就一会儿，不是吗？我就在附近。

他们觉得我伤害了她。那可是我自己的孩子，我的宝贝女儿啊。

他们觉得我伤害了她，我害死了她。我看出来了，他们面面相觑，我从他们的表情、眼神看出来了，我从他们的语气听出来了。

我犯下了不可饶恕的错误。这是一个母亲可能犯下的最严重的罪过。我没有照顾好我的孩子。我让她一个人待着，没有在她身边保护她。她睡在树丛中的红色婴儿车里。我沿着海滩漫步了一小段路。在海边坐着休息了一会儿，也就短短几分钟。

他们问我为什么什么都没注意到。他们说我该说实话了。全部都说出来，就算不说，最后也会真相大白的。

但我已经告诉他们了，我已经解释过了，不厌其烦地再三解释过了。

她不可能一个人把婴儿车弄翻了。如果她醒了，我一定会听到的。我才走开一会儿，我就在附近。一定有人把她带走了。但谁会带走别人的孩子？不可能的。没人偷小孩。她肯定还在这里的某个地方，也许别人在照看她。因为她的妈妈没有在她身边照顾她。她那年轻、自私、不成熟的妈妈独自走开了一小会儿。她会回来的。她不可能一个人把婴儿车掀翻，不可能爬走，也不可能淹没在海里。

爱丽丝，你在哪里？你伤心吗？现在有人抱着你吗？

我们四处都找遍了。完全没有痕迹，什么都没有。但她就在这里，我感觉得到。快回来吧。你听到我的呼唤了吗？回来吧，你必须回来啊！

你是我的所有。你是我的亲生骨肉！没有你，我也不想活了……你是我血脉相连的孩子啊！

斯特拉

妈妈一边在厨房抽屉里翻来翻去，一边自言自语。

“斯特拉，你把开罐器藏在哪儿了？”说着，她拉开了另一个抽屉。听她说话，你会认为她已经把整个屋子都搜寻一遍了。

“在第二个抽屉里。”我强迫自己冷静下来，答道。

“不，不在这里。哪儿都找不到。”

“就在那儿。”我不知道我为什么会邀请她来。这样我就不孤独了吗？这样我就会因为一直在生她的气，没空想爱丽丝？

“找到了，在这里。”妈妈在厨房吧台上拿起信件，“我把这个放在微波炉上可以吗？”

“当然可以。”

“看起来像本地的报纸……”

“没关系，放在那儿。”

“我们要不要帮亨里克和米洛做点吃的？”

她已经问第三遍了。

“玛格丽塔会在他们走之前把他们喂饱的。”我没好气地说道，“不然他们会在回来的路上吃点东西。”

“你确定吗？我们可以把吃不完的菜放到冰箱里。明天你就有吃的了。”她说。

“妈妈，吃的已经够多了。”

她举手做投降状："我只是想找点事情做。对不起，帮倒忙了。"

妈妈总想插手。她开始烤面包、做饭，还问她能不能帮忙洗衣服和扫地。一时半会儿可以，但时间长了，我就有点抓狂。

"你有海伦娜的消息吗？"我问。

"她这周打过电话来。她、查尔斯和孩子们可能会回来过圣诞。我也希望如此。"

"你觉得她开心吗？在牛津，和他在一起？"太愚蠢了，又来了。为什么我总是这样？我是不是想吵架？妈妈还没回答，就先皱起眉头来："是的，我想是的。你不觉得吗？"

"我猜她还在牛津。"我说。

我有了米洛后不久，姐姐在伦敦游玩时遇到了查尔斯。他是一位英语教授，对褐色灯芯绒情有独钟，说起话来滔滔不绝。

13 年来，她一直和他住在牛津，现在他们已经有三个英俊时髦的儿子了。

"你们上次打电话是什么时候？"妈妈一边搅拌着锅里一边问道。

"我记得就在夏天之前。"

"怎么回事？你们为什么不联系了？"

"我们变得不一样了，我们一直都不太一样。"

我递给妈妈一个酒杯。她在桌旁坐下，啜饮了一口。

"你给我惹的麻烦比海伦娜多得多，"她说，"你总是好奇为什么。而她乐于接受现状。"

"她一直害怕遇到冲突。"

"我们处理事情的方式不同。你们都应该知道的。"

"那件事发生后，她甚至一次都没提起过爱丽丝，也从来都没问过我过得怎么样。她假装什么都没发生，只讨论一些实在的事情——我们吃什么、谁应该做什么。她总是这副与世无争的鬼样子。我讨厌她。"

"你怎么了？你听起来很生气，很暴躁。"

"你们两个总是想过安逸的生活。遇到困难了，就视而不见。我的遭遇影响了所有人，但没人敢承认。"

妈妈放下了酒杯。"你想过自己的态度吗？"她问，"你主动推开了我们。你根本不让我们谈那件事，你也不想谈。在很长一段时间里，我们连你的面都见不到。”

她向我伸出手来，我推开了。

“我把你从一个派对上带回家，”她说，“佩尼拉打的电话。你喝太多了，可能还磕了药。你的焦虑症发作了，把在场的人吓得半死。”

我什么也没说，低头盯着地板，我不想听这个。

“我早该做点什么了。你说得对，我疏忽了，疏忽得太久了，我很抱歉。后来你开始接受治疗，才慢慢地好起来。你还说，生活总得继续。确实如此。我们所有人都一样。所以别对海伦娜那么苛刻。”

妈妈的话让我羞愧起来。

她继续说道：“后来你遇到了亨里克，和他谈过这个话题。他不害怕，他分担了你的悲伤。我知道我们之间的关系有时有些紧张。但我一直都在这里。希望你明白。”

我主动握住她的手：“对不起，妈妈。我知道我对你很不公平，对海伦娜也是。”

“你为什么总是想着爱丽丝？放手吧，那样不是更好吗？你现在有了亨里克和米洛，过上了美好的生活。放手吧，斯特拉。”

我站起来，给妈妈一个拥抱。她是对的，我应该放手。

“你最近去过她的坟墓吗？”她问，“对不起，我知道你宁愿叫她的纪念碑。”

我摇摇头。我们吃完饭，妈妈就回家了。我坐在厨房里思考我们的谈话。

从爱丽丝失踪到住进5号病房前的那段时间，我的记忆都是一片模糊。1995年春天，妈妈把我送进了一个精神病院。我被关进了一个防守严密的病房里。我绝食、暴瘦，精神极度压抑。

最后，我和一个叫比吉塔（Brigitta）的心理治疗师取得了联系，得到了帮助，开始展望未来，也有了活下去的信念。后来，我学习心理学，就是为了成为一名心理治疗师。我很擅长心理治疗。

以前很擅长。

现在不行了。现在我谁也帮不了，我甚至不能自救。

我站起来，擦干净厨房的吧台，拿起妈妈放在微波炉上的本地报纸。一个信封掉落在地，我把它捡起来。地址是手写的，收件人是我，斯特拉·威斯特兰德，我以前叫斯特拉·约翰逊。邮费不是到付，也没写地址。有人直接把它放进了邮箱里。

我打开信封，里面有一张折叠的纸，信纸上方画了个十字，下面的文字很整齐，是用黑色墨水写的。

斯特拉·威斯特兰德，

1975 年 11 月 12 日出生，

惨遭不测，意外身亡。

无人缅怀。

无人悼念。

伊莎贝尔

刺骨的寒意透过衣服渗进来。即使半张脸都裹在厚厚的围巾里，我还是感觉仿佛一丝不挂。我在雨中耸起双肩，直奔瓦尔哈拉夫根。斯德哥尔摩已经连续三天暴雨滂沱了。我们今天只有一节课，很多人都待在了家里，**比如乔安娜**。如果不是团体治疗，我也不会出门，或者至少考虑一下不出门。但我不想错过和斯特拉见面的机会，有太多未知数了。

离治疗开始还有 48 分钟。整整一个星期，我都在期待今天。

如果她不来呢?

我穿过街道，朝公共汽车站走去。公共汽车来了，我跳上车，湿漉漉的衣服和雨伞让车内的空气也潮湿起来。车窗起了水汽，外面闪烁的灯光好像被雾蒙住了一般。

自从找到斯特拉，我就一直在想她。可能想得太厉害了。上次她眼神犀利地看着我，仿佛已经知道我是谁和我来治疗的原因了。但她什么都不知道，她对我和我的生活一无所知。

巴士在韦斯特马尔姆（Vastermalms）商场外停了下来。我挤开乘客，脚步匆匆地向诊所走去。我打开前门，走了进去。我搭电梯到四楼，向接待员打声招呼，付钱，转身朝休息室走去。

我在一张扶手椅上坐下，把手机调成静音。下午 1 点整的时候，斯特拉进来了，她随手关上门。我仔细打量着她。今天她依然光彩照人，穿着一件及膝长裙，头发扎成一个优雅的粗结。

今天似乎每个人都心情不好。克莱拉很紧张，她明天要给公司管理层做演讲。皮埃尔恶声恶气地反驳说，她日子过得那么顺心，却总是忧心忡忡，牢骚不断，克莱拉也咒骂了回去。

我又看了斯特拉一眼。**她的心思很难读懂**。到目前为止，她还没有说话。她就坐在那里。

她在听，一个个地研究我们。过了一会儿，我感觉到斯特拉在盯着我看。

我迎上她的视线，笑了笑，但她并没有理我。

斯特拉

我后悔向伊莎贝尔·卡尔森推荐了团体治疗。鉴于她在报告中写的社交困难，团体治疗似乎是适合她的。但那是在我知道她是谁之前。

今天其他人说过话了，伊莎贝尔没有。到目前为止，她什么也没说。

大家沉默了一会儿。我得让她开口。

我必须找出她来这里的原因。

我加入讨论：伊莎贝尔，这一周你过得怎么样?

伊莎贝尔：挺好。一个新的团队项目开始了，我喜欢我的组员。这种感觉很不错，我还去献血了。

她又笑了，她左脸颊上的酒窝出现了。

伊莎贝尔：昨天是我第一次献血。我有点害怕。像我妈妈，她对献血避如蛇蝎。但昨天比我想象中的要顺利。

她沉默了一会儿。她口中的“妈妈”是谁?

伊莎贝尔：还有，她想让我这个周末回家，但我真的不想回去。

马格纳斯：为什么?

伊莎贝尔：我们关系不太好。就是她告诉我，汉斯不是我的亲生爸爸。

阿维德：这是怎么回事?

伊莎贝尔：当时我哭了。我告诉妈妈我想他。我说，大家都口口声声地说一切会好起来的，但我不觉得。我说我永远都会耿耿于怀。她接受不了我这种态度。她生气了，说她还在我身边，我应该心怀感激才对。

她深呼吸了一口，看了看大家。她说的是真的吗？

伊莎贝尔：爸爸和我很亲密。我知道，她希望我也能和她那么亲近，那么轻松自在。但事与愿违。

她声音颤抖着，她快要哭了。她说的是真的。没有真情实感，谁能表现得那么令人信服？这意味着什么？我错了吗？一切都是我想象出来的吗？这不是爱丽丝，只是伊莎贝尔吗？

伊莎贝尔：她说，反正他不是你的亲生父亲。

克莱拉：这么说太糟糕了。可怕。

皮埃尔：太刻薄了。

阿维德：好恶心。你觉得怎么样？

伊莎贝尔：我不知道。她也很伤心，我不想对她使脸色。对她来说，日子也很艰难。她过得并不轻松，她尽心尽力去做一个好母亲。

伊莎贝尔来到这里，真的是巧合吗？想象一下，她会不会真的什么都不知道？不可能那么简单。她一定在隐瞒什么。但是，是什么呢？

克莱拉：她肯定也很伤心，但那样说还是不对的。

阿维德：那样直白还是不太好。你不会如此冷酷无情地告诉别人这么一个残忍的事实。

伊莎贝尔：如果说我是妈妈收养的孩子，那就合理了。

我：你这是什么意思？

在场的几个人盯着我，互相交换着眼神。我不在乎，我必须知道。

我：她叫什么名字，你妈妈？

伊莎贝尔：克斯廷。

我：你和克斯廷关系好吗？

伊莎贝尔：怎样才称得上是关系好？我该怎么定义关系好？我和爸爸无所不谈。但我和妈妈，我们可能来自不同的世界。

阿维德：天下有哪个妈妈不是来自另一个世界？

大家爆发出大笑，我也挤出一个微笑。

阿维德：我妈妈坚持每天早上都来看我，我从来都说不出拒绝的话。

克莱拉：你必须画出一条界线。

聊天慢慢地换了一个话题，大家继续讨论各自的生活。我更想听关于伊莎贝尔的事，但一打断谈话，肯定会引起大家的怀疑。我想让伊莎贝尔多谈谈克斯廷，她口中称呼为“妈妈”的那个女人。

如果说我是妈妈收养的孩子，那就合理了。

这是什么意思？

她知道克斯廷不是她的亲生妈妈吗？她想让我知道她知道这个事实吗？这个克斯廷是谁？她都了解些什么？

我根本集中不了精神。我不知道大家都在说什么，我脑子里乱哄哄的。

爱丽丝，她失踪后发生的事情，还有事后的余波。

12 年前，我的生活分崩离析之际，到底发生了什么？

重返斯特兰德庄园。

莉娜 · 尼米的举报。

针对我的死亡威胁信。

谁会把这样的东西放在别人的邮箱里？

这是一个警告吗？

一个威胁？

亨里克很不安，主要是因为我觉得没有必要报警。不幸的是，心理治疗师受到威胁并不罕见。但这是我第一次收到恐吓信。不管幕后黑手是谁，他一直都在暗中观察我们。他亲手把恐吓信放进我们的邮箱里。但是有人想攻击我的想法似乎不太实际。我没有和谁结下那么深重的仇怨，据我所知。

警察能做什么？这封信是手写的，没有署名，也没有回信地址。

亨里克认为这是莉娜或她的父母干的，我当心理医生那么多年以来，她是唯一一个公开表示敌对的病人。

也许他是对的。可能是莉娜的父母其中一个人或两个人一起写了这封信，也有可能是莉娜本人。或者完全与他们无关，是我的另一个病人干的，也许就坐在这个小组里。

可能是伊莎贝尔·卡尔森。

我意识到我沉浸在自己的思绪中太久了，因此我在椅子上直起腰来。

皮埃尔正在谈论社交媒体。他不明白人们为什么会花时间在 Facebook 或 Instagram 上——48 个赞，人生就有意义了？虚幻世界中的一张精修照片有什么好看的？他双手手指做出引号手势，问伊莎贝尔有没有发过一张上面写着“您永存我心”的“父亲”的照片。人们总是做类似的傻事，在网上发**“我每天都在想你”**。比如，你妈妈或你的猫已经死了 17 年了。那你就是胡说八道，说不定你早就忘记了。他说，整整 17 年过去了，你不可能每天都想着一个人、思念着一个人。是，你很伤心，但你最终还是会继续前进。

“什么是伤心？”我平静地说道，“思念着一个人是什么感觉？当你身边有人离开了，你心里的一部分也被带走了。那一部分永远不可能被其他东西替代。你永远地失去了他们，悲伤也会永远如影随形。伤口很疼，会流血，会隐隐作痛。它慢慢地形成了痂，发痒，脱落。于是伤口又流血了。直到有一天，它变成了一个疤痕。伤口愈合了，但伤疤还在。”

所有人都盯着我看，空气中弥漫着令人压抑的沉默。

“几年后，这种悲伤和丧失改变了你，”我继续说道，“它们已经成为你身体中的一部分。它们塑造了你的下半生。没有哪一天悲伤不相伴左右。你永远都忘不了。这就是你身体的一部分，心里的一部分。”

我没有看小组中的任何一个人，站起来，离开了房间。

1994 年 9 月 2 日

20 天。我一生中最长的 20 天。

一个活生生的噩梦。

不要放弃。你必须照顾好自己。你一定要有信念，要有希望。每个人一开口就是这些话。他们的本意是好的，他们想要支持我，安慰我。但他们的话都是空的。

现在他们告诉我，她死了。爱丽丝淹死了，世界上不存在这个人了。

我拒绝相信。

但我的希望已经破灭了。

短短的一秒钟，就在眨眼之间。

我的小女孩永远消失了。我怎么活得下去呢?

他们害怕看到我悲痛的样子。妈妈、海伦娜、玛利亚都是，好像我会传染给她们似的。

丹尼尔越发沉默寡言，他不再直视我的眼睛。我讨厌我们之间的疏离。我希望他冲我大喊大叫，尽情地责怪我，就像我责怪自己一样。我知道他确实怪我，但他不会说出来。

我们失去了爱丽丝。在悲痛中，我们也失去了彼此。

斯特拉

人们蜷着身子，躲在雨伞下，步履匆匆地走在圣艾瑞克斯街道。我走进泰林面包店（Thelins Bakery），买了杯咖啡，坐在前面的角落里。我没有告诉雷娜特就离开了办公室，也没有取消我的下一个行程。我以前从来没有做过这种事，我第一次提前离开了治疗集会。

我把头埋在手里，视线朝下，看着自己倒映在黑咖啡里的阴影。我挺直身子，观察着店里的其他顾客，他们要么在读书，要么在聊天。我们身处截然不同的世界里，没有任何共同点。我举起杯子，手不住地颤抖。

死亡威胁信对我造成的影响比我想象中的大。有人恨我。有人想我死。是谁？为什么？

我再一次把每个疑点每个问题都过了一遍。我努力把一切都梳理清楚，理性推敲，但我太心烦意乱了。

四位妈妈走了进来，在我旁边的桌子坐下。她们稳住婴儿车，脱下哭闹不停的宝宝身上的衣服。她们一遍又一遍地让孩子们安静下来，不要再往桌子、椅子上爬。她们笑成一团，讨论着各自想买的房子和寒假计划。

我感觉受到了入侵。我站起来，连咖啡都不喝就走了。我左转，下楼梯去地铁站。我突然很后悔今天早上让亨里克开车送我来上班。现在我必须挤在开往阿尔维克（Alvik）的列车上，忍受着周围满身湿气的上班族。车上空气憋闷，充斥着水汽和汗液的味道。每个人都想快点回到家里，快点抵达目的地。除了车上，让他们待在哪儿都行。

我的后颈传来一阵灼热，好像有人在盯着我。

我转过身来，打量着其他乘客，但没有人注意我。

我在阿尔维克转乘公共汽车，雨水顺着窗户往下淌。潮湿的街道上，一盏盏街灯散发出朦胧的微光。外面的世界模糊不清，天空黑暗而阴沉。我下了车，冒雨走回家。

我又一次产生了被监视的诡异感。我停下来，转过头，却看不见任何人。我不由得加快了速度。

我把外套挂在大厅，把钱包放到书桌的抽屉里。家里没人。米洛应该很快就回来了。亨里克不加班的话，也会很快回来。我该做饭了。不行，不做。

为什么我不让妈妈做够一周的食物？我应该打电话给亨里克，让他在回家的路上买点东西。但这段时间我都不确定他晚上什么时候能到家。

我走进客厅，站在窗边，把前额抵在冰冷的玻璃上，闭上双眼。

等会儿喝杯葡萄酒，洗个热水澡，然后睡觉，这才是我需要的。我的反常很明显，如果我不认真对待，最后可能以灾难告终。

我睁开眼睛。

一个男人站在街上。他穿着一件没款没型的黑色雨衣，兜帽遮住了他的脸。他的手臂紧绷着，垂在身体两侧。

我倒吸了一口凉气，后退了一步。盯着我的男人一动不动。我转身，在客厅桌上拿起电话，准备报警。但当我再回头看时，那里一个人都没有了。

风呼呼地抽打着树木，雨哗哗地敲击着窗户。

我呆呆地站着，手里拿着手机，准备打电话。我看了一圈花园，又扫视了整个街道。

穿雨衣的男人不见了。

克斯廷

我大概花了半小时，才收拾好了疗养院储藏室的架子。这里乱七八糟的，让我很抓狂。如果每个人都做一点力所能及的事情，保持疗养院的干净整洁，我就不用这么辛苦了。

但我喜欢做常规工作，我一直觉得它们很重要。每天去上班，完成同样的任务，让我感觉很平静。它赋予了我一种使命感。

安娜·莉娜把头探进储藏室：“克斯廷，你有时间吗？”

“等我清理完就有时间了。”我冷冷地答道。

她现在想要干什么？我看了看时间，发现她今天早到了 40 分钟。她不管有没有人注意，经常来得很早。高效、负责的安娜·莉娜。她才 35 岁，但她认为她比我们都要能干。不过，我从没见过她打扫储藏室。她永远不会打扫的。她职位不低，不会为这些琐事烦心。

我把架子上的清洁喷雾剂排成整齐的一行。我不着急。我把储藏室锁上，悠闲地穿过走廊。我不想搞得匆匆忙忙的。

“你需要我帮什么忙？”一进她的办公室我就问道。

“坐吧。”安娜·莉娜朝桌子对面的椅子扬了扬手。她完成了手头的工作，转向我，“我听说你最近状况不太好。”

“谁说的？我觉得一切都很顺利。”

“谁说的并不重要。”锐利的眼神，苦恼的微笑，“我听说你对房客们很不耐烦，很苛刻。”

“你要谈的是我的事？我惹麻烦了？”安娜·莉娜不愿直视我的眼睛，她摆弄着一些文件。

“我很抱歉，”我追问道，“敢问这个人声称看到了什么？”

“好吧，她没说什么具体的事，但是——”

“那就很难说了，”我打断她，“对吗？如果她没有亲眼看到我做错什么的话。”

“好吧，她有这种感觉，葛丽塔也抱怨过。”

“葛丽塔？”我一声冷笑，借此来表达我对她的看法，“她有什么不抱怨的？在那个女人眼里，所有人都有错。她不知满足是何物。如果你四处探访一下，就什么都知道了。”

安娜·莉娜叹了口气，好像我说了一句非常愚蠢的话。

工作上的互相猜忌让我疲惫不堪，尤其是这种明枪暗箭。其他人勾结起来排挤我，投诉我换班、工作时长不够、迟到早退。她们捏造事实，弄得我很不好过，却没有任何原因。

我知道，在员工中，我并不是最善交际、最能聊天的人，这就是原因。但我在这里工作的时间比她们任何人都长，我和里特娃 16 年前就入职了。没有我，她们都不知道该怎么办。像安娜·莉娜这样厉害的新人干不了多久。要应付这项工作，光凭一腔当老板的欲望远远不够，那是纸上谈兵。理论是一回事，实践又是另一回事。有些人完全脱离了现实，后果如何，一目了然。

“好吧，我只是想和你确认一下。”安娜·莉娜端出一副傲慢的神情。

“我的工作方式没什么问题。”

“拜托你，克斯廷，你为什么总是这么防备？我们需要谈谈。有人投诉你了。我再说一遍。我知道你最近情况很困难，因为你丈夫的事之类的。但我们不能让它影响你的工作。”

她不明白，她什么都不懂。她简直狗屁不通。

我一言不发，站起来，离开了房间。安娜·莉娜跟着我走进走廊，在后面喊我，我装作没听见。

说我喜欢这里会有点夸张。总有人会提出一些愚蠢的意见，对常规工作和任务完成的方式指手画脚。简单的事情最终变得复杂起来，工作量还会翻倍。

不知怎的，我总是受到不公平的待遇。那些年轻人还是按小时计薪酬，职业道德难道不是基本要求吗？她们对老人不理不睬，只完成非做不可的事情；她们总是制造麻烦，频繁换班，在周五晚上或周一早上上班前的最后一秒钟请病假。只要有空，我就帮忙，替她们代班。但最终我才是那个吃亏的人，这真是个吃力不讨好的世界。

再找一份工作听起来很诱人，但我很快就 50 岁了。我太老了，人才市场已经对我打烊了。无论我的同事有多难相处，或管理层有多无能，我都会坚持在哈尔索疗养院工作。

我走进了员工休息室。

“我终于可以回家了。”里特娃说话夹杂着浓重的芬兰—瑞典口音。

“是的，”我答道，“终于。”

“我和老伴要去宜家。你去过那里吗？”

“不，家里的家具够多了，我不需要新的。”

“我老伴很高兴宜家在博尔温格开了一家分店，”里特娃笑着说道，“他不用开车去耶夫勒买家具了。”

“你们好呀！”塞西莉亚说，大步跑进了厨房。

我转身离开了，我受不了她。

她多大了？23 岁？24 岁？

一个自以为聪明绝顶的小护士，我很高兴不用每天和她一起工作。她喜欢指点你如何改进各种工作。还有什么比目空一切的小屁孩更烦人的？才刚找到第一份真正的工作，就端着这种趾高气扬的态度。

站在她身后的是海蒂，一个 40 岁左右的伊朗女人。她很少说话，但她和蔼可亲，谦虚礼让。不像这里的某些人那样急于求成，自命不凡。

“你喝咖啡吗，克斯廷？”里特娃递给我一个杯子。我在最近的椅子上坐下，放了三块方糖进去。我今天值得喝上一杯。

里特娃给海蒂也倒了一杯，海蒂接过去，感激地笑了。

“我不喝，谢谢你。”塞西莉亚说，但没有人问她喝不喝。“我不明白你们怎么每天都喝这么多咖啡。”她大惊小怪地给自己倒了一杯花草茶，“你的工作真是糟糕透了。你怎么能一年年地忍受下去？”

“那你很幸运，不用做这份工作。”里特娃说完，坐到我旁边。

“你一直在做护工，对吗，克斯廷？”

“差不多，”我答道，“确实是累得很。”

“有太多的事情要做了，”塞西莉亚说着，把脚搭在她旁边的椅子上，“而时间太少。”

“你悠着点来。”海蒂劝道。我鼓励性地冲她笑了笑，她的瑞典语说得越来越好了。想象一下，如果每个人都雄心勃勃，急功近利……

“必须有人来做这项工作。”里特娃皱着眉头说。她很粗暴，不会讨好任何人。她做完了该做的就会回家，从不多嘴，就像我一样。

“伊莎贝尔怎么样了？她还喜欢斯德哥尔摩吗？”里特娃问。

“好像是的。”我不想告诉她我有多担心我的女儿。几分钟后，我会向夜班工作人员报到，然后换衣服回那个寂静的家。不过，我还是说出了心声，“但如果她肯搬回来，就再好不过了。”

“为什么？”里特娃问，“对谁来说再好不过？”

她问得大胆直率，我不由得愣住了。但我知道里特娃的性格就是这样，于是我忍住恼意。

“我想，这对她来说最好了。汉斯去世后，她一直很伤心。她开始接受心理治疗了。”

塞西莉亚说：“你说得这听起来像是件坏事。”

“我可没说是坏事。”

“如果她心情低落，有人跟她说话对她来说有好处吗？”

“可能有，”我回答，“但她大可以和我倾诉。我不太赞同她和陌生人分享私事。”

我的勺子在咖啡杯里搅拌得哐当作响。她们都盯着我，我的脸不由得发热，我说了些不该说的话。

“我了解我的女儿，”我继续说道，“她现在很脆弱。”

“你不用担心，”里特娃说，“伊莎贝尔是个懂事的好女孩。”

“我认为有时候和局外人交谈是很有用的。”塞西莉亚说，“每个人都应该偶尔去接受治疗，我很肯定这一点。”

你当然这么认为。我想你都默认这是对的了吧？你只有我的一半岁数大，你当然最了解了。你根本不知道我有多想我的女儿，我有多担心她。

“我当然支持她，”过了一会儿，我说道，“如果这是她想要的，我会尽我所能帮助她。”

我被抛弃了。她们对此了解多少？她们晚上躺在床上，会担心自己的骨肉吗？她们知道看着自己唯一的孩子变成陌生人的感受吗？伊莎贝尔每天都和我渐行渐远。她们不明白，她们无法想象这是什么感觉，甚至解释也是毫无意义的。我喝完剩下的咖啡，去下一班报到。

我的旧尼桑一打火就着了，谢天谢地。开出停车场之前，我用袖子把车窗上的雾擦干净了。我在赫姆街道（Hemgatan）行驶，再转入法伦维根（Faluvägen）。一个司机在我身后猛按喇叭，闪烁着前灯。一个年轻人从我身边走过，向我竖起了中指。对了，对了，我刚才应该停在十字路口，开过头了。各种想法和猜测在我脑海里盘旋着，我的状态很不好。

我转入车道，坐在车里思考着。下班是很舒服，但我不想体验家里那种空虚。要是伊莎贝尔搬回家就好了。那我们就能彼此做伴，像以前一样。

令我吃惊的是，她昨天打电话给我了，和我聊了一下她的心理治疗。到昨天为止，那还是个触碰不得的禁忌话题。她拒绝得很粗鲁，不愿意告诉我任何细节，说那不关我的事。现在她却兴奋极了。她说从中学到了很多很多。但我问她，有什么不能告诉我的。她说，小组里所有的人都支持她，你能相信吗，妈妈？

不，我不信。我一点都不懂。

在我看来，自己的问题自己解决，本来就该如此。伊莎贝尔应该和我倾诉，而不是和团体治疗里的陌生人说三道四。谁知道他们是谁，他们有什么样的偏见，会给出什么样的建议？我想让我们两个人把话说清楚，找个机会好好谈谈。但我得让她先接受这个，我会等着看。到时候一切都会好起来的，我保证。

我的钱包放在后座，我必须扭转身体才够得着。我的肢体太僵硬了。走回家的路上，我时不时停下来舒展筋骨。但我忘记取信了，于是我又转身去取。

我们刚搬过来时，我就在拍卖会上买了门旁边的这个邮箱。它看起来就像一座涂了黄油漆的微型房子，挂了姜饼装饰品，围着一道栅栏，还有一些微小精致的细节。我就想要它。

后来伊莎贝尔骑车撞到邮箱上面，把邮箱弄倒了，小栅栏也摔烂了。那时候她是七岁左右吧？这让我很难过，也有点生气，伊莎贝尔也很难过。汉斯尽他所能把邮箱修好，又把它立了起来。即使邮箱现在不如以前好看了，但还是好好地站在门口。

我寓教于情，告诉伊莎贝尔，我确实感到很难过、很失望，但这没什么大不了的，我们以后还是朋友。我把她脱皮的膝盖包扎好，告诉她生活还得继续，无论发生什么，我们都要相亲相爱。

隔壁房子的前门开了。古妮拉走出来，站在阶梯平台上。虽然她是出于好意，但我实在不想听她那些胡言乱语。于是我走上这条小路，目视前方，并没有看她。她喊我的名字，但我没理会。我摸出钥匙，打开门，走进屋里，关上门，反锁好。转身我便滑坐到大厅的地板上。

汗水顺着我的脸颊流下，我心跳加速，头晕乎乎的。我不知道自己怎么了，一定是压力太大了。满腔失望、担忧和焦虑，还有汉斯去世带来的悲痛。

我为他难过。我确实很伤心，但又不禁松了一口气。我闻到自由的气息。你怎么可以有这种感觉？

生活很奇怪。你能掌控它吗？

我在地上坐了一会儿，拿起手机给伊莎贝尔打电话。

她也想我，我知道的。

斯特拉

米洛和佩尼拉的儿子汉普斯坐在车后座上，两人的头靠在一起，盯着他们的手机。

“你们知道你们一出生就认识了吗？”我看到他们在后视镜里互相看了一眼，“你们俩真可爱。”

“妈妈！”米洛大喊道。

汉普斯哈哈大笑。“你和我妈妈一样搞笑。”他说。

“尴尬，怎么会呢？”我说着，把车停在康拉德斯伯格大厅（Konradsbergs Hall）外面。康拉德斯伯格大厅就在达根斯尼赫特塔（Dagens Nyheter Tower）对面。“我让佩尼拉拎着你的包，米洛。”

“谢谢，妈妈。”

我说再见时，他们已经踏出车门了。米洛一边悠闲地走着，一边举手回应。这又一次让我感慨他和亨里克有多么相似。又高又瘦，有着同样的少年魅力。

我目送他们拿着健身包和篮球走了。他们穿过玻璃门时，我启动了汽车，往佩尼拉在国王岛海岸附近的公寓开去。

我和佩尼拉在同一个街区长大，从一年级到九年级都在同一所学校上学。她像个姐姐一样，我和她比和海伦娜更亲密。米洛出生那一年，汉普斯也来到了这个世界，男孩们除了约出来打篮球，也经常一起出去玩儿。

她是我生了爱丽丝后，还留在我身边的为数不多的人之一。其他朋友已经不见踪影了。他们上了高中，交了其他朋友，过着他们的精彩生活。爱丽丝消失后，佩尼拉是我唯一保持联系的人。或者更确切地说，她是唯一与我保持联系的人。

没人知道这件事对我打击有多大。妈妈不知道，海伦娜绝对不知道，只有佩尼拉知道。

我疯了。我用尽一切方法来压抑内疚，忘却悲伤。我只身遁入滥交、喝酒、吸毒的迷雾中。我停不下来。表面看，我似乎在重温我错失的少年时代，但实际上，我正慢慢地走向彻底的精神崩溃。

我想和佩尼拉共度一个夜晚，和她说说话，告诉她发生的一切。我在伊格尔达姆斯街道（Igeldammsgatam）找到一个停车位，朝她居住的国王岛海岸走去。

“你要喝酒吗，还是开车？”我坐在沙发上，佩尼拉问道。

“开了它。我明天去提车。”我说道，“我很高兴米洛可以留下来。”

“我们会玩得很开心。”

我透过大窗户凝视着运河和卡尔伯格宫（Karlberg Palace）。佩尼拉播放音乐，给我倒了杯酒。

我翻阅着咖啡桌上的杂志。“**健康与健身，iForm，状态极佳，健身杂志**，”我大声地读出来，“你对新爱好还挺上心。”

“别取笑我，”佩尼拉坐在我旁边的沙发上说道，“这不是业余爱好，这是一种生活方式。”

“这种生活方式包括星期四晚上喝酒吗？“

“我觉得生活需要平衡。”佩尼拉举杯祝酒，“健身什么时候都不晚，斯特拉。你身材苗条，但也可以锻炼一下。年过 40——请查看 Instagram 上的标签。”

“我没有 Instagram。”我说。

“你真是只史前恐龙，”她调侃道，“如果你还不开始运动，皮肤会越来越松弛，满脸皱纹。找个时间跟我去健身房，把你身体里的垃圾都排出来——那感觉真是舒服极了。”

“我也运动，我有时打网球。”

她嗤笑一声：“我可以给你推荐一群肌肉结实的私人教练，健身的时候还可以眉目传情。这在网球场上可是打着灯笼都找不着的。”

我扑哧笑了。佩尼拉没有变，我很高兴来到这里。

“我们很久没这样聊过天了。”我说着，盘起腿来。

“在工作日喝个烂醉？”

“你想吗？”

“我都可以。”佩尼拉一边说，一边递给我一盘奶酪和饼干。

“这个周末我去见妈妈了。”

“怎么样？”

“挺好的。”

我拿起一块饼干尝尝。佩尼拉的手机发出哔哔声，她拿起手机看了看，又放了回去。

我鼓起勇气问：“你现在还和玛利亚联系吗？”

“玛利亚·桑德克维斯特？”

“丹尼尔呢？你有他的消息吗？”

我尽量装作不经意地问起他。

“最近这几年没怎么联系了。我们加了 Facebook 上的好友。玛利亚住在阿维德绍尔，丹尼尔住在他兄弟家。”她睨了我一眼，“干吗？怎么突然问起这个？”

我耸了耸肩：“我看到了一个长得很像玛利亚的人。”

佩尼拉似乎对这个回答很满意。她低头看着手机，不时发出阵阵笑声。

“我最近一直在想爱丽丝。”我说。

佩尼拉皱起眉头，终于抬起头来：“这才是你问的真正原因。你为什么一直在想她？”

“为什么？”我说，“这算什么问题？”

“对不起，斯特拉，我不是那个意思。”她爬到沙发上，挨着我，伸出一只胳膊搂住我。

“今天看到米洛和汉普斯在一起玩的样子，我就想起了她。她现在会是什么样子，会是什么样子呢？”

“别想这些了，亲爱的。沉浸在过去并不能让她复活呀。”

“如果她还活着呢？”

佩尼拉抓住我的手，凝视着我的眼睛：“你不能怀有这样的侥幸心理。你还记得上次你有多难过吗？放手吧，斯特拉。你有亨里克和米洛。爱丽丝已经死了。”

“你怎么知道她一定死了？如果我说她还活着，那怎么办——”

“斯特拉，别再说了。我都参加她的葬礼了。”佩尼拉不耐烦地摇了摇头。

她的手机又响了，她不得不看向手机：“也许是压力太大？最近工作很累，是吗？”

我想起了死亡威胁信。一个穿雨衣的男人站在街上，透过窗户盯着我。我想和她谈谈，但佩尼拉没有在听我说话。

“好吧，我们别聊这个了。”我抓起酒杯说。

“你和亨里克还好吗？”

“谈不上好。”

“你们两个需要共度一个甜蜜的周末，”佩尼拉眨眨眼睛说，“把米洛送过来，你们一起出去玩吧。”

这样的谈话没有意义。我以为我能和她倾诉，以为她能理解。

“你一直在和谁聊天？”我点头示意手机。

佩尼拉笑了：“我的私人教练。我很高兴你见到他之后对他那么友善。”

话题就这么轻易地转变了。很明显，我们今晚剩下的时间都要用来吹牛了。我突然后悔来了这里。

“是的，他很好，”我说，“亨里克喜欢他。”

“真的吗？”佩尼拉似乎松了一口气，“汉普斯也喜欢他。我知道他有点年轻，但他很体贴，很有趣。我觉得他是个特别的人。”

佩尼拉开始大谈特谈她的私人教练。**塞巴斯蒂安人特别优秀，比她约会过的任何人都成熟，既迷人专一，又体贴善良。他的床上功夫还很好，相貌英俊，体形健壮，非常性感，她从来没有在别人身上感受过这种感觉。**

我让她一个人喋喋不休，我喝我的酒。我觉得很痛苦。

我试着和妈妈交流，和佩尼拉交流，但这两个人都不理解我。她们都认为我应该忘记过去，专注未来。

我想起了丹尼尔。我想念他，甚至渴望他。我想见他，听听他会怎么说。但我不确定他会听我倾诉。在那件事之后，一切都很难说了。

我要走的时候，佩尼拉抱了我很久，说如果我想找个人倾诉，尽管来找她，希望我们很快能再见面。我没有告诉她我今晚来就是想要倾诉，她已经完全陷入她的新恋情中了。

她想叫辆出租车，但我解释说我想步行去地铁，呼吸点新鲜空气。我们又拥抱了一下，我才离开。

外面很冷，我走在伊格尔达姆斯街道上，把外套裹得紧紧的。差不多9点半了，街上空无一人，弗莱明街道上的行人也不多。我不是很害怕，但还是加快了步伐，早知道就不喝葡萄酒，就可以开车了。

我在圣埃里克斯街道右转，下楼梯进地铁站。我拿出地铁卡，穿过旋转栅门，走向自动扶梯。空荡荡的大厅里不断回响着脚步声。又有人跟踪我了吗，还是我的想象？在我从佩尼拉家出来的路上，我就感觉有点奇怪。好像有人在监视我、跟踪我。

我走得更快了。

窗外的那个男人站在雨中盯着我。当时他那皱巴巴的雨衣就近在眼前，低低的兜帽遮住了他的脸。

我停下来，转过身，没有人。自动扶梯太慢了，我盯着阶梯小跑下去。下到地面时，我又停下来环顾四周，再向前走去。突然，我撞到一个人，那个人一把抓住了我的手臂。我尖叫一声，迅速后退了一步。

“小心点，女士。”原来是一个结实的矮个子保安。他对我友好地笑了笑。

“对不起，”我说，“没看见你。”

他祝我有个愉快的夜晚，然后上了自动扶梯。

在乘坐地铁的过程中，我一直都绷着一根弦。在阿尔维克，公共汽车很久才来一班。我想还是叫辆出租车吧，或者打电话叫亨里克来接我，但这种举动很傻，我不想屈服于恐惧。最后，公共汽车来了，我上了车。

我在车站下车时，天已经黑了。街灯坏了，我开始跑起来。我看向身后，一个人也没有。我沿着车道跑到家门口，喘着粗气，颤抖着，在钱包里摸索出钥匙，试了好几次才把钥匙插进锁孔。我打开门，听到身后传来某种声音，立刻转过身来。一阵大风把树枝吹进了门口。树枝掉了下来，横在门柱之间。我猛地推开门，旋身闪进屋里。关门，反锁。

屋里很黑，亨里克还没回家。我给他发了条短信，问他还要工作多久，却没有收到回复。我想和他谈谈爱丽丝，想和他谈谈那个穿雨衣的男人。

我滑坐到大厅的地板上。我的心怦怦直跳，血液飞速循环，呼吸困难，视野缩小到一个模糊的光圈。

我侧卧下来，曲起双腿。双臂抱膝。

吸气，呼气。

焦虑症的症状已经消退了。

我从地板上爬起来，走进客厅，拉开窗帘，到米洛的房间去找出一根高尔夫球杆。我打开电视，随意地观看着一些滑稽的情景喜剧，调高音量。我躺在沙发上，一手拿着手机，一手抓着高尔夫球杆。

伊莎贝尔

今天是星期五，我们坐在瑞典皇家理工学院图书馆外的咖啡厅里。乔安娜、苏茜、玛丽安和我正一起做力学作业。课后我开始留在教室里，这样我们就可以学习了。有时写完作业后，我们会喝杯咖啡，一起去逛逛街。我发现和她们在一起，做什么都更容易些。成为一个团体中的一分子感觉很好，我不再是一个局外人了。

小学和中学阶段，我一直都埋头学习，从未交过亲密的朋友。我一直想离开博尔温格。我想要从头开始，成为我想成为的人。

学校里的一个指导老师鼓励我去上大学，因为我的成绩很好。爸爸也认为我应该去读大学，他知道我渴望独立。但妈妈什么都不懂。她现在还是不理解。我也不知道为什么，她年轻的时候四处闯荡，但凡事一到我身上，她就杞人忧天。她想掌握我生活中的每一个细节，想保护我不受任何伤害。她一直深信不疑：这个世界很可怕，陌生人很危险，你谁也不能相信。

这种思想荼毒了我。

如果在我搬家之前，爸爸就去世了，那我永远也不会搬出去。我了解我自己。我会像妈妈一样，在杂货店或疗养院工作，过上轮轴转的枯燥日子。没有朋友，没有自己的生活，就像妈妈一样。

我的生活与其他同龄人的生活如此不同，就像我来自另一个星球，我自己的孤独星球。他们聊起音乐，我就插不上话了。妈妈不喜欢“那些流行音乐”，她听了会头痛。他们去法国、泰国、希腊和美国度过假，我们拜访了爸爸在诺尔兰的亲戚。时尚？真是个笑话。我大部分的衣服都来自博尔温格的二手商店，陈旧、低劣、皱皱巴巴。妈妈教我东西不必买新的，那太贵了。最糟糕的是，有时我觉得我和她一样，动辄评头论足、小肚鸡肠、不通世故、善妒好斗。我不想像她那样。

我很高兴我搬出去了，但有时我会想念达拉纳。我最怀念的是和外婆在一起的时光。

艾娜就是标准的年迈的外婆的样子。满头白发，身显富态，慈眉善目。她仍然住在基纳铁路旁的一所典型的红色乡下房子里，房子四周镶了白边，前门漆成了亮蓝色。

她的花园比我们的开阔、漂亮。花坛保养得很好，种满了粉红色和白色的牡丹花，有很多玫瑰，百合也不少。现在大部分都盛开了。花园中央有一棵枝节盘虬的苹果树，每年丰收时节，沉甸甸的果实把枝头都压弯了。花园的尽头有一个游乐场，以前游乐场旁边有一个蹦床。我会在那里蹦上几小时，向经过的火车挥手致意。

小时候，我经常到外婆家去玩。放学后她会来接我。我每年夏天都会去她那里住上几个星期。我们一起烘焙、玩游戏、做手工艺品，在花园里玩耍，采摘苹果和覆盆子做果酱；我们在树林里发现了很多蓝莓。我会到隔壁的农舍去，和住在那里的毛孩子一起玩。他们养有猫、鸡和马。我以前经常去马厩，我喜欢抚摸马儿柔滑的喉咙，感受马儿呼出的温热气息。我们每天都去湖边游泳。

我一想起外婆，心就开始痛。没有她，我就没有这么多快乐的回忆。我不想和她失去联系，但我们已经有一段时间没说话了，我很内疚。

“你的表情很耐人寻味，伊莎贝尔，”苏茜打断了我的思绪，“你看起来又想笑，又在沉思，又害怕，又难过。你在想什么？”

“各种各样的事情。”

“搬到这里之前，你真的从来没有来过斯德哥尔摩吗？”

“没有。我们一般去诺尔兰。我去过几次哥德堡（Gothenburg）和马尔默（Malmö）。斯德哥尔摩会把妈妈逼疯的。”

“你不是报过学校的活动，去了绿林游乐园吗？所有孩子都去那里玩过。”

“那天我摔断了胳膊，最后进了医院。”

我记得我苦苦地哀求妈妈，让我参加，但妈妈还是断然拒绝了。太危险了，一点都不安全。几个成年人怎么能照顾好这么多孩子？如果我出了什么事，她永远都不会原谅他们。但我的老师去帮我说情，她最终还是让步了。不幸的是，在我去的前一天，我摔伤了。

“你的心理治疗得如何？”玛丽安问。

“你的心理治疗进展如何？”乔安娜纠正她。

“有没有怪胎流口水，或者突然抽搐？”苏茜满脑子怪想法。

这让我很恼火，我很后悔告诉她们每个星期三午饭后我都去了哪儿。

“他们都是平常人，”乔安娜解释道，她总是为我辩护，“苏茜，也许你应该试试看。你好像也需要心理治疗。”

“是的，在受到课堂的折磨之后，我确实需要治疗。”玛丽安用头磕着桌子，“力学。到底是谁发明的力学？为什么我们要学力学？”

大家都在嘲笑她，我又感觉好多了。明年夏天我要去绿林游乐园，该死的。我要做所有没做过的事情，我要过属于自己的生活。

爸爸肯定也希望我这样。

我要和斯特拉谈谈，我要把上次不敢说的话都说出来，我要摆脱内心的仇恨。

斯特拉

我的头隐隐作痛：这是宿醉的后遗症。现在还不到 10 点半，我却感觉工作了很长时间。我坐在办公桌旁，打开笔记本电脑。这时我本应该在撰写病人的笔记，但我似乎写不出一句合理的句子。我只想了解更多关于伊莎贝尔的事情。

我打开她的日记，看迄今为止我写下的笔记，看她的转诊单。对，转诊单！

我拿起电话，打给瓦林比（Valingby）的门诊医生诊所，给希芙・罗森医生留了个语音留言，说我有急事，让她给我回个电话。我一边等她的电话，一边在房间里踱来踱去。我站在窗边，俯视着下面的街道。我重新整理了一下桌面。电话铃还没响完第一声，我就迅速地拿起了电话。

“嗨，斯特拉，你怎么了？”希芙・罗森问道。

“你最近转了一个病人给我，”我说，“伊莎贝尔・卡尔森。”

“是的，没错。”

“你为什么把她转到我这儿来？”

希芙・罗森沉默了一会儿，问道：“出什么问题了吗？”

“没有，我只是想知道你对她了解多少。”

“就为了这个？我所知道的都在转诊单里——你收到了吗？”

“她在你那里治疗很久了吗？”

“我只见过她一次。”

“你知道她的家庭情况吗？”

“我所知道的都写进去了。”希芙·罗森听起来很恼火，“她的爸爸5月去世了，她很消沉，出现了社交障碍。你是一个优秀的、值得尊敬的心理治疗师。嗯，也许这听起来很奇怪，但她的行为举止不太正常……有人告诉我，你适合做她的主诊医师。你就是她需要敞开心胸的那种人，所以我把她转诊给你。”

“所以她没有提到我的名字？不是指定要我？”

“当然不是。你听起来很不安——到底怎么了？”

“没什么。”

“你确定？”

“真的没事，”我答道，“只是想和你确认一下。谢谢你抽出时间和我聊。”

我挂了电话，双手抱头。

伊莎贝尔不知道我是谁。

1996年7月22日

我在到处找她。她还在船舱里。我听到她的哭声了。

我潜入水中，游下去，越来越深。我找遍每个角落，但她就是不在。只有一片黑暗。

如果我不走了，留在这深海中，那能找到你吗？

今天你满三周岁了。你已经失踪两年了。昨天我们把你埋在斯科茨基尔克街道。

一场所谓的“告别仪式”。石碑上刻着一只雪白的鸽子，鸽子下方就是你的名字。但你不在里面。

所有人都想给你的失踪画上一个句号，再继续各自的生活。除了我。

斯特拉

我开车到圣艾瑞克斯街道，阳光一片大好。我在梅泰餐厅（Mae Thai）买了一些春卷，打包起来，往克罗诺博格（Kronobergs）公园走去。操场上传来了孩子的阵阵尖叫声，他们穿着各个幼儿园黄粉相间的反光衣，正在嬉戏玩乐。一位狗狗日托所的年轻女员工正在遛狗，体形最小的是吉娃娃，最大的是大丹犬。这画面看起来很滑稽，且操作起来很困难。

我攀上陡峭的山坡，抵达公园的最高处，气都喘不过来。我想起了佩尼拉对中年人身体机能衰退的描述。我还在生她的气。所有人都可以不理解我，但她不可以。但她被那个性感的男人迷得神魂颠倒。

山顶的长椅没有人坐，我在其中一张椅子上坐下。待在外面有点冷，但是秋风习习，天空蔚蓝，让人感到心旷神怡。

悼念孩子注定是一场孤立无援的硬仗。刻骨的思念和失去带来的痛苦是不能与人分担的。现在呢？我知道爱丽丝还活着，心里的悲伤会慢慢消散吗？不知道为什么，她回来了，我却感受到了另一种悲伤。我应该欣喜若狂，应该幸福地大叫。但我所感受到的，只有我们承受的痛失带来的沉甸甸的重量。那么多年了，都是被偷走的年月啊。

我的孩子对我们和我们的往昔一无所知。

我想知道爱丽丝是怎么来到达拉纳的。在斯特兰德庄园，她在婴儿车里神秘消失了，后来呢？她怎么会来博尔温格？什么时候来的？她能感觉到我们之间有牵连吗？克斯廷都知道些什么？她是怎么变成我女儿的监护人的？她和我一样也是受害者吗？谁偷走了我的孩子？伊莎贝尔真的是我的孩子吗？

我也有可能搞错了。我知道，这一连串的问题快让我发疯了。这些问题的强迫性就是一个危险的迹象。我的情况不太妙，焦虑症发作可能只是更严重的精神崩溃的端倪。就像米洛还小的那段时间一样。也许我已经失去了客观判断自己的能力。

一个女人走过来，坐在我旁边的长椅上。“对不起，”她说，“希望我不会打扰到你。”

“不会，不会。”我客气道，仍然感到一丝恼意。我拿出一个春卷，咬了一口，但我已经没胃口了，于是又把它放回了包里。我要离开的时候，那个女人又道歉了。

“我不是有意打扰你的，”她说，“你没事吧？”

我转过身来，想要尖锐地回她一句。但她面带微笑，我忽然意识到，我反应过度了。这个女人明显很孤独，只是想聊聊天。我没有理由不屑一顾。

“我很痛苦，”我回道，努力挤出一个微笑，“希望情况能快点好起来。”

我以为她会说些鼓励的话或者尴尬地回应，道歉，起身离开。相反，她只是静静地坐着，看着我。她没有让我冷静一下，也没有故作乐观。这只是两个陌生人的偶然相遇，它给人意外的解脱感。

“我的生活混乱不堪，”我声音破碎，“所有人都很担心，都希望我表现得像什么都没发生过一样。我怎么可能做得到？”眼泪顺着我的脸颊滑落。我觉得自己像个白痴，我不想在一个完全陌生的人面前情绪崩溃。

那个女人从长凳上站起身，走过来，坐在我旁边。她笨拙地拍拍我的后背。

“哦，亲爱的，发生了什么事？”她问。佩尼拉很不耐烦，妈妈很担忧，亨里克会害怕和生气。这个女人很有同情心。

“我女儿一岁的时候失踪了，”我告诉她，“他们说她淹死了，但我知道她还活着。现在我和她重逢了。但一切比我想象中要难得多，比我经历过的任何事情都要糟糕，除了她消失的那段时间。”

“我理解，”那个女人说，“我真的理解你。”

“为什么她消失了这么多年才回来？”我看起来一定困惑不已，说话还语无伦次。但那个女人一直在轻拍我的背。我不哭了。“我妈妈和我最好的朋友都很担心我。她们认为我在捏造事实。”

“为什么？”她拿出一包纸巾递给我，“她们一定知道你是认真的。”

我抽出一张纸巾，擦了擦眼睛和鼻子。

“我以前犯过病，”我回答，“有一次我以为我见到她了。但我搞错了。我得了重度抑郁症。我住院了，请了病假。她们担心我的病会再次发作。”

“但是你丈夫呢？”她点头示意我的结婚戒指，“他怎么说？”

“我还没告诉他，”我说，“我不知道我现在解不解决得了。不想让他担心我是不是又病了，需不需要再住院。”

那个女人关切地看着我，只“嗯”了一声。

“我不知道该怎么办，”我说，“我从没有这么迷茫过。”

“你想做什么？”

“我想多了解了解她。但这有什么意义呢？为了我？为了我的家人？为了她？”

那个女人的视线看向公园。“试试吧，谁知道呢。”她说。

“对不起，”我说，“我可能不这么认为。我叫斯特拉。”我伸出手来。

“伊娃，”她说着，握住我的手，“人生如朝露，转瞬即逝。每个人只能活一次，记住这一点。你女儿叫什么名字？”

“爱丽丝。”

“好名字。”

“我从没想过会这么困难，这么痛苦。”

“想想，还有更痛苦的。顺其自然，既来之，则安之。该做什么就做什么，找出真相。其他人想你干什么，就让他们自个儿想去吧。”

我不知道我们坐着沉默了多久。过了一会儿，伊娃站起来，祝我好运。我目送她下山走出公园。奇怪的是，我竟然希望我们能再次见面，毕竟真正倾听并充满同情的人很少见。

我回到办公室，心情轻松了一点儿。我并不是个迷信的人，但在公园里的谈话似乎是个好兆头。

伊莎贝尔

我刚出门没多久。很快，我停在奥伦斯百货公司前，走进瓦林比购物中心，穿过 H&M，站在站台上等地铁。我今天很早就出门了，我不想像第一次那样迟到了。

我才刚开始接受治疗，但已经触发了很多问题和回忆。我想它们一直都埋在我的心底，但直到现在，我才敢思考它们背后的含义，这对我来说是全新的体验。我不习惯说出我的感受，也不习惯体会到太多感受。就像上次，他们问，妈妈以这么粗暴的方式告诉我，汉斯不是我的亲生爸爸，我做何反应。我从来没有对她这么生气过。我心里生出的强烈憎恨把自己都吓了一跳。**我永远都不会原谅她直接对我说出真相**。你可以恨你的妈妈吗？这种感觉太可怕了。我上次就想谈谈这个，但我不敢。第一次见到斯特拉我也想谈谈这个，但我不能。这就好比我的内心隐藏着一只暴虐的野生动物，如果放它出来，会发生什么事？它会渐渐将我吞噬吗，还是它已经从内部腐蚀了我？

我开始大胆地分享一些东西。没人质疑我有没有权利把自己的切身感受说出来，这种体会很陌生。没有人因为我的话而伤心、难过、生气，或者会拿我的想法较真。**相反，他们似乎都站在我这边**。

我的手机响了。我拿起来，是妈妈打来的。关于治疗的事情，她必须一清二楚，每一处细节都要盘问我。上周我就不该打电话告诉她我觉得这有多好，那实在是个错误。我没接电话，把手机放回了口袋里。

一告诉她我要接受治疗，我就后悔了。我知道会出问题的，她会开始窥探，并试图干涉。当然，她的本意是好的。她总是想帮我忙，但她从未做到过，她让我感到压抑。我还没准备好和她谈这件事，有时我甚至觉得我永远都不会和她谈。她就像一只水蛭，一只寄生虫，吸附在我的生命中。

电话又响了，我拿出手机，看着它，直到它停了下来。我在弗瑞德汉姆广场下车，踏上自动扶梯。她又打来了，我接了。

“嗨，妈妈。”

“嗨，亲爱的。你在去治疗的路上吗？”

“你怎么可能不知道？”我答。在我成长的过程中，我学会了抑制负面情绪。但现在我好像失去了伪装的能力，我的声音暴露了我的恼恨。

“你不必那么生气。我只是问问你。”

我控制住自己，深吸一口气：“家里怎么样，妈妈？”

“很安静。现在一切都很安静。”

现在内疚找上门来了，爸爸死了，妈妈孤身一人。我是个不孝女。

“也许你应该试着去见见谁，”我说，“你最近去过外婆家吗？”

“你外婆很忙，”妈妈说，“她现在忙着缝制圆布什么的。”

“你认识其他可以拜访的人吗？你不只在达拉纳住过。”

她沉默了，这意味着我已经闯入了禁地。我很清楚这一点，但我还是继续。

“我还小的时候，我们住在哪里？你从没告诉过我。你只是说，那是在丹麦的某个地方，那时你还没搬到博尔温格去，也还没遇见爸爸。”

“你是说汉斯？”

她甚至不允许我叫爸爸，她连一个称谓都要夺走。

“那时谁是我的亲生爸爸？”我问，“你要告诉我他的事吗？”

我很久没这么大胆妄为了。妈妈清了清喉咙。

“团体治疗到底是怎么进行的？”她问。她的语气很友好，还有些好奇，但我知道她只是想窥探。在平静的表面下，她很生气。而我不想回答，这是私人问题。不过，我还是觉得有必要平息事情，试着让她冷静下来。

“我们在那儿坐成一圈，你可以谈论任何事情。心理治疗师——”

“斯特拉？”

“斯特拉人很好。她提出的问题都能引发我的思考，是深入思考。我能处理这些事情。”

“什么样的问题？关于我们？关于我？”妈妈的声音冷冰冰的，“一个心理治疗师真的应该问你这样的问题吗？你还年轻，还这么难过。她对我们的生活了解多少？她的问题可能弊大于利。你难道不明白吗？”

“她没有问我那些问题。你不懂。”

但我记得斯特拉直截了当的问题。在她强大的气场下，每个人都坐立不安。她有时给我一种不确定感。我不知道为什么，但我感觉她对我比对其他人更感兴趣。

“你都跟他们说些什么？你需要处理什么？”

愤怒、嘲笑、俯就，妈妈和以前一样。她根植于我的思想中，要求我对她毫无保留。

“这是我的事，妈妈，”我说，“我现在得走了。”

“好吧，我很抱歉。”

现在又换上了那受伤的语调。她误解了，但她是为了我好。

“你要知道，不是所有的心理治疗师都是好人，”她说，“他们可以施加很大的影响。他们自以为能传达真理，他们想要指挥别人的生活。对于像你这样脆弱敏感的人，稍有不慎，后果可能很严重。”

“斯特拉从来不自称自己无所不知。”我说。

妈妈叹了口气：“亲爱的，我只是担心你。你很快就会回家了，对吧？通过电话来聊天真是太糟糕了。”

“我不知道，”我说，“考前学校的气氛真的很紧张。”

“但我想，你考试前一周有空？”

“是的，但在这期间我得好好复习。”

“伊莎贝尔，回家吧。你需要回家。”

“不，妈妈，是你需要我回家。我需要一个人待着。”

我挂断电话，关掉手机。

阿维德：你好像心情不好，伊莎贝尔？

我：我对着妈妈大吼大叫。我真不敢相信我这么做了。

克莱拉：你好像受到了打击。是不是太难受了？

我：我感觉很糟糕。我长这么大都没做过这样叛逆的事。

我听见皮埃尔嗤笑一声。

皮埃尔：你觉得后果会是什么？

我低头看着地毯。

我：我不知道。我不应该做出这样的表现。她很受伤。爸爸去世后，一切都变得更糟了。

斯特拉：上周你说如果你是妈妈收养的孩子，那就合理了。这是什么意思？

我用手指卷着头发，神经紧张得突突直跳。和妈妈吵架很难，吵完架后再谈这个更难。

我：我不知道我能不能解释。她不像其他妈妈。她希望我们能成为最好的朋友。同时，她总是坚持我要尊重她，因为她是我的妈妈。她想让我对她坦诚相待，但在我还没准备好吐露心声之前，她就总想旁敲侧击。她什么都想知道，包括每一处细节，包括我最无关紧要的想法。然后她就用来对付我，我解释不通。太恶心了，她太难应付了。和她做什么都是一场持久战。

斯特拉：你一直和她生活在一起？

我：是的，但我小时候不太记事。只要她在家，我从来没有感到舒服过。从家里搬出去让我如释重负，但她的架势也很吓人。

斯特拉：你继续说。

我：她越想和我亲近，就越苛刻。她很容易失望、难过、生气，我学会了怎么让她保持好心情。我已经变成了她想让我成为的人。她让我做什么我就做什么，每一次我尝试另辟蹊径，我都不由得内疚。我甚至恨她，发誓永远都不会原谅她。我真希望她死了。有时候我恨到几乎想杀了她。我知道这很变态。我有点不正常了。

眼泪顺着我的脸颊滑落，我在不停地抽泣。像这样在别人面前肆意流泪，我感到既轻松又尴尬。也许我夸大了事实，说得太多了。但这是因为我很生

气。不管我做什么，在她眼里都是错的。

斯特拉：但是她对你好吗？你伤心的时候，她会安慰你吗？她打过你吗？

现在她又紧张起来了，其他几个人似乎也很紧张。我说错什么了吗？

我：打我？她永远不会打我。安慰我是她最擅长的事。

也许我太过分了，说得太多了。

我：我们曾经也有过开心的日子。她的生活并不轻松。我小的时候，她经常一个人陪着我。爸爸必须出远门去上班，而我经常生病。她也有很多工作要忙。

我得清清嗓子，好像有什么东西卡在喉咙里。

我：我出生的时候她差点就死了。她是 Rh 阴性血，我是 Rh 阳性血。我们的血液混在一起，她血液中毒了。所以她说愿意为我付出生命是认真的。

克莱拉：血液中毒不是这么一回事。如果血液发生混合，出现不适的是婴儿，不是母亲。

我：你确定吗？

克莱拉：是的。

我：那就奇怪了。这件事她反反复复地说了一遍又一遍。我一定误会什么了。

房间里一片寂静，我突然觉得自己很愚蠢。今天我似乎是唯一一个说话的人，还有斯特拉。

我：我经常在想，她是不是出于某种原因而嫉妒爸爸。也许是因为我和爸爸之间的关系更亲密。

斯特拉身体前倾，扶住膝盖。

她问：你们的关系一直都这么僵吗？

一直都是这样吗？我想是的。我们也有过开心的时候，确实有过，但基本上就是这样。但我不知道为什么，真的很努力想做个好女儿，难道不是吗？

斯特拉：爱丽丝？

皮埃尔：谁是爱丽丝？

斯特拉

远处的街上传来一阵起伏的喧嚣。我拉开窗帘，坐在桌子旁。我后背和脖子上的肌肉绷得紧紧的，按摩也于事无补，就像揉捏一块坚硬的石头一样。我眼底传来的强烈痛楚让我不住地反胃。我从钱包里找出妈妈给我的止痛药，吞下去，闭上双眼。

当我脱口而出她的名字时，她的眼神一片空洞。

爱丽丝。她的真名。

但这对她来说毫无意义。她不知道我是谁。对她来说我可以是任何人，或者我就是个陌生人。

她没有找我，甚至都没想过我。她不知道，我时刻都感觉她在我身体里生根发芽。她是我的心肝宝贝，我怀胎十月。为了她我忍受了一生中最痛苦的漫长夜晚。她不知道我哺育过她，凝视着她的眼睛，她就睡在我的怀里。

对我的孩子来说，我是个不存在的人物。伊娃在克罗诺博格公园劝我什么？顺其自然。

我可以继续以前那样的生活。也许我不该再见伊莎贝尔，我应该就此放手。

这是不可能的。

我知道爱丽丝还活着，我怎么可能像以前那样生活呢？再也没有什么能让我和她分开。

我必须坚持下去。我必须知道她经历了什么，努力了解她这个人。这会让我们的生活天翻地覆，但事已至此，我已经准备好了要面临一切难题。

无论我选择做什么，后果都会很严重。这是不可避免的。

伊莎贝尔能接受真相吗？她已经知道了她的爸爸不是亲生爸爸。她所谓的妈妈也不是亲生妈妈。我还会给她带来更多烦恼，她原有的生活会因此毁于一旦。

我怀念她还小的时候，怀念看着她长大的静谧时光。我根本不知道她的童年是不是无忧无虑的。

爱丽丝理应查明真相。我们两个都应该知道事情的原委。

克斯廷知道些什么？她为什么会收养我的女儿？

我的手机在桌子上振动起来，是陌生来电。我接通电话。亨里克的一个助手转告我，他今天会去接米洛，我不用去了。我谢过她，挂了电话。

米洛，他会怎么看？我要怎么告诉他，他有个姐姐，他的姐姐还活着？

有人敲门了。雷娜特探头进来："斯特拉，你的病人在等着呢。"

"我的病人？"

"你没事吧？"

我露出一个微笑："我没事，谢谢。"

"肯特还在候诊室。他说他的预约在 15 分钟前就开始了。"

我完全忘记了。

我理理头发，拿上外套和钱包去接待区。我伸出手来，快速地握了握肯特的手，告诉他，今天的预约要取消。难道他没收到我的信息吗？真是太不巧了，他居然没有收到信息。于是我请他和雷娜特重新预约一次。

我说谎了，我应该为此感到羞耻。但当我离开办公室时，我唯一的感觉就是松了一口气。

斯特拉

我把车停在安吉尔布列克斯街道（Engelbrektsgatan）上，沿着胡木乐花坛公园（Humlegarden）通往国家图书馆的路走去。红色和黄色的落叶覆盖着地面。树梢红艳艳的，看起来像着火了似的。大楼气势恢宏，两排巨大的窗户遮住了主楼。我从前面的楼梯走上去，进入一个窄小的大理石厅，大厅的两旁矗立着柱子和两尊大雕像。我向右拐，把外套放在咖啡馆旁边的储物柜里，把手机调成静音，放进包里。

我经过前台，向坐在那里的年轻人打招呼，穿过旋转栅门。我下了五段楼梯，这些楼梯建在大楼的扩建部分里，四周围着玻璃。缩微胶片室位于底层。

一个60多岁的女士坐在一张高桌后面，她身形苗条，但略微佝偻。她的眼镜挂在鼻尖上，快要掉下来了。我走近时，她把眼镜往上推了推，但很快又滑了下来。

我请求她帮忙查找1994年8月至10月间斯莫兰（Smaland）省刊登的文章。她带我进了另一边的房间，走向一排排的大架子前，上面收藏着已经印为缩微胶片的瑞典各大报纸。她仰起头，透过眼镜仔细地搜寻着，找到了我们的目标架子。她转动侧面的一个大旋钮，架子便往旁边移去，报架中间赫然出现了一条通道。

我们走进去，她从斯莫兰报纸其中一列取出了一个盒子，上面标着“1994年秋天”。她教我把这盒胶片放到阅读器里，滚动页码。

我谢谢她的帮忙，开始浏览起来。

关于失踪的文章不多。最初的几周出现得比较频繁，而且信息基本相同。

8 月 13 日中午，一个一岁女婴在斯特兰德庄园失踪。

在海滩附近发现了翻倒的婴儿车。

这家人来自斯德哥尔摩，周末过来度假。

年轻的母亲短暂离开，孩子无人陪伴。

案发前后，有人在奥斯卡森（Oskarshamn）看见孩子的父亲。

年轻的母亲接受了警方的讯问。

年轻的母亲已被排除嫌疑。

警方没有头绪，呼吁公众提供一切可疑线索。

有说法称，可能是动物翻倒了婴儿车。也许有人看到孩子孤零零的一个人，会忍不住照顾她一下，也有可能是孩子自己把婴儿车弄翻后爬走了。一时众说纷纭，但这些猜测或多或少都具有可能性。除了一种说法遭到了反驳：爱丽丝被拐走了。我说出来的时候，所有人都不相信。丹尼尔也不相信。谁会拐走我们的孩子？警察说这太牵强了。他们没有发现表现出极端关注的人。他们调查了是否有存在犯罪记录的游客，但一无所获。警方开展了搜查，最终什么也没找到。

因为没有发现动物的踪迹，也没有人能提供孩子下落的信息，大家便说孩子爬进水里，被淹死了。那里有一个陡峭的落崖，这一带以水流强劲出名。尸体太小了，找到的可能性微乎其微，但警察还是在水里搜寻。真是一场悲剧。父母双方都接受了审问，但没有发现犯罪嫌疑。

几周后，这些文章逐渐缩减到一个简短的通告。**孩子仍然下落不明。没有任何线索能找到这个一岁女婴。她被假定为溺毙，尸体被水流冲离了现场。**

警方终止调查，女婴已被宣布死亡。

我在想，如果这件事放到今天，会发生些什么。母亲太疏忽了，理应感到内疚，所有这些都会摆到网上，接受网友的剖析和辩论。像我，年纪轻轻就生了孩子，本来就被认定是不负责任的行为。我的丑照会被披露到网上。

那些低俗小报会挖掘我们的私生活，跟踪报道我们几个月后的分道扬镳。每个人都会对这一场悲剧津津乐道。

我继续浏览着。什么有用的信息都没有。什么也没有。直到一则标题引起了我的注意。

斯特兰德庄园无管理人员接手，立即停业

伊丽·玛利亚告诉过我。罗杰·伦丁，斯特兰德庄园的管理人和所有者，由于糖尿病并发症突然离世。伊丽·玛利亚说，那年 8 月，斯特兰德庄园就永久地关闭了。

我到书架上找另一份当地报纸，装入胶卷，开始翻阅。同样的文章，离奇失踪的一岁女婴。年轻的母亲遭调查，未正式确定嫌疑。女婴被假定溺毙，结案。

我看见了一张熟悉的脸，那位负责调查的警官。他叫斯文·尼尔森（Sven Nilsson）。我记得他是一个富有同情心和善解人意的人。他递给我热气腾腾的咖啡，把毯子裹到我肩上。还有一位性子淡漠些的年轻同事。我在文章底部找到了他的名字，皮尔·冈纳森（Per Gunnarsson），他认为我有罪。他确信我杀害了自己的孩子，并试图通过谎报失踪来掩饰罪行。他是第一个在警察局审问我的人。

我们有证人称，案发时段，你的男朋友丹尼尔远在奥斯卡森。你在做什么？

你为什么让你的孩子一个人待着？

你为什么不在那里陪她？

你离开了多久？

如果你在附近，怎么会什么都没听到？

你到底在哪里？

你太年轻了。你享受当妈妈吗？带孩子有时候肯定很艰难。耳朵里一直充斥着孩子的哭喊声。有时候你会希望能摆脱掉这一切。

你有产后抑郁症吗？

你有没有不想告诉我们的意外？

你可以和我们谈谈。如果发生了什么事，我们会理解的。

最终一切都会水落石出。如果你能坦白从宽，情况对你来说会更有利。

你对你的孩子做了什么？

他那双冷酷的眼睛饱含怀疑。我不是嫌疑犯，但我被怀疑了。斯文·尼尔森打断了审问，解释说他们没有理由拘留我。他调查过一位支持我观点的女士。那位女士看见我摇着树下的婴儿车，爱丽丝在里面睡着了。不久后，她看见我沿着海滩走下去。

我拿出笔记本电脑，搜索奥斯卡森警察局。斯文·尼尔森一定早就退休了。我不知道警方的文件是如何存档的，但以往的调查肯定保存了下来。我值得一试。

我从前门走出去，松了松筋骨。我打电话给警方，接通到奥斯卡森警察局。我在想该说什么，电话响了很久，我正要挂断，一个女人的声音传了过来。

我迅速地说明来意。1994 年 8 月，从斯德哥尔摩远道而来，在斯特兰德庄园度过周末，女婴遭绑架，年仅一岁，警方，陈年案子，当然已经结案了，斯文·尼尔森、皮尔·冈纳森——

“皮尔·冈纳森？他回家了。”

电话另一头长久沉默着。

“你好？”我以为她挂断了电话。

“等等，你运气好，他还在这儿。你可以和他聊聊。请稍等。”

“你好。我是皮尔·冈纳森。”他的声音比我印象中的沙哑，但我还是认出来了。

“我叫斯特拉·威斯特兰德。我的婚前姓是约翰逊。1994 年 8 月你在斯特兰德庄园调查一桩案件，我女儿在婴儿车里失踪了。”

“94 年？什么鬼？”急躁易怒，他还是老样子。

“在斯特兰德庄园，奥斯卡森北部的斯托维克。你和斯文·尼尔森一起去的，然后——”

“现在，你冷静一下。请说慢一点，大声一点。”

我咬紧牙关，又说了一遍：“你和斯文·尼尔森，你们一起调查我女儿的失踪案，她当时只有一岁。你在警察局审问我和我先生。”

“好吧，我想起来了，”皮尔·冈纳森咕哝道，“怎么回事？”

“我想看看当时的调查。你做了什么、调查过谁，诸如此类。”

他疲惫地长叹一声：“亲爱的，已经过去多少……20多年了？那个案子已经结案很久了。难道你不知道我们要做的事情比翻找旧文件重要得多吗？”

“我能找其他人谈谈吗？”

他又叹了一声：“你认为警局会替你还愿？我们已经忙疯了，没时间受理这样的陈年旧事。”

我没有回答。

皮尔·冈纳森咳嗽了。

“斯文·尼尔森，他已经退休很多年了。上次我听说他搬到了诺尔雪平（Norrkoping）。我知道他保存了一些材料。他经常聊起我们没有跟进过的细枝末节。我不知道他都在说些什么，他是个好奇的家伙。你可能记得，当时我们可是每一块石头都翻过了。我们没有错过任何一条线索。如果你非要问，我会告诉你，那是一桩无头悬案。我唯一的建议就是找到他。现在我还有其他事情要做。”

他挂了。

我看见屏幕上显示九个未接来电和十条短信。亨里克和米洛连番轰炸，问我是不是还活着。看得我很生气。

我给亨里克发短信说我正在回家的路上，然后就关机了。

夜幕降临。空气清新凉爽，我并不着急，便慢悠悠地穿过胡木乐花坛公园。

斯特拉

亨里克和米洛坐在沙发上吃爆米花。他们正在观看《疯狂汽车秀》的重播，赛车一相撞，他们就爆发出大笑。

亨里克注意到我已经进了客厅，匆匆地瞥了我一眼。我看得出他在生我的气。为什么？因为我不是每分每秒都有空吗？

“嗨，亲爱的。”我说。

“嗨，妈妈，”米洛说，“你去哪儿了？”

“对啊，你去哪儿了？”亨里克应和道。

“你想我了吗？”

“训练结束后，我一直都在等你。”米洛说。

“什么？”我惊讶地问。

“是啊，你都没有来，所以我一个人回家了。”

“你自己坐地铁吗？”

“我随身带着地铁卡。”

“你为什么不接他？”我问亨里克。

我听起来很生气，而实际上，我感到一阵后怕。一瞬间，我想到了所有可能发生的事情。他可能受伤、迷路、被抢劫或绑架。亨里克为什么不接他？

他扬起眉毛，我们的视线越过米洛，面面相觑。

“那你为什么不接他？”他反问道。

“因为你告诉我你去接他。”

“你怎么会这样想？每次网球课结束，都是你去接他。”

“我知道，”我说，“但是你打电话说你会去的。”

“我什么时候打过电话？”

“今天下午，两点半左右。”

“当时我还在开会。”

“不是你。是你的一个助手给我留的言，不然我肯定会去接米洛的。”

“哪个助手？埃莉卡？她为什么要打电话给你？”

“我不知道她叫什么名字。可能是因为你让她打电话来的？”

“我没有让任何人给你打电话。但幸好没事，对吧，小家伙？”他捏了捏米洛的肩膀。

“对不起，亲爱的，”我轻抚米洛的头发，“这是一个误会，我不是故意让你一个人回家的。”

“拜托，他自己也没问题的，”亨里克说，“你回来之前我们聊过了。他现在已经准备自己坐地铁来回了。”

我不赞成，我不想他单独去任何地方。永远都不想。

亨里克立即看出了我的心思。

“他最近经常和朋友们一起出门玩儿。没问题的，斯特拉。”

我走进厨房，给自己倒了杯酒。这么多年来，我第一次有了想抽烟的冲动。亨里克跟着我进来了。

“你去哪儿了？”他说，“我联系不上你的时候，我脑子里想象出了各种可怕的场景。”

他摩挲着我的手臂。我抽了出来。

“我在图书馆。”

“你为什么那么生气？”他委屈地问。

“生气的人是你。”

“我不生气，但你得让我知道你在做什么。你原来可没有这么拒人于千里之外。”

他又碰了我一下，我拿着杯子去厨房的另一头。

“你不必我一进门就指责我。”我气冲冲地说。

“那你也没必要那么生气，你最近真的像变了个人。你是不是把受到的气撒到我身上？”

“你现在想扮演心理学家吗，亨里克？别这样。”

他双臂交叉。

“如果我说要去接米洛，我会让我的员工给你打电话吗？”他问，“我从来没有这么做过。”

“确实有人打电话给我。还是说你认为是我幻想出来的？”

他没有回答。他说：“米洛现在可以自己坐地铁了，斯特拉。他 13 岁了。你不用他去哪儿都载着他进进出出的。”

“我心甘情愿。”我答。

“刚才那不是指责。”

我没有看他的眼睛。

他叹了口气，离开了厨房。

我眼角的余光察觉到有人在动，于是我把窗子推开。有人在街上走过。我小心翼翼地前倾，向外张望。一个塑料袋孤零零地在街道上打转儿。我双手撑在水池边，缓缓地呼气。我这是疯了吗？几周前，米洛独自一人回家，我都没有如此强烈的反应，也没有今天一半的害怕和紧张。但最近我受了刺激，成了惊弓之鸟，总是担忧一时疏忽会酿成无法挽回的后果。

当年我就离开爱丽丝一会儿，后果却是毁灭性的，我永远失去了她。

米洛，我也让他单独行动了。一切都好，什么都没发生。但我发誓，我再也不会如此疏忽大意。他还小的时候，凡是人多的地方，我都一律避开。我宁愿他的朋友在我们家过夜。汉普斯、佩尼拉和他的祖父母是唯一的例外。所有的训练和比赛我都陪他去参加，他要去朋友家，即使很近，我也开车或步行陪他去。我对米洛保护过度了。

亨里克已经尽可能地平衡了这一点。他带米洛去绿林游乐园，不让我跟着去，这也没什么大不了的。这些年来，我在控制自己的恐惧方面越来越擅长，我的控制欲逐渐缓解了，直到今天。

米洛必须学会独立，我知道。但他只有 13 岁，我还没准备好放手，也许我永远不会放手。

我加热了炉子上的食物，但我没有胃口。我用叉子戳了戳，把大部分的晚餐都扔掉了，站到水池边。

我不能再这样下去了。我得和亨里克谈谈，他有权知道我找到了爱丽丝。我想让他明白，这次是真的。他会理解我、帮助我的。

我倒了两杯酒，走去客厅。外面很黑，风吹得树木直摇晃，就要下雨了。我在咖啡桌上点上蜡烛，走到窗前。我正要转身拿起一支蜡烛时，就看见了他。他就站在房子后面的街上，盯着我。

他的脸被兜帽遮住了，我不可能认得出他的模样。他穿着和上次一样不成型的外套，维持着同样紧绷的姿势，充满了威胁。

我推开通往院子的门。

我尖声叫道："你想要什么？滚开，别烦我。滚！"

我想跑进后院，但门槛绊倒了我。我抓住窗帘，帘上的杆子脱落，垮了下来，我头朝地摔出了门外。

"怎么了，妈妈？！"米洛边跑边喊，亨里克跟在他后面。他们看见我倒在了院子里。

"有人在监视我们，"我指着外面说，"看，在那里！他的脸被兜帽挡住了，他以前来过，穿着同一件外套，戴着同一个兜帽。"

亨里克走出去，盯着街上看，米洛跟着他。他们扫视街道两头，又走了回来。亨里克在我身边蹲下，揉捏着我的肩膀。

"进来吧，亲爱的。外面没人。"

我看着他："刚才有人在那儿。"

亨里克眼神移向了别处。

"你不相信我吗？"我问。

他双手握住我的手。米洛一把将我拉起，一言不发。

"亨里克？你不相信我吗？"

"不管怎么说，现在那里没人了。"他苦笑着说。

我认得出他脸上的这种笑容。每当他认为我错了，希望我别太激动，别太情绪化的时候，他就会露出这种笑容。

我往窗外看去，亨里克和米洛也看向窗外。有人在街道上行走，一个穿着雨衣、带着兜帽的人。我一把抓住亨里克的胳膊。

“就是他。”我低声说。

“噢，拜托，你不认识约翰吗？”亨里克叹道，“他和往常一样带着他的狗出去了。”

他说得对。是那个投资者，又带着他的小狗出去了。他的雨衣颜色比较浅，我现在看清楚了。约翰·林德伯格看见我们站在窗边盯着他看，咧嘴笑了，冲我们挥手，亨里克也微笑着冲他挥了挥手。

他转头看着我，他脸上的笑容消失了。

2003 年 6 月 22 日

我找到她了。我找到爱丽丝了。

两周前，我们在斯堪森（Skansen）的时候。米洛和我正排队买冰淇淋。

她就在那儿。

我认出她了。她还是以前的样子，好像我不曾失去过她。我一呼一吸间，她又消失在人群里。

我不会再让她消失了！

我把米洛留在婴儿车里，追了上去。我把挡着我的人都推到一边，嚷叫着让他们走开。我拼命地喊她的名字。

她走了，又消失了。

我想起了米洛，赶紧跑回他身边。

他一个人在婴儿车里哭。他也有可能被陌生人带走啊。

我再也不会让我的孩子离开我的视线了。我甚至不该带他来斯堪森，这里人太多了，在人群中更容易消失不见。

亨里克以最快的速度赶来了。我哭个不停，他报了警。

警察不停地询问我：你什么时候、在哪里见到她？她长什么样，身上穿着什么？

我一一回答：大约下午 3 点，我在排队买冰淇淋的时候见到她了。她有浓密的黑发、酒窝和精灵般的耳朵，穿着一件蓝色的连衣裙，大概这么高。和米洛差不多高。她和一个男人在一起。

他们奇怪地盯着我，眼神空洞而冷漠。他们语气冰冷地告诉我，那不是爱丽丝。她已经不是一岁了。他们说她一定比米洛高。你看见的是别人，爱丽丝已经快十岁了。

但他们什么都不懂。他们不像我，感应得到她的出现。他们努力表达善意，想要安慰我，他们却在背后悄悄地和亨里克说，我病了，我精神崩溃了。他们在撒谎。

这不是崩溃。我看到我的孩子了。我看见爱丽丝了。

我感到浑身冰冷。虽然盖了一条毛毯，但我依然冷得发抖。我的背和头却如同着火一般发热，我的手在颤抖。一定是他们给我的药。我想回家。

亨里克把我留在了这里。

我孤零零地躺在一个雪白冰冷的房间的床上睡着了。

我醒了，却依旧昏昏欲睡，脑海中空洞无物。他们说有客人来探望我。他们扶我起床，带我去了一个探访室。

丹尼尔坐在那里。他没有拥抱我。他既担心，又生气。他说他再也不想掺和这件事了。我冲他尖叫：你以为我想吗？我想离开我的女儿吗？你以为我愿意这么疯狂地想她，却从来都找不到答案吗？

他说，这就是我们埋葬她的原因，好继续我们的生活。

我看到了亨里克。他躲在角落里，脸色苍白。

他看着我，好像不知道我是谁。

丹尼尔说，你也可能失去你的儿子。发生了这么多事，他很抱歉，祝我幸福。他离开了。

亨里克也走出去了。我不知道他是否会回来，我甚至不知道我是否还能回家。

亨里克离开后，我冲着他的背影尖叫。

我一直叫，一直叫，一直叫，直到他们让我睡觉，我才消停下来。

伊莎贝尔

我一个人待在公寓里，乔安娜今晚住在阿克塞尔家。

我躺在床上，凝望着窗外。天色湛蓝，阳光明媚。但我十分疲惫。我不想出去。

我应该学习的。要学的东西难以穷尽，通常我会觉得很有趣。但不是现在，现在我不想学习，我没有精力。“我的房间布置得像家里一样温馨”——如果外婆来了，她一定会这么评价的。只有床、床单和吊灯是新买的，其他所有都是二手货。比如那幅蓝色低调的大型抽象画、那张灰色的粗毛地毯、几盏台灯、柚木桌子、床头柜，还有我的各种小摆设。这把写字椅是破旧的厨房椅，窗户顶部挂着一条款式简单的蓝色帷幔，那是乔安娜帮我和爸爸从他的拖车里拽出来的。

我拉下百叶窗，拿起新买的笔记本电脑。

去年夏天我打工挣了点钱，就买了这个。我上 Facebook 看了看又关掉，然后关机。我在手机上刷了会儿 Instagram 和 Snapchat，甩开毯子，到厨房去。我放上水壶，拿出一个杯子和一个茶包。

公寓很明亮，每个房间都装有大窗户，墙也刷得雪白。我分到了卧室，乔安娜占了客厅，玻璃门上挂着紫绿相间的蜡染窗帘。我们在厨房里挂了一张以前一起买的有各种香料插图的旧海报。白色的餐桌周围放着并不相配的椅子，地板上铺着外婆织的地毯。

我端着杯子坐到窗边，回想着我和妈妈的通话，以及我在小组治疗中说的话。我感到一阵内疚，我讨厌自己表现得这么乖张。

我对她太不公平了。我错了，我很愤怒、失望和伤心。我夸大事实，在妈妈不在场的时候指责她，说她的坏话，其他人并不清楚事情的来龙去脉。

妈妈经常说我生性敏感，易受他人影响，**也许她是对的**。此刻，我的心情矛盾不已。我还是很暴躁，我仍然感到愤恨。我对妈妈的怨怼似乎已经拥有了自我意识，逃离了我的控制。但同时，我又被这种感觉带来的愧疚压得喘不过气来。

爸爸死了，我还没缓过来。他不是我的亲生父亲。现在与妈妈有关的一切，我都不敢相信了。我的第六感灵验吗？我想知道我的记忆中还存有多少真相。

我会问斯特拉她对这一切的看法，我知道我可以和她讨论这些事情。当她问我“小时候过得好吗”，她好像真的很关心我的答案。她真的很担心我，我注意到了。不知怎的，我觉得她在试图弥补些什么。

但我怎样才能在不被误解的情况下，告诉她真相呢？每当我说出自己的真实想法时，事情都不会很顺利。我什么时候才能学会表达自我？怎样才能让别人理解我？

克莱拉不明白为什么我才和妈妈吵了一架，就这么惊惧不安。我也不知道。我只知道我讨厌和她发生冲突，讨厌和她待在一起。但我可以避开他们。我不想让妈妈难过，也不想让爸爸难过。**虽然他不是我的亲生爸爸**。

妈妈说我想得太多，问得太多了，也许她是对的。思考了这么多，我却没有哪怕变聪明一点。但我不能停止思考，也不能停止感受。

我不知道为什么我是我，也不知道为什么我总觉得自己是个局外人。我是不同的、怪异的、另类的。我一定不太正常，总是这么多愁善感。

我不想哭，但我还是会哭。这让我更看不起自己了。

斯特拉

我蜷缩在办公室的扶手椅里，盘起双腿，鞋子被我胡乱地踢到地毯上。今天我不得不强迫自己来上班，但我只是在干坐着消耗时间。我什么也没干。整个上午，我都在思考最近发生的一切。

我接到了一个可疑的陌生电话，我看见了一个充满胁迫性的兜帽拉得低低的男人。

那条街上真的有人吗？

是的，真的有。我没有产生幻觉，我看见了两次。有人在监视我的家，监视我、跟踪我。死亡威胁信让这一切显得更加恐怖。我绞尽脑汁厘清思绪，想要找出谁是幕后黑手。但如果这种状态再持续下去，我又会失控的。

我要结束这无理的闹剧。

我要把一切都告诉亨里克，就今天。我本想先收集一些具体的证据再告诉他，但现在不能再等了。我必须把伊莎贝尔转移到另一组团体，这样她才能继续她的治疗。第一次集会后，我就应该马上把她转给另一个治疗师。我要做的事情很不专业，也不道德。

而且很危险。

我的手机在振动，是亨里克。我接通电话，他问我今天什么时候结束工作。他想我们一起去诺尔·玛拉斯特朗德附近的佳肴餐厅（Trattorian）吃晚饭。只有我们俩，米洛有篮球课。我说听起来不错。

我真的这么觉得吗？可能是，也可能不是。

我以前很喜欢和亨里克出去用餐。我希望我今天也有这样的心情，但情况并非如此。一想到要在外面吃饭的时候讨论爱丽丝，我就感觉像是做错了什么。但再等下去，不告诉他，就是一错再错。

几小时后，我把车停在了诺尔·玛拉斯特朗德对面的十字街边。我朝玛拉亭的水池边走去，亨里克在那儿等我。他脸上刚长出胡楂，头发蓬松，戴着太阳镜。他摘下眼镜，看着我走近。

“怎么这样看着我？”他问。

“看你很英俊。”我犹疑了一会儿，踮起脚尖给了他一个吻。他也吻了吻我的脸。

“今天只有你和我吃晚饭，”他说，“我们已经很久没这样过了。”

我们手拉着手走下长廊。看着周围来来往往的行人，不时嬉笑一番。路上有带着两英尺长镜头的业余摄影师、和吠叫的小狗拉拉扯扯的老太太、推着婴儿车非要并排走的父母、穿着紧身裤在人群中横冲直撞慢跑的人，还有拄着拐杖的老婆婆们。

我们需要这样的约会。我应该听佩尼拉的，选个周末，两人出去度假。我和亨里克已经很久没为彼此腾出过时间了。

我们到了码头，走进佳肴餐厅。亨里克订了一张靠窗的桌子。我们下了单，等着上菜。他告诉我，他的父母周末要去法国，马库斯和杰丽娜最近来过这家餐厅。他又对这里的装饰和菜单评论了一番，闲聊了起来。

“这个周末会是大晴天。”他说。

“那太好了。”我说。

“我想我会带米洛去高尔夫球场参加本赛季的最后一轮比赛。他星期六有篮球比赛吗？”

“不知道。很有可能。”

我们真的来了这里。食物送上来了，我先喝了一口酒，想放松一下。我眺望着里达嘉登湾。我居然正和亨里克坐在一家不错的餐厅里。

“好吃吗？”亨里克一边问我，一边尝了一口我盘子里的食物。

“很好吃。”我赞道。

“最近工作怎么样？”

我转了转酒杯：“不错。你呢？”

“你知道的，现在我有一堆事情要忙，但很快就会轻松些了。”

一阵沉默，我们表现得就像两个真人差劲的复制品。“你最近有没有收到社会医疗健康监察机构的通知？”

终于问出口了。他邀请我来，就是想严肃地和我谈一谈。他以为我最近的反常行为和这次检查有关。我戳了戳盘里的食物，我真希望他能迟一点再问。

“没有，还没有收到。”我答道，放下叉子，把羊毛衫拉到肩上。

“你别这么抗拒。”他叹道，“既然你不主动告诉我，我总得问吧。但看来现在问太不合时宜了。算了吧。”

算了吧？如果我不回应一下的话，接下来的晚餐都会乌云密布。

“为什么气氛这么紧张？”我问。

“你是那个紧张的人，”他回道，“这段时间你一直很紧张，很恼火。”

“我知道我一直心事重重，心不在焉。”我说。

“心不在焉？你都要灵魂出窍了。米洛和我跟你说话的时候，你都没有回应，还总是丢三落四，动不动就发脾气。还有昨天呢？那是怎么了？”

“我知道，这几个星期我表现得很不正常，”我解释道，“但这与莉娜无关。我见到那个穿雨衣的男人两次了，我还收到了一封变相的死亡威胁信。这还不是发生的全部事情，我有话要告诉你。”

亨里克摇了摇头：“我们稍后再谈，好吗？你想来点咖啡吗？”

我不想。我想离开。我还没来得及回答，他就向服务员打手势。我看向外面的码头，亨里克要了两杯咖啡，没点甜点。夕阳洒在水面上，折射出明亮的光晕。这是个美丽的傍晚，我和亨里克却渐行渐远了。

没有回头路走了，我必须告诉他。服务员走开了，剩下我们两个人，我看着他的眼睛。

“亨里克。”我把手放在他的胳膊上。他盯着我，等我说下去。

“我找到爱丽丝了。”

亨利放下餐巾，紧紧地盯着我。

我继续道："这次我是对的。我知道我是对的。"

我留意到我太大声了。离我们最近的那对情侣慢慢地不作声了，朝我们这边看来。

亨里克向旁边瞥了一眼，视线移到了海面上。

"我不想在这儿谈，"他说，"我们回去再说。"

"说什么？"我问。

"我今天接待了一个访客。"

亨里克的目光镇定自若，我胃痛起来。我不知道他会说什么，但我从他的脸上看得出这件事情很严重。

他缓缓道来："今天早上有一个女人来办公室找我，她很担心她的女儿。"

"她的女儿？"

"她正接受你的治疗。"

"什么意思？"

"自从遇到你，这个女孩就变了。你看，我这只是引用别人的话。"亨里克勾了勾两手的手指，"你对她过度关注。"

"你说的是真的吗？"我扬起嗓音，那对情侣又看了我们一眼。我又放轻了声音，"这个女人是谁？"

他没有回答我的问题，反而顾左右而言他："这个女人觉得你在挑唆她和女儿之间的关系，打探她的成长历程，套她的话。"

"是伊莎贝尔……"我喃喃道。

亨里克倾身向我，手指轻敲桌面："告诉我，你该不会认为这个伊莎贝尔就是爱丽丝吧？"

"找你的那个女人，她叫什么名字？"我问。

"克斯廷·卡尔森，她拜托我和你谈谈。她女儿不想理她，肯定是被你迷得七荤八素了。她是这么说的。"

"她为什么找你？"我问，"她可以直接联系我。"

他耸了耸肩。"这很重要吗？她很担心。"他说。

"猜猜为什么，"我说，"猜猜为什么，亨里克。她想掩埋她的过去，隐瞒自己犯下的过错。”

亨里克狐疑地看着我：“克斯廷·卡尔森绑架了你的女儿？然后利用我，不让你发现真相？完全没有道理。你在胡说八道。”

“你怎么知道？”

“因为这是不可思议的。在这个国家，没人能偷走别人的孩子。一切都被记录在案。你不可能神不知鬼不觉地带着孩子冒出来。我去过爱丽丝的坟墓。她死了，斯特拉。你所经历的确实比任何人想象的都要艰难。但是爱丽丝死了，这是个可怕的、难以接受的事实。但你必须坦然接受它。”

“我从来都不认为她死了，你很清楚这一点。你觉得我疯了？这就是你的意思？我是疯了，才编出这样的故事？”我把杯子重重地摔在桌子上。旁边的那对情侣开始窃窃私语。

“你冷静一下，斯特拉，冷静一下。”

“你居然选择相信一个你从未见过的人，而不是我。我说什么你都不屑一顾。”

“别想把一切都推在我身上。你最近真是太奇怪了。来找我的那个女人真的很担心她的孩子。她快要绝望了。她不知道该找谁。”

“所以你就立马相信她了？”我的声音颤抖着。我感到怒气滔天，“你觉得我有妄想症，所以我给病人洗脑是吗？你对我连一丁点的信任都没有吗？”

亨里克俯过身：“是你自己告诉我，你认为你‘又’找到了爱丽丝。我到底该怎么想，斯特拉？”他伸出手来，想握住我的手。我推开他，双臂交叉，看着他身后。

“这次不同。我知道我是对的。”

“已经 20 多年了。”他无奈道。

“伊莎贝尔就是爱丽丝！这么明显的事实，难道我应该忽略吗？”

亨里克向后仰去。他把餐巾折叠起来，又把它打开。

“别玩那该死的餐巾。”我斥责道。

他扔下餐巾。

“你想让我相信你找到了失踪的女儿，”他说，“一个你从她一岁起就没见过的女孩。而你却在一个病人的身上看到了她的影子。她的母亲担心她，才想知道她是怎么进行心理治疗的。我是认真的，斯特拉。你说，你明白这是什么情况吗？你至少要明白这有多怪异。”

“我不是在编故事，”我生硬地说道，“这不是我想象出来的。”我听出了自己语气中的尖锐与哀求。但这听起来一点都不可信。我甚至都说服不了我自己，越来越多的食客在盯着我们。

“你不能做她的心理治疗师。”亨里克说，“只要你还以为她是你的女儿，你就不能做她的心理治疗师。”

“我早就知道了。”

“你为什么不告诉我？你还记得上次的后果，还记得你的状态。我不希望你再经历一遍了。”

“你是说我又‘复发’了？”

“我是在担心你。”

“你觉得我病了，我需要住院。”

亨里克无力地用手捂住脸：“我们该走了。”

他四处张望，寻找着服务员。我觉得他把一把刀插在了我的背上。他就坐在我对面，但他离我好远好远。我从未感觉和他如此疏远过。

“你知道我为什么什么都没告诉你吗？”我说，“因为我就知道结果会是这样。”

我猛地站起身来，撞倒了椅子。我踉踉跄跄地穿梭在餐厅的桌子间。突然砰的一声巨响，旋即是玻璃刺耳的碎裂声。我撞到了一个服务员，他身体一抖，手里的托盘砸在了地面上。餐厅里的每个人都盯着我看。我跑向出口，一把推开前门，冲向汽车。

我穿过特兰堡大桥，驶向乌桑达路（Ulvsunda Road），经过机场、布罗马街区（Bromma Blocks）购物中心、索瓦拉（Solvalla）赛车道，向里斯尼（Rissne）方向转弯。我一直在想爱丽丝。我感觉她在我的体内生起了一股永不熄灭的熊熊烈焰。

我驱车穿过布罗姆斯滕（Bromsten）、斯旁加（Spänga）和索勒姆（Solhem）三地的郊区，到达了哈瑟尔比。我在洛斯塔维根（Lovstavagen）

左转，往家的方向开。但当经过瓦林比时，我停了下来。

我把车停在停车场，下了车。太阳快要落山了，夜间的空气很凉。我把披肩裹在脖子上，把手揣进口袋。

她住在商场旁边的一栋高层公寓楼里，我一路上都在往这里赶。

我看见楼上的灯光一闪一灭，电视屏幕散发出蓝色的光芒。窗帘后面不时有人影闪动，在房间里走来走去，在窗口前东张西望。其中一个可能是爱丽丝。也许她现在正站在那里，远远地看着我。也许她和我有同样的感觉，冥冥之中有什么东西让我们命运相连。那是永远无法摧毁的。血脉，也许她现在也在想这个，也许她现在也在想我。

斯特拉

第二天早上，我下楼去厨房时，亨里克和米洛已经吃完早餐出门了。亨里克给我留了一份早餐，但咖啡冷了，杯子里的果汁温温的。我把它们都倒了，扔掉三明治，重新煮咖啡。

我化了妆，下身套上玛莱娜·比格尔的黑色裤子，这条裤子裤筒较为宽松，裤腿逐渐收细；上身穿上菲利帕·K 的绿色休闲职业衬衫。

我往窗外看去。一切都是灰蒙蒙的，街道、树木、房屋、天空。我看了看时间，8 点半。今天是星期五，我今天没有预约病人，不需要去诊所。

昨晚回家后，亨里克和我都一声不吭。我回来的时候，他正和米洛一起看电影。我洗完澡就上床睡觉了。他在我旁边躺下时，我假装睡着了。我能感觉到他并没有睡，他躺在那里观察着我。我们睡在一起，毫无间隙，却好似横亘了一整条银河，两端的所有交流都阻断了。

他担心我会不会又情绪崩溃，这并不奇怪。正如他所说，我这段时间一直都表现得很奇怪。我一直很紧绷，很恼怒。但这次和上次不同，这次我说的是真的。

如果我能在克斯廷·卡尔森吓到他之前告诉他爱丽丝的事，也许结果会有所不同。也许吧，也有可能这并不重要，他可能依然不信任我。

我端上咖啡，朝书房走去。我打开电脑，登录 Facebook。我已经打算注销我的账号很久了。这个账号对我来说没用，它只是在浪费我的时间和精力。我在 Facebook 的“好友”包括亨里克、佩尼拉，部分家庭成员和亲戚、通过工作或通过米洛认识的人、以前的老同学。还有一些成为朋友后保持联系的熟人，仅此而已。我保留账户，主要是为了海伦娜。她一直都玩Facebook，用它来联系我和妈妈。

我在搜索栏里输入克斯廷・卡尔森，出来的结果少得可怜。有些人我可以马上排除。她们太年轻了，而且地址不在同一个城市或在国外。我看了三个比我大一点的女人的资料。但我完全不知道她长什么样，她甚至可能不用Facebook。白费功夫。

我再搜索伊莎贝尔・卡尔森，但用这个名字的人太多了。于是我在瑞典皇家理工学院上搜索伊莎贝尔・卡尔森。

一篇文章出现了，与她和其他几个人在研究的项目有关。我点进去，里面有一张合照，她站在队伍前面，双臂交叠，头发柔柔地披散下来，露出甜美显眼的酒窝。

她漂亮得让人炫目。我用屏幕截图把图片截了下来，保存到云端。

关于她的信息就这么多，再搜索下去也不会有什么收获。于是我继续搜索“克斯廷・卡尔森，博尔温格”。

出现的页面不如刚才的多。但哪一个才是我要找的那个克斯廷？

我忽然灵光一现，在搜索栏上输入“汉斯・卡尔森去世”。

汉斯・冈纳・卡尔森中风身亡，享年59岁，扔下妻子克斯廷和女儿伊莎贝尔撒手而去。

这则讣告登在《民主报》网站上。我搜索“汉斯・冈纳・卡尔森，博尔温格”。

发现了一个地址：巴喀嘉德（Barkargadet），和22岁的伊莎贝尔・卡尔森的地址一模一样。

还有47岁的克斯廷・卡尔森。

克斯廷

把毛巾和床单收进储藏室里不算我的职责，但我还是会这样做。像往常一样，不然洗衣车就会堵在走廊里。他们通常都是事不关己高高挂起，推卸责任，等别人来善后。

我弯下腰，托起成摞的被单，膝盖处隐隐作痛。少赚几英镑倒不会活不下去，一个人又不可能以一当十，但我现在几乎分身乏术。浴室漏水了，汽车又坏了，账单堆积如山，我还得去看牙医。一个普通人怎么能负担得起这么多呢？助理护士的薪水不够，尤其是我现在只能靠自己。汉斯留给我的只有累累债务，葬礼花光了我们最后的积蓄。

我听到有个房间里传来一声号叫，听起来像是动物受伤的哀鸣。我知道那是海德薇。她注射的镇静剂剂量太高了，能站起来真是个奇迹。如果她没有按时服药，她就会发作焦虑症。

我放下被单，走向她的房间。

“你又躲在储藏室里干吗，克斯廷？”里特娃一看到我就劈头盖脸地问道，“你为什么不接警铃？”她摇摇头，走进了厨房。

你怎么不自己接呢？我想着，往海德薇的房间走去。门口站着一位年轻的员工，满脸不知所措。我拍拍她的手臂，告诉她我会处理好的。

“你怎么样了，海德薇？”

“救我，”她喊道，“救我！”

“我在呢，深呼吸。”我打开药柜。她两小时前就该服药了，很可能是有人把这事忘了。居然犯了这么典型的错误，现在我还要为此写一份报告。我撕开药包，把药丸倒进一个红色的塑料杯里，递给海德薇。她一股脑儿地全吞了下去，仰面倒在了床上，大声哭喊着、呜咽着。

我在她旁边坐下，拍着她的手，轻声安慰她一切都会好起来的。我给她盖上毯子，把她冰冷的脚塞进毯子里，轻柔地哼起歌来。过了一会儿，她就安静下来了。

“你想喝点咖啡吗，海德薇？或者吃块饼干？”

“别离开我。别走。”

“我哪儿也不去。我保证。”

海德薇85岁，平日很少有人来探望她。她就这么躺在床上，日复一日，年复一年。她每天定时吃药，时不时闹点小脾气，好争取一点额外的关注。我同情她。以这种方式结束人生的最后一程，实在令人扼腕。这对我们的福利社会来说是一种耻辱。我们所谓的福利社会，早已不存在了。

我坐在她旁边，抚摸着她瘦削的手臂，思考着人生。我们的一生通常不会如愿顺遂。即使是我和女儿的一次短短的谈话，也会出现难以预料的结果。我不明白为什么每次我们谈话都会那样。我想了一遍又一遍，不明白我做错了什么。

嗨，妈妈。

嗨，亲爱的。你在去治疗的路上吗？

她已经逐渐疏远我了。也许我应该立刻挂断电话，回头再打给她。但我真的非常想听到她的声音，想告诉她，我在这里，我爱她。即使她当时很生气，她的内心深处也必须明白这一点。她还必须明白，她需要我。她羽翼未丰，不能振翅高飞。她还没准备好。

家里怎么样？

很安静。你不在的时候一直都很安静。

我开了一个不冷不热的玩笑，我本该想到伊莎贝尔会曲解的。这些日子以来她忙了很多事情。

也许你应该试着去见见谁。你最近去过外婆家吗？

女儿居然在担心我的人际关系，这让我很恼火。

你外婆很忙，她现在忙着缝制圆布什么的。

没事的，别担心。

你认识其他可以拜访的人吗？你不只在达拉纳住过。

这是什么意思？她从哪里知道这些的？还用这种语气？这一点儿都不像伊莎贝尔。我还没整理好思绪——

我还小的时候，我们住在哪里？你从没告诉过我。你只是说，那是在丹麦的某个地方，那时你还没搬到博尔温格去，也还没遇见爸爸。

也许我的处理方式错了，但伊莎贝尔的语气让我冲动起来。她的话听起来饱含指责、愤怒和反感。既无礼，又忘恩负义。我一时间反应不过来。

你是说汉斯？

那一瞬间我丧失了反应能力。我想这个小失误可以归咎到伊莎贝尔身上。她质问我时，我的心很痛。我当然很想谈谈，但像这样在电话里谈？

两个人相依为命，本应该让我们变得更亲密，但情况似乎越来越糟。如果她知道我有多难过就好了，她仍然不明白我到底经历了什么。我是她的妈妈，我怀胎十月，度过了我一生中最漫长、最痛苦、最可怕的46小时才生下了她；我在生产的过程中差点死掉；她刚出生的几个月里，我寸步不离地抱着她，把她放在摇椅上，慢慢地摇；她受伤的时候，我替她包扎伤口；她生病的时候，我整夜整夜地守着她；我带她到达拉纳，给了她一个安全的家，为她找了一个我能想到的最好的父亲。我为她付出了这么多，难道她都熟视无睹吗？

汉斯对伊莎贝尔来说意味着一切。外祖母艾娜占据了她心里很重要的位置。而我呢，基本上无足轻重。没有人能理解我有多受伤。我的人生一直以她为中心，她却鄙夷、拒绝我的付出。孩子们真是太残忍了。

海德薇焦躁地翻来覆去，我重新替她盖好毛毯。可怜的女人，真是命运啊。我的人生会沦落到这样的结局吗？我越关爱她，似乎只会把她推得越远。

我那样鲁莽地告诉伊莎贝尔，汉斯不是她的亲生爸爸，我自己也感到很羞愧，比想象中还要羞愧。我知道她很伤心。但她最近变化太大了，她自己都没有察觉。她几乎总是在生气，这不仅仅是因为对我失望。她和以前截然不同了。

我们需要见一面。理想的话，我想带伊莎贝尔回家，好好照顾她。我们需要在彼此身上找回归属感。只有见面，我们才有机会真正地交谈，我们会找到和解的方法的。一切都会好起来的。

这就是我找亨里克·威斯特兰德的原因。

这可能看起来很冲动，但去斯德哥尔摩之前，我仔细地考虑了一番。虽然一天之内要开车去那么远的地方，但我觉得很值得。我总得做点什么，女儿将被引入歧途，我不能被动地袖手旁观。

我选择先和她丈夫亨里克·威斯特兰德谈谈。他肯定能对她造成一定的影响。我不想贸贸然冲进她的诊所，无谓地和她对质。看在伊莎贝尔的分上，我给她一个机会。她必须明白我的女儿正处于非常敏感的阶段，心理很脆弱。

亨里克·威斯特兰德很配合。他态度从容地带我进办公室，递给我一杯咖啡。他侧耳倾听着，让我说完了我要说的话，没有打断过我。他一次都没有看他那昂贵的手表，也没有表现出任何不耐烦。显然，他对妻子忠贞不渝。他说，她绝对保密病人的隐私，他对他们一无所知。他确信她是个专业的心理治疗师。他很重视我说的话，我看得出。我很担心他，我不希望我让他们心生罅隙。我不希望那样，但我还能做些什么呢？我还有什么选择？我只想保护我的孩子。这是最重要的，保证我女儿的安全。

亨里克·威斯特兰德握住我的手，看着我的眼睛，向我道谢。他身材高大健壮，相貌堂堂。他本可以仗势欺人，但他的态度热情友好。有这么好的丈夫，她真是三生有幸。和他谈过话后，我感觉好多了。我真的相信一切都会好起来的。

我哼着歌，轻抚着海德薇的手，她安心地沉沉睡去。我一直坐着陪她，直到该下班回家。

斯特拉

我经过阿维斯塔，驶过达尔河，天空乌云密布。我不记得上次去达拉纳是什么时候了。

快到博尔温格时，眼前的风景开阔了不少。映入眼帘的是辽阔的牧场和田野。远处的山林郁郁葱葱，呈现出奇异的苍蓝色。我忘了，就算是今天这样灰蒙蒙的日子，博尔温格依旧美不胜收。

右转，又经过达尔河，驶过炼钢厂。青白色的烟雾消失在天际的阴云中。

巴喀嘉德位于博尔温格的西北部，我花了一段时间才在法露街上找到正确的地址。这里树木枝繁叶茂，冷杉高入云天，密密层层。这一带幽暗阴森，似乎终不见天日。

巴喀嘉德的大多数住户都把房子料理得很好，花园整洁干净。但有些房子却如同棚屋：花园腐朽荒芜，杂草丛生；草坪上停着旧车，垃圾堆积成山。卡尔森夫妇一家的房子就是后者中之一。我把车停在路边，待在车里没有下去。我在观察我女儿长大的房子。

外层的油漆斑驳剥落，需要重新修葺。以前这可能是一间很不错的房子，现在却给人平淡无奇之感。车道旁垃圾成堆，厨房窗户下面放着一台旧洗碗机。花园里植物疯长，荒草萋萋，花坛也很久没有打理过了。邮箱看起来像童话故事里的一样梦幻，外观淡黄，细节繁复，但与周围的环境格格不入。

我想知道克斯廷是谁。她从事什么工作，有什么背景，都知道些什么。我想知道她为什么找上亨里克，而不是直接和我谈。我想知道她为什么花时间查他的公司、他的办公室地址，在他应接不暇的会议中插空当见他。我想得越多，就越发怀疑起来。

车道是空的，窗户没有亮光，没人在家。一辆车逐渐驶近。我弯下腰，等它过去我才缓缓地呼出一口气。我的腋窝出汗了，心脏怦怦直跳。我觉得很可笑。但如果刚才那是克斯廷，她绝对看不见我。

我游荡到路上，沿着法露街行驶，一直开到街道出口。但我没有朝 E16 号公路前进，回博尔温格。我掉头了。

我又开车经过那所房子。停车，熄灭引擎，下车。我得想办法进去。也许我可以强行打开一扇不上锁的门或者地窖窗户。

但我快到门口时，隔壁房子的门开了。一个女人和一个男人走了出来，穿着成套的运动服。他们走下楼梯，那个男人朝我这边看过来。他满脸疑惑，似乎认为我是闯入者。他们的大门上挂着一个红色三角形的图案牌子，图案中间横贯着一条断了的撬棍，下面赫然是警察的标志：邻里监督组织。

我转过身来，快步走回去。

“你好？我们能帮上忙吗？”那个男人在我身后喊道。我一路小跑向汽车，跳进去，开车离开了那里。

我在后视镜里看见他一直盯着我离开。

我把车停到更远的地方，耐心地等着。然后再次掉头，又开回克斯廷家。那户邻居还待在外面，他们拿出了一些园艺工具。他们在监视着这一带，我根本没办法在避开他们监视的情况下进入这栋房子。

我千里迢迢来到这里，好不容易找到这个地址，知道克斯廷·卡尔森和我的孩子爱丽丝住在哪里。但这样一筹莫展，真让人郁结。但同时我也松了口气。我现在不能犯任何错误。如果我像这样到处窥探的话，我的职业生涯将会毁于一旦。

我最后一次深深地看了一眼房子。爱丽丝就在这里长大。我几乎不能接受，太难以想象了。她以前就站在那些窗户前向外张望吗？在花园里跑来跑去地玩闹吗？她享受着宠爱吗，还是冷落受罪？我对我失踪的女儿的生活一无所知。

伊莎贝尔

“你觉得这件怎么样？”乔安娜拿着一件亮片短裙，“你穿上它一定很性感。”

我耸了耸肩：“都行。”

“振作起来，伊莎贝尔！”她挂起衣服，一只胳膊搂住我的肩膀，“购物是最好的抗抑郁药。”

“是吗？妈妈说，花完了钱，你会更忧愁的。”

“她说错了。你会明白的。”

我一点也不明白购物能有什么帮助。“要不然我们回去吧？”

“如果你继续躺在床上，哪怕多躺一分钟，你都会疯掉。相信我。”乔安娜把手臂搭在我的肩膀上，搂住我，带我走向下一个衣架。

下课后，她回到宿舍，拉起百叶窗，问我怎么了。一开始她以为我病了，后来她才意识到我只是心情不好。她爬到我的床上，给了我一个大大的拥抱，说她也觉得生活糟透了。絮絮叨叨了片刻，她命令我起来洗澡。所以现在我们正位于市中心德罗宁街上的 H&M 里，周围是熙熙攘攘的人群。

乔安娜拎着一件光滑华丽的银色露腹短上衣，我勉强同意试穿一下。最后选了这件上衣、一条连衣裙和一条黑色的超弹力修身裤子。乔安娜带头走向更衣室，钦点了最大的一间。她坐在里面的长椅上，示意我赶紧试穿。我脱下毛衣和牛仔裤。穿上衣服，乖乖地转来转去。

最后我买了衬衫和裤子。我确实感觉好一点了。但也有可能是因为有人关心我，这比我买了衣服更重要。

乔安娜什么都没问。我们走进了奥伦斯百货公司的欢乐果汁饮品店里。这里的音乐很吵，每个人打扮得都很酷。她给我们各自点了一杯果汁，坐到我旁边。

“我给你点了一杯‘活力’果汁，我想你可能需要它。”

我尝了一口：“谢谢，很好喝。”

“你这段时间情绪都很低落。是因为你爸爸吗？”

“我的生活一直都这么悲催。”

“噢，伊莎贝尔，你太多愁善感了。现在又怎么了？”

“我的童年真是太奇怪了。”

乔安娜搂住我：“因为你是领养的孩子，而你却被蒙在鼓里？”

“不仅如此。比如说，除了外婆，我们从未见过其他人。我们就像生活在一个空洞的泡沫里，与世隔绝。妈妈总是希望我做她的小洋娃娃，让她随意指挥、重新安排。”

我又喝了一口，脑子里嗡嗡作响。

“其他父母会做的事情，我的父母从来没有做过。他们和其他人太不一样了。我为他们感到羞耻，主要是妈妈。从某种程度上说，她的行为真的很奇怪。他们两个人都没有去过我的家长会，每当我们班级或其他家长组织集体活动时，他们都会找借口推辞，而且从来都不准我参加班级旅行。但我可以在车库里帮爸爸忙，和妈妈一起烘焙。但这太奇怪了。”

“世界上所有的父母都是疯子，脑子多少有点毛病。所有的父母都是这样，我向你保证。”

“我妈妈更过分，她一直监视我。一旦发现有男孩对我感兴趣，她就会打电话给他的父母，威胁说要报警之类的话。她是个疯子，尽人皆知。就是因为她，所有人都躲着我。”

“你现在有我了。”乔安娜靠在我肩上，“还有弗雷德。你最近一直和他发信息，对吧？”

“是的。”

“你喜欢他吗？”

“有一点点。”

“就一点点？”

“别问了，乔安娜。”

“好吧。”

沉默。

“你觉得他喜欢我吗？”过一会儿我问道。

乔安娜转了转眼睛：“他太喜欢你了，你让他做什么他都愿意。”

“即使我很奇怪？”

“你知道吗？你觉得自己奇怪，但你并不奇怪。你想得太多了。”

“斯特拉曾在团体治疗中说过类似的话。但我依然觉得我的内心隐藏着可怕的东西。”

“你以为只有你一个人这么觉得吗？我有时会一肚子火，对我的父母、我的生活，对一切东西都忍不住发脾气。这并没有错，重点是你要怎么处理好心态。”

“也许吧。我不知道。”

“我知道。现在我想听听你会怎么对待弗雷德。”

我们继续围绕男孩（或者说男人）展开话题，怎么富有技巧地通过短信和 Snapchat 调情，我学会了什么该说、什么不该说。乔安娜让我面红耳赤，我们一时捧腹开怀，一时掩面低笑。过了一会儿，乔安娜站起来去买三明治。谈论男人和两性关系需要花费很多精力的。我说我去买吧，但她挥挥手打发我走了。虽然我不喜欢逛街，但和乔安娜出去玩是我做过最开心的事。她走后，我的手机就响了。是一个陌生号码，这一次，不是妈妈。

斯特拉

我正在回斯德哥尔摩的路上，开得比正常的车速快得多。我很失望，很生气。去博尔温格是愚蠢的做法，我应该待在家里睡觉。这一趟白跑了。除了不停地开车，我一无所获。相反，更多无解的问题涌现了。

我在恩雪平（Enkoping）的加油站下车，加满油，买了一杯咖啡，在停车场边上的一张野餐桌旁坐下。我肩膀的肌肉和眼周的肌肤都紧绷着。我深呼吸几次，让清新的空气填满肺部，伸展着四肢。

我拿出手机，打个电话。

“你好，我是伊莎贝尔。”

“嗨，伊莎贝尔，我是斯特拉·威斯特兰德。”

电话的另一头沉默不语。

“你好？”

“哦，嗨！”

“你好，很抱歉，星期五下午还打电话来打扰你。”

“完全没关系。”

那边传来震耳欲聋的音乐声，也许她在参加学生聚会。

“你方便说话吗？”我问，“你还在上课？”

“我今天没课，和一个朋友出来了。”

“那就好，”我说，“你喜欢学习吗？”

她稍做停顿才回答。

“是的，我喜欢。虽然作业很多，但学习蛮有趣的。”

简直不费吹灰之力！我可以直接打电话给我的女儿，问她怎么样、今天是怎么度过的。她是谁，她的梦想是什么，她想成为什么样的人，我想知道关于她的一切。

“我尽量速战速决。我有个建议，”我听到自己如是说，“团体治疗一周只有一次。分配到你们每个人身上的个人时间都不多。我星期一刚好有空。你可以利用这段时间和我交流交流。我们定在 11 点？”

“可以。”伊莎贝尔语气有点怀疑，但她还是应下了，“挺好的。”

“只要你愿意，”我说，“只要你认为你能从中学到东西就行。将来我们也可以和你妈妈见面，帮助你们建立更亲密的关系。”

“这个以后再说，”她说，“我能考虑一下吗？”

“当然可以。这只是一个提议。你尽管做你觉得对的事情。”

“但是星期一的交流听起来不错。11 点？”

“到时候见。”

我打完电话，坐在车里，抓起钱包，拿出日程表，写下“伊莎贝尔，星期一 11 点”。我现在所做的事是不专业的。但爱丽丝是我的孩子。只要能让她回到我身边，我会不择手段。

我翻了翻上周的行程。今天之前，我必须发送几封电子邮件，打几个电话，更新一些病人记录。但现在已经是下午了，我什么都没做，我也不打算做任何事。

我看到一张星期三的便条，是我和皮尔·冈纳森打电话时写的。**斯文·尼尔森，诺尔雪平。**

我还没给他打电话。这几天发生太多事情了，接米洛回家的乌龙、和亨里克的争执、昨天餐厅的闹剧，我完全忘记联系他了。

我在谷歌上搜索斯文·尼尔森，找到了一个电话号码和地址。我打过去，不耐烦地听着手机里的“嘟嘟”声。

“你好？”电话那头传来一个年轻女人的声音。

我自我介绍说我要找斯文·尼尔森。那个女人嘀咕了些什么，听起来她在递电话给别人。

“斯文·尼尔森。”他的声音嘶哑，我听不出来。

“嗨，我叫斯特拉·威斯特兰德。”我说，“我们在1994年的夏天见过。当时我叫斯特拉·约翰逊。”

“嗯？”

“我的女儿爱丽丝，那年8月在斯特兰德庄园神秘失踪了。她只有一岁。你当时是调查她失踪的警官。”

他静默不语。

斯文·尼尔森年纪很大了。他还记得吗？

“是的，我记得。”他说，“请问你为什么给我打电话呢？”

“我相信爱丽丝还活着，也许这听起来有点疯狂。但我知道，我知道她还活着。”

“我一直相信你女儿还活着，”斯文·尼尔森说，“不幸的是，我一直无法证明这一点，很抱歉。在警局那么多年来，这是我遇到的最糟糕的情况。”

我的眼睛盈满了泪水。我用衬衫袖子擦掉眼泪，清了清嗓子。

“你手头有关于调查的信息让我看看吗？”我问。

“当然有，当然有。”他说，“我保留了所有报道这件事的旧报纸，每一张都有。事实上，我发现我们忽略了一条线索。你能过来吗？我们一起讨论一下？让我想想，星期二？星期二早上，行吗？”

我忍不住破涕为笑。猴年马月才会到星期二？但无论如何，我终于找到证明我的证据了！

我调高音乐声，开车回家。

斯特拉

亨里克在烤早餐面包，厨房飘出阵阵诱人的香味。今天是星期六，我们一起吃早饭。亨里克和我还没有敞开心扉谈过，但为了米洛，我们都假装什么事也没发生。即使不饿，我也吃了一片面包，赞美它的美味。我问起米洛今天的篮球赛。这样他就会打开话匣子，我和亨里克就可以继续回避对方了。

我说我不去看比赛，需要待在家里休息，对此亨里克似乎松了一口气。我只想躺在沙发上放松一下。我站在门口跟他们挥手告别，这情景和两周前如出一辙。当然，我没有告诉亨里克我去了斯特兰德庄园，也没有说我去了达拉纳的克斯廷家，包括和伊莎贝尔、斯文·尼尔森的通话。这样看来，我真是一个难以信赖又神秘莫测的人。

亨里克肯定感觉到了。他觉得很难信任我，我不怪他。但我不觉得内疚。

我不指望一个从未失去过孩子的人能理解我。如果我将我的感受、计划都告诉他，他肯定会试图阻挠我。他会和我作对的。我没有时间去考虑他的怀疑和不信任。他所有出自善意的举动都只是宣泄恐惧的方式。亨里克担心我会惹上麻烦，他唯一想要保护的就是他自己。这就是人性。我们都是这样的。这就是为什么我没有说我今天要去见谁的原因。

我从 E18 高速公路出来。根据 GPS 显示，距离不远了。昨天我忍不住在 Facebook 上查看了他的个人资料，但我只能看到他的头像，他去过的地方，他喜欢的音乐。其余的信息都是私人的，只有“好友”才能看到。

一开始我并不打算去那里，但最后我觉得不得不去一趟。我只是想见见他，看看他情况如何。

我实在想不出其他可以谈心的人了，没有人能理解。

他是她的父亲。

他有权知道爱丽丝还活着。我遇到她了，我知道她在哪里。

丹尼尔住在距离斯德哥尔摩市 20 英里开外的布罗市的一栋房子。这栋房子有一个大院子和一个车库，周围的树篱繁密，修剪得整整齐齐。车库里有个人弯腰趴在敞开的汽车引擎盖上，墙上挂着一块牌子，写着“松德奎斯特（Sundkvist）的车库”。我看向后视镜，检查自己的仪容，重新整理身上的白衬衫。来这里之前，我把指甲涂成了酒红色，今天早上还好好地梳理了头发，此刻蓬松的头发正温柔地垂在我的肩上。我对着镜子露出一个微笑。镜子里的我也回了一个笑容，但她似乎有些紧张不安。

我停在车库门外。丹尼尔抬起手，挡在眼前，遮住刺眼的光线，眯着眼看向我。我深呼吸一口气，下车。

“斯特拉？”丹尼尔笑着走过来，说道，“我就知道是你。”

他在一块布上擦擦手，伸手揽住我，紧紧地抱着我转了几个圈。就像他以前经常做的那样。我把脸埋在他的肩上，鼻腔中满是他的气息。我已经忘了他对我的影响了。我完全没有想到他的触碰会让我如此悸动，还是说这在我的意料之中？难道我不是期待已久了吗？

“你怎么来了？”他轻轻把我放下，问道，“千里迢迢来布罗？”

“只是路过，不行？”

“当然可以。”他笑了，但我感觉他还没卸下防备。我们互相打量着对方。丹尼尔看起来没什么变化，但也不是完全没变。他不再是以前那副身材孱羸的模样。也许他一直在健身，他的肩膀厚实，胸部和手臂肌肉发达，胳膊上的文身比 12 年前还多。他的头发比以前长，盘成了一个男性的发结。头发依然乌黑发亮，但鬓角已经开始灰白了。他穿着一条低腰的旧牛仔裤，一件红色法兰绒衬衫，搭黑色的背心。看起来性感十足，充满危险。

“专属于你的车库，”我指了指牌子，“你终于做到了。”

他抬头看了看：“感觉不赖，”他看向我，“你呢？还是心理医生？”

我走到他正在修理的车旁。

“好车！”我把手放在车身上，叹道。

“是的，多漂亮的一辆车。”丹尼尔走在我后面，不小心碰到我的臀部。他就站在我旁边，离得很近。他闻起来有机油和须后水的味道，我听见了他的呼吸声。

“我记得你曾开着一辆闪闪发光的红色车子带我兜风。”我抬头看着他说。

“闪闪发光的车子？”他假装很失望，“那是 1974 年的雪佛兰黑斑羚。”

“我对那辆车有着很美好的记忆。”

丹尼尔失笑，他也记得。他不介意想起我们在后座上都做了些什么。我从他的神情判断得出来，从我的腹部感觉得出来。他走进车库。“你想喝啤酒还是什么？”他回头问道。

“如果你有矿泉水的话。”

“还没学会喝啤酒？”他走回来，扔给我一瓶气泡水（Seltzer）。我一把接住，笑了。

“没有，我无可救药了。”

他问起我的母亲古娟（Gudrun）。他听说几年前我和亨里克给她买了一间公寓。他告诉我，他想念她做的肉丸，让我记得替他向她问好。我问起他的母亲莫德（Maud）。她夏初退休了，现在整天躲在厨房的排气扇下抽烟。

我们聊的都是无关紧要的话题，只是闲聊而已。现在我身体的每一部分都在叫嚣。我从丹尼尔的眼神里看出他的欲望，看出他的视线不安分地在我的身体上游走。他也有同样的悸动。他还想要我，我真是太受宠若惊了。

“你这‘男人窝（man cave）’真大啊。”我环顾四周，说道，“冰箱里有啤酒，还有自动点唱机。装修得像模像样的。”

“很好看，对吧？”他答道。

我在冰箱旁边的沙发上坐下。

“如果你坐在那里，我不敢保证你走的时候还能穿得这么整齐。”他手里拿着啤酒，指向沙发。

“来这儿坐。”我拍拍旁边的垫子，撩拨道。他走过来坐下，一只胳膊横在我身后，我偎依过去。我忍不住想，如果我们从未离开过彼此，我们的生活会是怎样的。我们会住在这么远的郊外吗？会有更多孩子吗？

降临到我们头上的厄运让我一蹶不振。我们失去了一切。我想念他，我怀念我们之间曾有过的温暖和热情。我想再次体验一下。

“当一个对你来说意味着一切的人、曾经占据你生命中最重要位置的人离你而去，是不是个悲剧？”我问，“你觉得呢？”

丹尼尔捏了捏我的肩膀：“你总是比我花更多的时间来思考这类事情。”他沉默了一会儿，问道，“你还写日记吗？”

“不写了。”

“你开心吗？”丹尼尔凝视着我的双眼。

我转过脸去：“我们生活得很好。”我语气平淡，示意我不想谈论这个话题。

“亨里克从事建筑工程师之类的工作？”

“差不多。”

“你过得很好，”他说，“开一辆又贵又拉风的奥迪。那个胆小到不敢学开车的女孩哪去了？”

“就在这里。”我来，不是为了谈论以前的生活。我不想再谈这些了。现在我只想和丹尼尔待在一起，享受这一刻。

“他看起来对你很好，”他说，“我们俩性子都太冲动了。”

“也许吧。”

“你儿子米洛呢？他现在一定长高了不少。”

“13 岁了。”

“时间过得真快。”丹尼尔灌了一大口啤酒。

“爱丽丝今年应该 22 岁。”我说。

丹尼尔定定地看着我。他抽开手臂，坐直身子。他考虑了很久，不知该做何回应。我都忘了，他以前经常这样。这种一言不发的手段常常让我抓狂。即便是现在，依然让我很恼火。

“你有想过她吗？”我问。

丹尼尔转动着手里的啤酒罐：“有时候会想。”过了好一会儿，他答道：“偶尔会想，比如她生日那天。但生活还得继续。”他又沉默了。

“我一直在想她，在想我们。”我把手放在他的大腿上，“我们以前很开心，丹尼尔。”

“我记得我们在乔德布罗那间小公寓里吵的架，”他说，“恋爱也不总是一直浪漫的。”他取掉橡皮筋，用手梳了梳头发。我把手从他的大腿上拿开。

“如果爱丽丝没有失踪……”

“我们从此就会过上幸福的生活吗？”他看向我，缓缓地摇了摇头，“你相信吗？我们太年轻了，斯特拉。你那么快就怀孕了。我想你记忆中的感受和我的不太一样。”

他如此轻易地抛弃了我们曾经共度的日日月月，仿佛那段日子一文不值。我站起身，走到车库门口，看向街道。也许来这里就是个错误。我转身，看着他。

“那又怎样？我的记忆只算是幻想？”

“你习惯了美化事物。”丹尼尔从沙发上站起来，走向汽车，俯下身，拿起扳手继续工作。我很熟悉这种行为。他在犹疑，在困惑。我影响到他了吗？他害怕会发生什么事？是的，是的。他在害怕。我唤醒了他内心的恐惧。这种惧意和当年一样猛烈。他害怕了。

“我都记得。你爱我们，”我说，“你和爱丽丝在一起非常开心。我记错了吗？我们只是你的绊脚石吗？妨碍你所有的计划？说吧，我承受得了。”我走到他面前。我觉得自己像肥皂剧里反复无常的角色。

他转过身来，一把抓住我的胳膊，弯下腰来，仔细观察着我的表情。

“你现在为什么要纠结这些往事？为什么来这里？我知道，你来肯定不只是为了叙旧。”

我低下头，看着地板。许久，我才敢抬头迎上他的目光。我告诉他，我找到爱丽丝了。或者说，爱丽丝找到我了，但她还不知道。我把一切都告诉他了。我听到自己在漫无边际地乱说，恨不得自己能更淡定、更冷静。但我一股脑儿全说了，从头到尾。说完后，我发现丹尼尔似乎神情恍惚。他两脚分开，站得笔直，双手插在口袋里。

“她有一头浓密的黑发？还有精灵耳朵？”他双手紧握。

“是的，她都有。这就是我确定她是爱丽丝的主要凭据。”我双手捧住他的脸。我们四目相对，时光仿若静止不动。

“她长得像玛利亚？”他又问，“就像她小时候一样？”丹尼尔的声音轻柔而关切。我就知道他会相信我的。

“她就是另一个玛利亚。你必须见见她。”

我环住他的脖子，倚靠在他身上。上一次我这么做，已经是很久以前的事了。但我感觉我们从未分开过，时间并没有剪断我们之间的纽带。

“你见过她，和她谈过？”他问，“你确定吗？”

“丹尼尔，她是我们的女儿。”他能明白我的意思。我心里仿佛放下了重担，忍不住想落泪。这些年我都是负重前行，心中酸楚难言。和他在一起却是如此的快乐，我感受到了我们之间的亲密。

“我们的女儿死了。”丹尼尔挣开我，“我们埋葬了她。你忘了吗？”他还不如一拳捶向我的肚子，“该死的，斯特拉。我还要忍受多少痛苦？我们要闹出多少笑话？”

“是她，我知道是她。我身体里的每一个细胞都感觉到了。”我转过身，深呼吸，再次面向他，“我和斯文·尼尔森谈过。你记得他吗？那个警官？他说有一条没有跟进的线索。我星期二要和他见面。”我抓住丹尼尔的手，强迫他抬起头来，“我想你可能想和我一起去。我们一起去。我们会得到答案的。这次我们会知道——”

“斯特拉，听着，”丹尼尔打断我，“爱丽丝死了。你必须放手。我们都迈过这道坎了。这是我们所必须明白的。”

我如鲠在喉，落下泪来。我忍不住放声大哭。

“丹尼尔，你得帮帮我，”我抽了抽鼻子，“求你了，不要抛弃我。我只剩下你了。”他伸手抹去我的泪水，我扑到他的怀里。

“我和你一样伤心，”他静静地说，“和你一样。”

“我想她。我想你。”我抽泣着。我听见自己说出了难以理解的话。他让我安静下来。他用下巴抵着我的头发轻声说话，温柔地抚着我的背。

这感觉很温馨。我想要他。现在。

我知道这是错的。但依偎在他怀里感觉真好。我刚才的悸动卷土重来。我抚摸他的脸颊，手指穿过他的头发，轻触他额头上的疤痕。我拉下他的脖子亲吻他。丹尼尔推开我，站直身子。

“这是于事无补的。别忘了，你现在有个很幸福的家。你的丈夫很爱你，12 年前见到他时我就知道了。他很在乎你，把你照顾得比我还要好。”

我看着地板。我无法忍受他看着我的样子，我感到羞耻。

“我不打算和你一起去。”他无奈道，“我不想再这么做了。我不能这么做。这对我们俩都不合适。回家找你的儿子，斯特拉。回家找你的丈夫，他可能在担心你。”

“爸爸，爸爸。”一个小女孩的声音传了进来，我本能地后退了一步。一个孩子跑进来，扑到丹尼尔的怀里，“我们看到了小猫、山羊、绵羊和那些牛仔（cafs）！”

“你是说小牛（calves）？”丹尼尔笑了。这个女孩四岁左右，有一头浓密的黑发。又有一个头发一样漂亮的女孩走进来，看起来大约八岁。他问女孩们她们的妈妈在哪儿。她们异口同声地说，妈妈拿着食物回家了。他一把将小家伙托在手臂上，另一只手搂住大女儿，拥着她们走向门口。女孩们告诉他，妈妈说该和他最爱的女孩回家了。爱丽丝在这个年龄也长这样吗？他也会用同样宠溺的眼神看着她吗？

是的，我知道他会的。心里的伤口很深，我感到呼吸困难。

恍惚间，我仿佛看到年轻的丹尼尔坐在地板上，抱着我们的小女孩。他睡在沙发上，头发散乱开来，我们的孩子靠在他的胸口上。他保护性地环住她的背，**我们曾经是他最爱的女孩**。

我似乎永远地僵在了原地。我愣愣地站着。会有人仁慈地把我带走吗？

我是个白痴。

我是个心理失常的怪人。

我居然幻想他这么多年来一直在等我，等着重温我们在一起的短暂时光。他已经有新的女儿要照顾，有新的爱人要呵护了。

他早就过上了新生活。

“斯特拉，斯特拉。”丹尼尔站在门口。他看着我，两个女孩都好奇地盯着我。“照顾好你自己。”他带着女儿回家了。

一个女人站在前廊，朝我看过来。她很漂亮。

我爬上车，开车走了。

斯特拉

我像个疯子一样开车走了。我停在路边，把头靠在方向盘上哭。内疚和羞辱在我心里翻腾，自我憎恶的情绪不断敲击着我的脑袋，提醒自己有多么厚颜无耻。我内心盘旋的不正常欲望，我选择放任自流的做法，我企图婚内不忠……这一切都让我对亨里克满心愧疚。我主动亲吻了丹尼尔，我愿意和他进行到哪一步？我不敢想下去。我还感觉得到那喷薄的欲望，我们曾经的爱意如此汹涌澎湃。今天我见到丹尼尔时，一切都死灰复燃了。我允许它席卷我的身心。我试图自欺欺人：这份感情始终还在。我在寻求安慰，寻求一种麻痹自己的方式。我害怕受伤，因此想逃离痛苦时，我就采取了这种意气用事的做法。现在我依然无法控制内心的冲动。

我和丹尼尔，我们过去的那段情已经结束了，我为此感到悲伤。爱丽丝短暂地来过我们的世界，很快又消失了，似乎从来不曾存在过。没人解释得清楚到底发生了什么，我们的家庭不复存在了。

她消失后的几天里，我们陷入了一种痛苦焦虑的绝望状态。我回到乔德布罗的公寓，各个房间里她的玩具还四处散落着，厨房的高脚椅、卧室的婴儿床都还在原位。我把她的小衣物和毛绒动物收起来，放进洗衣房。

我无法与任何人倾诉我的悲恸。我全身无力，瘫倒在沙发上，用爱丽丝的毛毯盖住自己。为了靠近她，为了闻闻她的气味。

丹尼尔什么都试过了：他央求、乞求、祈祷，最后不得不冲我尖叫。我没有回应，我得了精神分裂紧张症。最后他开车走了，屈服于自己的悲痛。

我不认为他怪我，但我也不完全确定。也许他对我的马虎、疏忽很生气，也许不是。他什么也没说。他从来没有问过我怎么能让爱丽丝一个人待着。但他肯定很生气，我选择了视而不见。爱人的反目，实在太难承受了。

16 个星期过去了。我们的女儿没有生还的迹象。没有线索，也没有警方的消息。16 个星期过去了，我依然死气沉沉的。丹尼尔打包好行李，搬了出去。他把包扛在肩膀上，看了我很久，才转身离去。

我瘫在沙发上，就这么让他走了。

我到家了，米洛的鞋子不在大厅里。我没看见亨里克，但他的夹克挂了起来，他的车停在外面。他一定在家。上楼时，我的心怦怦直跳。我很生气，浑身发抖。他让我失望了！他一定是背着我和丹尼尔谈过了。警告他我旧病复发，变得很狂躁。他一定很担心你。他还联系了谁？他有没有打电话给每个人，告诉他们我有多反常？

他的运动服挂在卧室的洗衣篮上。他刚从外面跑步回来，我听见了浴室里的淋浴声。门微敞着，我闯进去，透过磨砂玻璃门看见了亨里克的身影。

我猛地拉开门，他转身发现了我。

“你去哪儿了？”他问道，顺手关掉水，抓起一条毛巾，围住臀部。我走上前，一巴掌扇在他的脸上。他难以置信地看着我，不敢相信刚刚发生了什么。

“你在干什么？”他摩挲着脸，惊愕地问。我一把推开他，双拳不住地捶打他的胸口。

“你怎么能这样？”我尖叫道，“你怎么能这样对我？”

亨里克抓住我的胳膊，制住我的双手。我开始拼命地踢他、踹他。他手上一使劲，将我转过身，紧紧地抱住我。

“放开我，”我用力挣扎，“放开我！”

“搞什么？你到底怎么了？”亨里克把我困在他强壮有力的臂弯里。他稍一松劲，我就一口咬住他的手，旋过身来。他低咒着检查我在他手上留下的牙痕。我抬起手来，又甩了他一巴掌。他气急地擒住我那只手的手腕，把我推撞在墙上，将我的手腕钳制在头顶。

一滴水珠从他的胸膛滑落，他俯身向我。我另一只手勾下他的头，印上他的双唇，狠狠地吻着。

“你想干什么？”他在我耳边低语。

我不作声。他松开我，后退一步。

“嗨，亲爱的，”他轻声道，“你去哪儿了？”

我没有回答。我想留住这一刻，把其他一切抛诸脑后。我凑近他，钻进他的怀里，我们的身体毫无间隙地紧贴着。我仰头，亲吻他的双唇。

这时，亨里克的手机响了。他叹了口气，咕哝着说，他得看看是谁。他走到床边接电话。我爬到床上，闭上眼睛。亨里克拍了拍我，我抬头看他。**别睡着了**，他对我做口型。但我太累了，能量耗尽了。经过漫长而可怕的一天，我的大脑停机了。我的身体像灌满铅一样沉重，我放松下来，拉过毛毯。亨里克又掐了掐我的大腿，**别睡着了**。

他挂断电话后，在我旁边坐了很长时间。我不需要睁开眼都知道他在看着我。我假装睡着了，我听到他穿衣服的窸窣声。他在我的额上印下一吻，然后走出卧室，下了楼梯。

斯特拉

我醒了过来，亨里克就躺在我旁边。我转过身，他睁开眼睛。

“我不是故意吵醒你的，”我说，“现在几点了？”

“我已经醒了。”他说。

“我们很久没亲热了。”我的手指在他胸膛上打转，倾身亲吻他，想再撩拨起他的兴致。他抚摸我的脸颊，凝视着我的眼睛。

我挺身过去：“你还想要吗？”

“我想和你谈谈。”他说。

“你确定？”

我轻咬他的喉咙。

“到底发生了什么事？我们迟早得谈谈。”

我从床上起来，穿上 T 恤，绑了个马尾。

“如果我没记错的话，我们之前还打得火热。我们在地板上——”

“斯特拉，先别说了，”亨里克打断我道。他坐起来，靠着床头，“你刚回家的时候很生气，还打了我。为什么？”

我又开始火冒三丈。

“你觉得呢？你真的这么笨，不知道为什么，还是说你在装？”

“我不知道你在说什么。我应该可能知道些什么？我总是被蒙在鼓里，就像上次一样。”

“停，”我愤愤道，“别在我面前装傻。”

我抓起洗衣篮，扔掉他的运动服，开始叠毛巾。

“对不起，”亨里克哄道，“是我不好。”

我把毛巾扔在地上。站在窗前，看着外面。

“亲爱的，我做错了什么？”他这话听起来很诚恳。这个问题问得很应该。我在思考如何回答。我不想透露我昨天的所作所为，不想让他知道我去找丹尼尔了。

丹尼尔说了什么，让我对亨里克如此生气，让我觉得亨里克和他谈过了，破坏了他对我的信任？现在又是因为什么？一想到我可能误解了丹尼尔说的话，我就感到很不安。

我们的女儿死了。

我们将一无所获。

爱丽丝死了。

我们必须好好生活下去。

你有个好丈夫，他很在乎你。他很担心你。

或者是，他可能担心你？他不担心你吗？他真的很担心你？

当亨里克感到有愧时，他就无法掩饰自己的内疚之情。他非常诚实，做过的事就会负责。我一般也这样，这就是我们以前对待这段感情的方式。

不诚实的人不是亨里克，是我。在受到良心谴责的驱使下，我将情绪发泄到每个人身上，却没有反省过自己。

亨里克站起来，穿上他的灰色运动裤。

“好吧，我猜猜看，”他说，“你生我的气，是因为我不觉得爱丽丝还活着？因为我不相信你找到她了？”

“我讨厌你觉得我疯了，讨厌你觉得我在幻想，讨厌你跟妈妈、佩尼拉在背后说我坏话。”

“首先，我没有和佩尼拉聊过，也没和你妈妈聊过。我不知道你从哪里得知这些消息，但这都不是真的。”

我想要说些什么，但他像个交通警察一样举起手来。

“其次，请不要再说‘我觉得’什么，‘你觉得我和别人说了’什么。在这里，你才是心理治疗师，对吗？如果你想知道我在想什么，就问吧。”

他说得对，我也知道他没有给丹尼尔打电话。

亨里克继续说道："还有，我说过你疯了吗？有吗？"

"没有，"我承认道，"你从没说过。"

"那么看在我们一夜欢爱的分上，别再冤枉我了。"

"对不起。"我嗫嚅道。

"仅仅因为我没有欣喜若狂，并不意味着我认为你疯了。你什么都不告诉我，还躲着我，又冲我发脾气。你明白为什么我想知道发生了什么事吗？"

"我只是希望你能信任我。"我说。

"而我希望你能和我谈谈。如果你告诉我发生了什么事，要我信任你不就容易多了。"他又在床边坐下，"你是我见过的最聪明的女人。你通常很理性，很有逻辑。但最近我看到的都是莫名其妙的怒火和毫无根据的假设。这一点都不像你。"

"你觉得你会有怎样的反应？如果你在失去米洛 21 年后，又遇见他？"

"你遇到了一个长得像爱丽丝姑姑的女孩，仅此而已。伊莎贝尔有亲生母亲，这位母亲现在为此很担心，但是你仍然坚信那是爱丽丝。你认为到处都是阴谋，每个人都要和你作对。你觉得那些妇产科医生、伊莎贝尔学校的教职工，他们都在撒谎？你真的觉得有人带着别人的孩子，假装是自己的孩子可以不引起怀疑吗？"

"我提醒过你，亨里克。很多次了。我总是遇到一些奇怪的事。"

"你提醒过我？你现在在说什么？"

"早就说过了。"

亨里克颓然举起双臂："我放弃了。我不再跟踪你了。"

"该死的，亨里克。你说得我好像——"

他指着门，让我别说话。

"米洛？"他叫道。

"爸爸？"米洛很小声地应道。

"进来，小家伙。"

门开了，米洛探头进来。他看看亨里克，又看看我。他眼中的恐惧让我很受伤。

“你为什么不睡觉？”我轻轻地问道，表明我并没有生气。

“我在找手机充电器。”

“你可以把墙上的那个拿去用，”亨里克说，“在柜子旁边。”

“过来，亲爱的。”我说。米洛拖着脚向我走来。我抱住他。

“妈妈，你现在感觉好点了吗？”

“好点了吗？”我想着他为什么这么问，摸了摸他的头发。

“爸爸说你头痛。”

我看了一眼亨里克，但他在看米洛。

“是的，我现在好多了，”我答，“比赛怎么样？”

他耸了耸肩：“还行。”

“现在回去睡觉吧。”亨里克一只胳膊搂住米洛。他们走下楼梯，我听到亨里克平静地和米洛交谈着。我把扔在地上的毛巾捡起来，放回洗衣篮。

斯特拉

天还很黑。我爬到亨里克身边，把头靠在他的肩上。他张开双臂，用毯子盖住我们。

我整晚都没睡好。我的思绪停不下来，一直在想我们谈话的内容，还有我们没有说出口的话。亨里克很担心，这让我也很担心。我怕他生我的气，怕我的过去会毁了我们共同建立的生活。我对自己说，不要再和他吵架了。我告诉他我重温了我写的所有日记，里面记录了我怀上爱丽丝时、她还是个婴儿时，还有她失踪那天和之后一段时间的事情。

清晨的阳光穿透干净的玻璃窗，洒在卧室的地毯上。时间仿佛静止了。我们穿越了时空，置身于陌生的平行世界里。这个房间和一个月前我们住的房间一样，但又不一样。我的声音仿佛从很遥远的地方传过来，讲故事般娓娓道来。亨里克安静地侧耳聆听着。

我想让他知道，回顾过去有多么痛苦，重温梦魇是什么感觉。所有的记忆、所有的悲痛、所有的自我憎恶，都如潮水般汹涌而来。但我没有提及焦虑症发作，也没有告诉他我去了克斯廷家和丹尼尔家。

亨里克说我应该早点告诉他。他问我，难道我不相信他会理解我吗？不相信他在乎我吗？

我说我害怕，特别害怕。

他不想我再生病了。

我知道。

他要我保证再也不见伊莎贝尔。

他抚摸着我的脸颊，擦掉我的涟涟泪水。

我们在彼此的臂弯里睡着了。

之后我们去了库佛伦（Coop Forum）大型生活超市，穿梭在里面数不清的货架之间。这是一个寻常的星期天下午。我问亨里克要苹果汁还是橙汁。我忘了拿面包，又回头去取。我们堆满了购物车，牵着对方的手，在收银台排队。我付钱，亨里克把东西打包起来。这是正常的、无聊的、奇妙的家庭生活。我终于可以停下思考，放下折磨我的罪恶感似乎也没那么难了。我们走到车旁边，把东西都放好。亨里克把购物车还回去，我发动汽车。我们开车回家。

我们的车道上有一条狗，那是约翰·林德伯格的小狗。它戴着皮带和项圈，但我们的邻居却不知去向。我停下车，亨里克冲我顽皮一笑。这不是第一次，我相信也不会是最后一次。他下车，慢慢地朝那只小狗走去。小狗步步后退，不停地发出尖锐的吠叫。在又一次尝试失败后，亨里克看向我，他笑着耸了耸肩。我也下了车，环视街道，找找狗主人在哪儿。

约翰·林德伯格在上气不接下气地慢跑，他穿着一身明黄的运动服，把圆滚滚的身子裹得紧紧的。他走到我们跟前，弯下腰，把手放在膝盖上，缓不过来。他的鼻涕流出来了，他清了清喉咙，往地上唾了一口。

“特蕾丝想让我减肥，”他哀号道，“她说我太胖了。”

我朝他的水瓶带（hydration belt）点点头，笑着说：“你打算跑马拉松吗？”

“马拉松？几英里还不够吗？我还没准备好光荣牺牲。”

亨里克同情地“啊哈”一声。他搂着我，掐了掐我的腰。我不敢看他，不然我们都会忍不住笑出来。我们祝他好运，我把车停到车道上，我们拎着杂货进屋了。

亨里克打开袋子，我把食物分类放进食品箱、冰箱和冷藏库。米洛在厨房的桌子旁晃来晃去，我们在一边打趣投资者和他的狗，他在一边嘲笑我们。亨里克的手机响了，我叫他别接。

“为什么？”他当然会问了。

“因为……”我顿住了。因为我不想有人打扰到我们，最近总有事情干扰，总有人夺走他的注意力。现在我就要我的丈夫独属我一人。

“可能有很重要的事。”他继续说道。

“今天是星期天，”我嗔怪道，“再重要的事都不能缓一缓吗？”

“是陌生号码。”

“悠着点呀，爸爸。”米洛说。

我想要抢过手机。亨里克大笑着，假装和我争夺了一会儿，才接起电话。我转过身来，继续收拾杂货。

“我是亨里克。噢，嗨，好久不见。”他几乎立刻就戒备了起来。我回头看了他一眼。这时，米洛说他要给朋友打电话，回房间了。

“是的，谢谢，我们很好。你好吗？”

亨里克的语气得体有礼，这不可能是他了解的人。他走得离我远了一点，翻查着邮件。他听了一会儿，说道：“她换了号码。”他瞥了我一眼。我想知道他们在聊什么。

“你想和她谈谈吗？她就在这儿。”

我做口型，是谁？亨里克在听电话那头的人说话，没有理我。他一言不发，去了客厅，不久又回来，电话还挂在耳边。我就知道，他不该接这通电话的，肯定没好消息。

亨里克靠在厨房的吧台上，笑了起来，但这并不是他平时那种愉快、温暖的笑声。

“谢谢你打电话来，谢谢你。”他眸色深沉，我读不懂，“我会转告她的。”

我擦拭着厨房的吧台，擦掉本来就不存在的污点。

他挂断电话。

我等着。

他什么也没说。

“是谁？”我终于开口问道，我尽量让自己语气随意点。

“是丹尼尔，”他说，“他想知道你昨天回家后情绪怎样。”

后悔是一种浪费时间和精力的行为，我通常没有这种情绪。相反，我们应该从错误中吸取教训，然后再接再厉。这就是我给病人的建议，我作为医生，却连自己的建议都做不到。

此刻我后悔莫及。我很后悔开车去见丹尼尔，后悔我做过的一切。我应该与亨里克坦诚相待的。我没想到丹尼尔会打电话来。

亨里克倚在吧台上，朝米洛的房间望去，可能是想确认他听不听得见。

“丹尼尔很担心你，”他说，“你昨天离开他家的时候状态很不好。”他用一种看陌生人的眼神看着我，“他告诉我，如果你想找他，随时可以打电话给他。”

我知道亨里克在想什么，我从他冷酷的眼神中看得出来。昨晚我见完丹尼尔回来，那副欲求不满的模样，他都看在眼里，他也看得出我为此感到愧疚。但现在并不是解释的好时机。不管我现在说什么，都会让我显得更加有愧。

“不是你想的那样。”我简单地说道。

“你说你想待在家里休息，但我们回家后却发现你不在。然后你突然冒出来大发雷霆，扯掉衣服和我亲热。”

“我知道你在想什么。但你错了。”

“我想什么？你以为我在想什么？你好像总喜欢告诉我我在想什么，那还不如告诉我你到底在做什么。”

“我不知道该说什么。”

“不，我注意到了，”他怒道，“你回来的时候为什么对我那么生气？你可以从那里开始说。”

“你们都很担心我会犯病。你们总认为，只要我意识到自己错了，放下爱丽丝，我就会好起来。但事实是，你们才是松了一口气的人。”

“你们！你是说我和丹尼尔？佩尼拉，古娟？你在说谁？”

我耸了耸肩：“其中一个就是近在眼前的你。不幸的是，你承受了我对其他人的怒气。”

“只要能让你好受点，我什么都能承受。但下次你想亲热的时候，不必先打我两巴掌。”

话音未落，他马上后悔了。我看得出来，即使知道应该深呼吸，我还是又生气了。

“你为什么这么生气？我想见见我女儿的父亲，有这么奇怪吗？”

“你想见他就见他，为什么要遮遮掩掩？你可以告诉我啊。你知道你的前夫打电话问我你怎么样，我有多尴尬吗？”

亨里克颓丧地摇摇头，走开了。

我一直都是个梦想家，有着很强的感知能力。即使我成了理性的心理医生，也不意味着我失去了幻想的能力。但我更倾向于认为，我已经成熟了。即便只有一点点。但也许在这方面，我也判断错了。

39 岁的生活比 19 岁的生活轻松多了。我更有安全感、更自信了。我不太在意别人对我的看法。我学会了抑制冲动，三思而后行。我努力分析自己选择的后果，对自己的行为负责。

但现在一切从容不迫都消失无踪了。

如果丹尼尔没有拒绝我，我会和他在车库里发生关系吗？答案是——很有可能。但我不愿相信这个答案，因为我想要的是亨里克。他才是我爱的人，才是我想共度一生的人。我最不能接受的，就是失去他。

我在车库里找到他。我把他的高尔夫球杆从车里拿出来。他不理我。我哀求他原谅我，再给我一次机会。我说我应该告诉他我去见了丹尼尔，说我很羞愧，很愚笨。我大声说着，声音都微微发颤了。他静静地看着我，给我拿来一张凳子。

“坐下，”他说，“我们从头说起。怎么回事？”

“丹尼尔也不相信我。他不想听我说这些。他的反应和你、和佩尼拉一样。我想你们以后听不到爱丽丝这个名字，会好受得多。而我感觉如何，和你们没半点关系。”我语气酸楚地控诉道，我不在意他听了会做何反应。

“你知道我们不会这样的。”亨里克的手覆在我的手上。

“我只是太失望了，”我说，“对自己，对你，对所有人。我厌倦了不停地求大家谅解，厌倦了根本没人相信我。”

“好吧，假设她真的是爱丽丝，你会怎么做？”

亨里克静静地等了一会儿，让我领会这个问题的含意。

“如果不是她呢？假设你误会了，这对她意味着什么？对你又意味着什么？”

他要的答案我还没想好。他问的正是我最害怕的问题。

“现在说这些太晚了，”我说，“因为其他人担心，我就要放弃吗？”

“我不是这个意思，”亨里克解释道，“只是让你想想你在做什么，想想你的行为可能带来什么样的后果。短短几天时间内，就有人上门来找我、打电话给我讨论你的情况。别紧张。发挥你的逻辑思维，你是个聪明的女人。别忘了。”

“我不知道我要做什么，亨里克。”

“也许你现在不应该做任何事，”他说，“以后与此有关的事，请先和我谈谈。答应我。”

我什么也没说，只是点头。

他想要什么，我都想答应。我也想保证一切都会好起来的，但我不确定自己是否相信这一点。

伊莎贝尔

有人勉强地从我身边挤过去，我转身道了个歉，随后走进瑞典皇家理工学院图书馆外的咖啡馆，在众多桌子间环绕了一圈，把夹克放在椅子上，在乔安娜对面坐下。

“还好吗？”她问。

“还行，没什么问题。”

不过我不诚实地又瞄了一眼手机。事实上，我想回电话，说我会赴约的。在最后一刻退缩可不是我的作风。不明所以就用虚假的理由搪塞，更不像我。我不会这么做的。我总觉得撒谎很糟糕。

我不是说自己从来都没有说过谎。但我总是说到做到。只要做出承诺，我总会履行，即使我不愿意。因为我害怕让人失望，让人生气。这是我内心最大的恐惧。我正在努力克服。这可能是一个积极的征兆，意味着我不怕惹别人生气，不会再活得小心翼翼了？

“你确定不去了吗？”乔安娜问。她可能注意到了我的犹豫不决，“我们可以晚点再做作业。”

“不去了，这次见面也没那么重要，”我说，“完成作业肯定会轻松不少。”

“好吧。不管怎么说，她星期五给你打电话有点奇怪。”

我们坐在欢乐果汁饮品店里，乔安娜突然这么说道。她说得有一定道理。虽然如此，但没有去见斯特拉，我还是感到内疚。其实我的部分自我想要赴约，想和她单独交流一小时，让她帮我厘清思路。但另一部分自我却毫无兴致。

我喜欢斯特拉。我欣赏她的直言不讳，她强迫我思考、反省，强迫我弄明白自己真正想什么，而不仅仅是我应该想什么。她整个人散发出平和与温娴的气息。她应该是个温暖可靠的人，让人很有安全感。

但在上次团体治疗中，她问出了非常尖锐的问题，要求我必须回答，还敏感地捕捉我说的每一个字。这让我感觉很不舒服。她一点都不像她了。

上个星期我还在瓦林比看到了她。**我觉得那是她**。她站在我的公寓楼下，抬头仰望，好像在想什么悲伤的事情。

也许她只是去购物中心买东西，也许她住在附近，也许那只是一个长得像她的人。

不管怎样，我今天有很多作业要做，这可不是谎言。**我们可以约在下周的空闲时间见面**。

“还有位置吗？”我从纷乱的思绪中抽离出来，抬起头。弗雷德里克正朝我们微笑，他身后站着维克多和梅蒂。

“你在做力学作业吗？”他继续问。

“是的，我们在做力学作业，”乔安娜答，“一起吧？”

我很高兴我哪都没去。

我们经常约在这儿，图书馆外的“故事”咖啡馆。这比团队工作室或教室更舒适。

咖啡馆里挤满了学生，场面很嘈杂，但我丝毫没有受到影响。这里大部分桌面和我们的一样，摊满了打开的课本、笔记本，放着计算器、铅笔盒、餐巾纸、旧咖啡杯和苏打瓶。妙极了，我热爱大学生活的一切，**包括考试压力**。

“你想喝咖啡吗，弗雷德里克？”梅蒂问，“维克多去买了。”

“喝，麻烦你了。”弗雷德里克答道。

乔安娜弹坐起来，“我也想喝咖啡。你要吗？”她问我。我摇摇头。

“那么，爱因斯坦小姐，对第三个问题，你想出什么好的解题办法了吗？”他们离开后，弗雷德里克轻轻地拉了拉我的头发，打趣道。

“嗯，第 53 页，你怎么看？”我答。书本在他面前，我必须倾身过去翻页。他一动也不动。我感觉到他炽热的视线注视着我的脖颈，这让我很难集中注意力。我找不到正确的页面。他帮我翻页，手轻柔地掠过我的手。我侧头看了他一眼，露出一个紧张的笑容，甩了甩头发。他凝视着我的双眼。

“你的眼睛近乎绿色。”他叹道。

“什么？”我紧张到难以呼吸，我的声音是不是已经暴露了？

“你的眼睛真好看。”

“谢谢。”我双颊发烫。太尴尬了，我讨厌脸红。

“你的头发真漂亮。黑色是你头发的本色吗？”

他用手指绕住我的一缕头发。

“你就是我妈妈常说的黑巫女。也许我中了你对我施的魔法。”

我感觉自己才是中了魔法的人。但当乔安娜重重地坐到椅子上，咒语就被打破了。我下意识地退回座位。弗雷德里克从梅蒂手里接过咖啡，朝我微笑，我也笑了笑。

我和弗雷德里克在一起时感觉轻松多了。他让我心神放空，让我忘记爸爸死了、妈妈太苛刻、社交有时真困难的残酷现实。

弗雷德里克的手绕着咖啡杯打转。他说这里很冷。**他说得对，我也冻僵了。**他的手很大。当这双手触摸我的背部时，那种感觉妙不可言。我盯着他的手看，他的手指很长，我又脸红了。我抬头，对上他的视线，越发面红耳赤。我怀疑他知道我在想什么。他咬着笔杆，把额前的碎发拨到一边。

十全十美的他。

但妈妈会看不起他的。

我们热烈地讨论着、笑闹着，花在闲聊上的时间和做力学作业的时间一样多。

“你来自法伦（Falun）吗？”梅蒂问。

“博尔温格。”我纠正道。

“也许我们早就在博尔温格遇见过，”弗雷德里克说，“只是当时不认识对方。”

“怎么会呢？”

“2011 年我去‘和平与爱情’音乐节玩了。”

我笑了。**我听起来不会像疯子吧**？

“你肯定也去了吧？”他问道。

“不，我没去。”

“为什么不呢？你就住在博尔温格。这个城市也不算大。”

“我们在家里就可以听。”

“这不一样。”维克多说。

“我不喜欢听音乐。”我说。

“哦，拜托！”弗雷德里克说。

“她说的是真的。”乔安娜说。

弗雷德里克好奇地看着我。

“我们应该做一个实验。”他说。

“让我改变自己？”我问。

“明年夏天和我们一起去西路音乐节。也许你喜欢听音乐，只是你不知道而已。”

“好啊，去啊，”乔安娜兴致勃勃，“我也要去。”

“你们有考虑过我很可能迷路吗？”我说，“最后你们不是看乐队表演，而是浪费时间去找我。”

他们哈哈大笑起来。“我想我们得确保你跟得紧紧的。”弗雷德里克把椅子往后仰去，视线没有从我身上移开过。

“我连一首歌都听不出，也不认识任何一个艺术家。”

“现在离音乐节还远着呢。”维克多说。

“我会疯掉的。”我说。

“疯掉？”乔安娜扬起眉毛，咧嘴笑了，“音乐节很好玩的。”

“好一个阴谋。”我嘴上嗔怪道，心里却觉得这辈子除了弗雷德里克的手在我身上点火的那个夜晚，我从未如此开怀过。我想知道他是不是和我一样从未忘记。我希望也相信他是的。我想让他想起我在黑夜里绽放的娇羞模样。就像我想起他时一样。我想要的，不仅仅是下一次亲吻。我想要更多。

“你认为你这就败给我们了吗？”梅蒂说，“弗雷德里克一旦下定决心，就决不会放弃。”

“我们到时住在哪里？”我问。

“我在哥德堡有个叔叔。”维克多说，“我们都可以在那里过夜。”

“前几年我们在维克多叔叔家住过了。”弗雷德里克说，“他已经习惯了。但是住宿的安排会很紧凑。”

他又露出那种笑容。

“没关系。”我说。

有一个人绝对觉得有关系，那就是我妈妈。她会生气的。如果她知道我正考虑和一个年轻英俊的男人近距离睡在一起的话，她肯定会大发雷霆。**男人的心里只有一件事，伊莎贝尔，记住这一点**。如果我说这正是我所希望的，会不会很可怕？我已经在思考怎么瞒住她逃之夭夭了。我肯定不能告诉她我要去哪里，说了就完蛋了。我没有忘记，当我和乔克（Jocke）偷偷计划去萨伦（Salen）玩时，她做何反应。**乔克就是在家外面的车上亲吻我的男孩**。不知怎的被她发现了，她威胁他要报警，举报他强奸。从那以后，乔克就躲得远远的了。

但有时我也有权放肆一回，不是吗？毕竟我 22 岁了，还是个处女。这不仅仅指性，**还指其他方面**。做我想做的事，有什么错呢。就一回而已。

午餐高峰还没到，我们已经完成了大部分作业。

“我饿了。难道我们不应该在人山人海之前吃点东西吗？”乔安娜看向吧台。已经有几个人在排队了。半小时内，这条长龙将会顺着门厅蜿蜒而出。

“好主意。天气这么糟，我们没必要出去。你们要留下来吗？”我问他们。

“我和梅蒂得走了。”维克多说，“我们团队要开午餐会。”窗外大雨倾盆，他看向外面，做了个鬼脸。他们走了出去，我们挥挥手。

“我带了一些食物，”弗雷德里克说，“我不想出去。”

太棒了！

“排队，乔安娜，”我说，“我来收拾桌子。”

我站起来，把手举过头顶，舒展着身体。我注意到弗雷德里克在盯着我。他的目光缓慢地掠过我的身体、我的胸部。我假装没有发现，动作还更大幅度了点。我的手穿过发间。我穿的衬衫紧身又低胸。当我伸展时，衬衫便寸寸向上挪去，露出小蛮腰。我很高兴自己选择了这件衬衫，和浅蓝色的弹力牛仔裤很搭。我觉得自己看起来相当性感。从弗雷德里克的眼神看来，他也这么认为。

我把铅笔和橡皮擦放进笔盒里，把用过的餐巾纸、咖啡杯和计算纸收起来。我弯腰在桌子上整理着，伸手去够桌面另一边的纸屑，不小心碰到了他的身体。我感觉到他把手环在我的腰上，稳住我。我踟蹰了一会儿，比需要的时间还长。

“好了吗？”他低声道。

“嗯。”我对上他的双眸，把手搭在他的肩上。我想保持这样的姿势，但感觉傻乎乎的。于是我走到垃圾桶边，把垃圾扔掉。

回到桌旁时，我看向大大的窗户外。外面大雨滂沱。但室内称得上舒适、宁静，似乎没有任何不祥能接近我。我知道这是一种幼稚的感受。但我就是幼稚。

外面的一个人影让我不由得后退一步，定睛细看。那是斯特拉吗？一个身穿灰色外套，戴着彩色围巾，撑一把红色雨伞的深棕色长发的女人。我之前在我家楼下见过她。

是她。

是斯特拉。

为什么？

她没理由来这里。

她知道我撒谎吗？她知道我没病吗？

妈妈可能说得对。斯特拉的问题很明显，不太对劲。但妈妈一直都很担心我，她总是做最坏的打算。

我站在原地，躲在柱子后面。我看见斯特拉沿着窗外走过。她偶尔停下来，窥探着屋里。

“贝拉？”我听到弗雷德里克在叫我，“你不过来？”他走近我，一只手放在我的胳膊上。我就像一本打开的书，他能轻易读懂我的情绪，一眼就能看穿我。我想知道他是不是看透了这一切。看出了我对妈妈的怒气和憎恨。

如果这样，他还喜欢我，那该怎么办?

“怎么了？”他问。

“没什么，”我答，“以为看到了熟人。”

他站在我身后，凝视着外面。他很难看到斯特拉。

不过，第六感告诉我，她有目的地在寻找什么，在寻找某人。

在找我。

我的手臂上泛起鸡皮疙瘩，我抱起双臂。弗雷德里克扶住我的肩膀。

“那是谁？”他问。

我看到她顿住，似乎停下来思考了一会儿，然后径直走下楼梯，拐进瓦尔哈拉夫根，消失了。

“没什么，我弄错了，”我说，“走吧，我们去买点吃的。”我牵着弗雷德里克的手，紧紧地握住，走了回去。

斯特拉

这是错误的，我的行为很恶劣。我沿着瑞典皇家理工学院图书馆入口外的窗户走着，想要探视里面。但暴雨如注，我什么都没看到。

我很高兴没人看见我，没人知道我在做什么。这就是跟踪别人的快感吗？我猜是的。羞耻感慢慢地啃噬着我的胃。我收敛了这种羞耻感，却无法约束自己。我越过底线，才迈了一小步，却发现要停下来就更难了。

来这里真是太疯狂、太荒谬了。这里有多少学生？数以千计。尽管伊莎贝尔告诉我，她经常待在图书馆附近的咖啡馆里，但她也有可能不在那里。她可能在校园里的任何地方，而这里和老城区一样大。她可能在家，也可能出城了。

但找到她的概率并不大，这也就显得没那么疯狂了。我根本不应该来这里。我不应该在团体治疗外的时间联系她。这么多年，作为一名心理治疗师，我从没做过这样的事情。如果遇到她，我该怎么说？我怎么解释出现在这里的原因？我甚至心生庆幸她没看见我鬼鬼祟祟地四处溜达。

公共汽车终于来了，我飞快地上车，找了个后面的位置坐下。车朝弗瑞德汉姆广场驶去。我把头靠在凉爽的窗户上，闭上眼睛，想着我这个冲动的决定，想着伊莎贝尔。

想着爱丽丝。

我收到她取消约会的信息，既失望又烦躁，这样我要怎么才能找出答案？我等不及了。

公共汽车在弗瑞德汉姆广场停了下来。我快步下车，撑起伞。我的午餐时间快结束了，但我开车反而没那么快。

虽然不是很饿，但我应该吃点东西。我还有时间去咖啡馆凑合凑合，权当换个口味。

寒风呼啸，我低头看着人行道，弓身走着。忽然，我察觉到有人走近。我没有抬头，走向右侧。但有人用力地拍了我一下。我的呵斥正要脱口而出，却恍然发觉，眼前这个人如此眼熟。

“斯特拉，”她说，“是我，伊娃。不久前我们在公园里见过。”

“哦，又见面了。”我掩饰恼怒，说道。

“天气真糟糕，对吧？”伊娃抓住我的胳膊，把我拉到屋檐下，“你的伞多漂亮啊。”

“谢谢，我喜欢这把伞，让我在人群中很显眼。”我把伞甩干净，折叠起来。我朝药店旁边的“乔治咖啡馆”点头示意。

“我正要进去。你想和我一起吗？”

伊娃说“好”，跟我走了进去。我们买了咖啡和丹麦糕点，选了个靠窗的位置。我们从天气聊起，我问她是不是住在附近。她说她要去拜访一些熟人，只在城里短时间逗留。

“我要为上次的失礼道个歉，”我说，“我可能看起来不太理智。”我尴尬地笑着。

伊娃握住我的手。

“生活不容易啊，”她的语气真诚而富有同情心，“你的女儿发生了什么，嗯，我简直无法想象。我甚至不明白你是怎么生活下去的。你还有孩子吗？”

“几年后我和现在的丈夫生了个儿子。”

“我很高兴听到这个消息。你有另一个可以关爱照顾的孩子。”

“是的。但我从未忘记过我的女儿，从未停止过胡思乱想。我一直以为我会有一个大家庭。但现实却不如人愿。”

我不知道是什么驱使我和她倾诉。我顺从于我的内心。曾经我一想起爱丽丝，就喜形于色，如今已能装得云淡风轻了。

“是什么阻止了你？”伊娃啜饮了一口咖啡，问道。我品尝着拿铁，沉思着。

“再次怀孕的时候，我很高兴，”我解释道，“但也很害怕。如果我得了产后抑郁症怎么办？如果我经营不了新生活怎么办？如果我真的不适合做母亲呢？我可能是个糟糕的母亲？”

验孕棒显示出一个加号的那年，我快 26 岁了，而亨里克已经 29 岁了。我，或者说我们，一直很随意。我又变得不负责任起来，有一段时间都没有好好照顾自己，后来我才意识到这是一份天赐之礼。米洛是我们渴望已久的孩子。

“胡思乱想是正常的。”伊娃说。

“也许吧，”我说，“你可能是对的。”

“后来如何？”

“他是上天赐予我的瑰宝，”我叹道，“他是我的一切。我爱他。做他的妈妈真是太幸福了。但我保护过度了。我总是忧心忡忡。”

“为什么会这样？”

“女儿失踪了，是我的错。”我平静地说。除了伊娃，我不想别人听见我说话，“我太大意了，我让她单独待了几分钟。我发誓，我绝不会在米洛身上犯同样的错误，无论是在操场上，还是在商店里，我都从不让他离开我的视线。他很少自己去什么地方。当然了，他认为我是个大累赘。”

伊娃笑了：“我女儿也是。随着孩子的成长，所有的母亲都会经历这些。”

“我们谈过要多生几个孩子，”我说，“但后来，我终于发现我不敢。”

我坐着沉默了一会儿。“我最大的担忧就是怕米洛发生什么事。”

“这一点也不奇怪，”伊娃说，“但是你女儿呢？你之前说，你认为你找到她了？太不可思议了。”

“我知道我找到女儿了。我知道那是她。这次我不会再让她走掉。”我看着伊娃的眼睛，“我不会再让她消失。”

大声说出心声带给我一种解脱感。

我觉得伊娃能理解，眼前这个两面之缘的陌生人却提供了我现在需要的心理慰藉。对别人大吐苦水，却不会收到质疑的眼神，真是让我快慰得如释重负。我不必每一个字都要权衡一番。没有人告诉我我不再是自己了，也没有人怀疑我在编故事。终于有人相信我了。

她眼睛里似乎还含着泪水："我很同情你，斯特拉。真的。你多不容易啊。但你现在要做什么？"

"我不知道，"我喃喃道。我不知道我为什么要告诉她，但我都说了出来，"我一直在跟踪她。我必须知道她在做什么，看看她的生活是怎样的。我知道这是错的，我感到很羞愧。但无所谓了，反正大家都觉得我疯了。"

伊娃安慰道："我知道你在经历着什么。我也失去过一个孩子。她很久以前就去世了。没有人忍受得了这种痛苦。所以我理解你。永远不要放弃。"她看了看时钟，站起来，目光灼灼地看着我，"你听见了吗？"她重复道，"不要放弃。"

我目送她离开咖啡馆。伊娃失去了孩子，她知道那是什么感受。她理解我，不批判我，也不认为我疯了。

我才发现我们什么都没吃，丹麦糕点还静静地躺在盘子里。

斯特拉

第二天早上，米洛和我坐在餐桌旁。早餐后，我把他送到学校，再去诺尔雪平。我能感觉到今天会是个好日子。我们需要这个好日子。

我知道我在斯文·尼尔森那里会收获一些真实具体的、被忽视的信息。这些信息可以证明我并非一直在异想天开。

我靠在厨房的吧台上，看着亨里克。昨天我告诉他，斯文·尼尔森答应给我看爱丽丝失踪调查的文件。我不想再对他撒谎了。我想向他证明，他可以信任我。

亨里克认为这次访问对我来说不是一个明智之举，我最近的情绪都没有稳定过。他没这么说，但我知道他是这么想的。但后来他改变主意了。他说希望这次访问能让我找到满意的答案。

“我要迟到了。”他将咖啡一饮而尽，说道。他拍了拍米洛的肩膀，我跟着他走到门口，看着他完成出门前的常规检查。他系好鞋带，拍拍口袋，确保手机和钱包都放好了。他穿上外套，重新调整领带，拎起公文包，在大厅的柜子里取出钥匙。

“你看起来很累，”他问，“你真的要去吗？”

“是的，我要去。”我答道。

“不能再等一天吗？”

“我想快点结束。他只有今天有空和我见面。”

“也许我应该和你一起去。”

我重新帮他整理了下衬衫领子。“为什么？你说你今天一天都要开会。而且是很重要的会议。”

一身西装完美地与他的体形契合，领带打了个漂亮的结，脚上踏了双新鞋。他刚剃了胡子，英俊潇洒，俨然一副成功人士的气派。

他的手机响了，他接起来，先道了歉，再正经地聊起来。他笑容满面。

“我在路上。是的，是的。十分钟后见。”

他把手机放回口袋，看着我。

“你自己能处理好吗？”

“可以。”

“我要迟到了。”

“你已经说过了。”

他走向大门，却在门口停住了脚步。

“对了，我一整天都接不了电话。如果你有什么需要，发短信给我，我尽快回复你，好吗？”

我解读一下：**留意你的手机。你一定要在米洛到家之前回来。别忘了。**

“如果有紧急情况——”

“不会的。”我打断他。

“走之前一定要吃点东西，”他继续说道，“你只喝了咖啡。”

他的身影消失在门后。

“你还要吗，米洛？”我回到厨房，问道。

“不要了，”他吃完三明治，支支吾吾地问道，“你要和爸爸离婚了吗？”

“为什么会这么说？”

“你以前从来都不和爸爸吵架的，”他失落地说道，“但现在你整天和他吵，别以为我听不见你的说话声。”

“才不是。我哪有整天和他吵。”

“你和爸爸看起来都很生气。有时候你很难过。”

“我们不会离婚。”我向他保证，“我们只是在讨论一些事情，因为我们看待事情的方式并不总是一致的。这不是世界末日。我爱你爸爸，他也爱我。你懂吗？”

米洛看起来半信半疑。

“你好了吗？”我问。

他点头。

“那我们走吧。”

我把米洛送去学校，跟他挥手再见，开回路上。

我取消了今天所有的预约。他们到时间去诊所进行团体治疗了，也许已经开始了。无论是工作还是在家，我都不能再这样心神不宁下去。这就是这次与斯文·尼尔森会面的重要原因。经历了这么多事情，我迫切地需要一点好消息。米洛还担心我们会离婚，真是糟透了。离婚是我最不想看到的结果。我和亨里克很幸福，他也这么认为。虽然一路风浪，但我确信这一点。

今天的诺尔雪平是阴天。我抓起买的一袋肉桂面包，打开车门，冒着雨，脚步匆匆地穿过停车场，走向一栋小排房。我按响门铃。过了一会儿，一个瘦削高挑的男人打开了门。他年事已高，但我依然能认出他来。他的头发 20 年前就已经日渐稀薄，现在他的耳后只剩下几丛白发了。他的裤子松松垮垮地挂在瘦削的身体上，衬衫只塞了一半。

“斯文·尼尔森？”我问道。

“是我。”他答。

“你好，我是斯特拉·威斯特兰德。”

他不明所以地看着我。我找对地方了吗？肯定是他。他忘记我们的约定了吗？我再试试。

“斯特拉·约翰逊？”我说，“我们上周在电话里聊过。你告诉我，你今天有空。就是关于我女儿失踪案的调查。”

他不做反应。

“爱丽丝的失踪案？”

我似乎把他从迷糊中唤醒了，他浑身一震。

“是的，请进。你站在那里干什么？进来，进来。”

我跟着他进了厨房，里面干净整洁，空气中飘散着刚煮好的咖啡味，还有……微弱的老年人的混浊气息和尿臊味。

“我带了面包。”我拎起包说。

“真好，进来吧。坐，坐。”他拿出几个咖啡杯。一个矮个子黑发女人走进厨房，看了看我。

“斯文？”她带着点异域口音。她扶住他的肘部，大声问道，“斯文，你要和客人喝咖啡吗？”

他看着她，神情恍惚地笑了。

“你要喝咖啡吗？咖——啡——”

“咖啡？”斯文·尼尔森重复道，“是的，咖啡，没错。”

她从他手里接过咖啡杯，放在吧台上。斯文把面包拿到厨房的桌上，在我旁边坐下。那个女人给我们端上咖啡，转身离开了。我不知道她是谁。

“好吧，你千里迢迢从……”

“斯德哥尔摩。”

“对，没错，你从斯德哥尔摩赶过来。车不多的话，E4 高速公路上行车速度很快。”

“是的，通畅无阻。”

我们的谈话一直绕着这条高速公路、从斯德哥尔摩出发的来程和多雨的秋季打转。这些日子是不是都在下雨？那肯定有很多野生蘑菇亟待采摘。这是瑞典森林的骄傲。还有浆果，今年肯定会有好收成。路况如何？你从斯德哥尔摩开车来的？你去树林里玩过了吗？有没有发现蘑菇——我们森林的赠礼？

他来来回回地重复了好几遍同样的话。看来他想拖延我们的时间。也许他很孤独，想找个人聊聊天。我隐藏起我的不耐烦，想要单刀直入主题。我们谈了一会儿斯德哥尔摩的风景和交通，最后我再也等不及了。

“斯文？”

“嗯？”

“你不是说有线索吗？我真的很想知道是什么。”

他看着我，一脸茫然，我突然生出一种想用肢体宣泄懊恼的冲动。我想扇这个老头一巴掌，让他清醒过来。但我只能深深地吸一口气。

“斯特兰德庄园，1994 年，”我说，“你没有跟进的线索？你说你有消息。你保留了所有文件。”

“调查，对。”斯文·尼尔森眼神一亮，“当然了，文件。跟我来。”

他站起来，踉跄了几步才稳住身子。他领我穿过走廊，走进办公室，里面有成堆的箱子。桌子上铺满了纸，还竖着一台古老的屏幕巨大的计算机。

“现在，让我们看看。**约翰逊，斯特兰德庄园，1994年，**”他的声音变得尖锐、机警起来，“你要找的资料应该在那三个箱子中的一个里面。”他往后面靠近壁橱的那堆箱子指了一个范围。

“不幸的是，我老头子已经不像以前那么灵活了。我得坐下来歇一会儿。一定要查看红色的活页夹。需要帮忙尽管说。”

我紧紧地握住他那双脆弱的、瘦骨嶙峋的手。

“谢谢你，斯文。”能帮到我，他也很高兴。

他离开房间后，我把箱子一个个地挪开，找出他指的那三个。箱子很重，等我搬出我想要的那几个，已经浑身是汗、气喘吁吁了。

我蹲下来，打开第一个箱子，里面装得满满的。我拿掉最上层的报纸，下面露出来的还是报纸。

报纸，堆积如山的报纸。

本地报纸的日期可以追溯到2010年、2012年，还有一些甚至到2002年。我快速翻阅了下，想弄明白这其中的门道。书页上画满了红色的标记。他看似随意地圈出很多标题，有时只圈一个词，不同的文章之间箭头交错。我看不出这种笔记模式的关联之处，前提是这真的称得上一种模式的话。

这与我女儿的调查有关吗？我把报纸拿出来，在地板上分类。我得问问斯文·尼尔森。

我在底层发现了两个鼓鼓囊囊的活页夹。我打开红色的那个，映入眼帘的是2006年的旧账单。我翻阅着每一页，但只找到一些无用物。一定不是这个箱子。

我又看了看箱顶，**斯特兰德庄园，约翰逊，1994年**。奇怪。我打开下一个箱子，里面装着同样的东西：报纸、账单、银行对账单和旧纸巾。第三个箱子也一样。我不明白。我看了看时钟：两小时过去了。

我站起来，打算去问清楚斯文·尼尔森，我要找的箱子到底在哪里。但门口突然出现了一个女人。她身材高挑纤细，长得很像斯文，看起来很生气。

“你是谁？在这里干什么？”她气冲冲地问。

“噢，你好，”我想要出去，“斯文邀请我——”

“你什么时候和我爸爸聊过？”

“我星期五打电话来——

“你在电话上和他聊？”她抬头看向天花板，叹了口气，“我告诉过他们，不能让他和家人以外的任何人打电话。”她环顾着乱七八糟的房间，“你在这里干什么？为什么翻这堆垃圾？”

我有种行窃失手、当场被抓的错觉。

“你的父亲多年前负责调查我女儿的失踪案。他邀请我来看看当年的档案。但他肯定搞错了。”我指了指身后的报纸，“我正要问他这件事。”

女人伸出手来。

“对不起，我应该自我介绍一下。我叫佩特拉·尼尔森。我们去厨房谈谈吧。”

我跟在她身后。经过客厅时，我看到斯文·尼尔森坐在扶手椅上。他半张着嘴，睡着了。

他怎么了？

“请坐。”佩特拉·尼尔森指向她父亲指过的同一张厨房椅子，我又坐了下去，等待着。她在我对面坐下，给我们各自倒了杯咖啡。“我猜猜看，爸爸答应给你看以前的调查？”

我点点头。我怕自己会说出什么奇怪的话来。

“不幸的是，他患有老年痴呆症。他有时头脑清醒，但大多数时候都神志不清。也许听起来很残酷，但很遗憾，这是真的。”

闻言，我似乎哀呼出声，我也不确定，佩特拉·尼尔森看着我，面带忧色。

“有一段时间我们把他安置到医院里。但在那里，他情绪低落，食欲不振，不吃东西。在家里情况就好多了，只是需要 24 小时的护理。我们也不能一直待在家里。你听说过家务助理服务吧。”

我的心仿若被刺穿了一般。我只想站起来走人，或者瘫倒在地上，放声大哭。

“什么文件都没有留下，”佩特拉·尼尔森继续说道，“我们早就扔掉了。如你所见，他往那些箱子里塞满了垃圾。我们由他塞去，因为这似乎能让他平静下来。抱歉，让你白跑一趟了。”

我把脸埋进手心里，手指用力按揉着双眼，头痛欲裂。如果丹尼尔在这里，他的反应肯定会让我心力交瘁。如果亨里克和我一起来，我可能已经四肢脱力了。

“在电话里他听起来很清醒。”我咬牙说道。我的手在发抖。我狠狠地攥着双手。

“正如我所说，他也有清醒的时候。对不起。”佩特拉·尼尔森冲她父亲做了个认命的手势。

“求你了，让我和他谈谈。他告诉我，还有一条没有跟进的线索。”我不能轻易放弃，还没完全确定就不能放弃。

“这不太好吧。”

“就几分钟。”

“他必须保持良好的心情。这不是很好。”

“这攸关我的人生啊。”我哀求道。

我们之间以沉默拉锯着。

我感觉到佩特拉·尼尔森的迟疑和抵触。她看起来更想把我赶出去，我做好争论下去的准备了。

“好吧。”她终于松口道。

“谢谢你，”我感激道，“你不知道这对我来说意味着什么。”

“但我事先提醒你，你想听什么，他就顺着你的话说什么。他可能在胡言乱语。你等着看吧。”

我和她走进客厅。斯文·尼尔森醒了，又坐了起来。

“爸爸，”她轻轻地碰了碰他的胳膊，“你对奥洛夫·帕尔姆（Olof Palme）的谋杀有什么看法？他们说他被暗杀了，但这并不是事实的真相，对吗？”斯文·尼尔森眼神一亮，一拳拍向扶手。

“帕尔姆总理？这个案子一开始就不应该定性为谋杀。”他看着我，晃了晃食指，“总理奥洛夫·帕尔姆伪造了自己的死亡，换了个名字。他现在可能在里约（Rio）和他的情妇同居。但没人知道他确切的住址。那些白痴连一点简单的侦查工作都做不了。嗨，亲爱的，你是谁？”他睨着我。斯文·尼尔森以前从未见过我。对他来说，我完全是个陌生人。

佩特拉·尼尔森打量着我的反应。她端着一副几乎称得上夺胜的神气，但也夹杂着些许遗憾，仿佛在说，**你看，我没说错吧**。

我走上前，蹲在她糊涂的老父亲旁边。

“我叫斯特拉，很多年前我们就认识了。你负责调查我女儿的失踪案。她叫爱丽丝。”我握住他的手，轻轻地摩挲着。我希望他能记起来，希望他能帮助我。哪怕他只清醒了那么一瞬。

“爱丽丝，爱丽丝，爱丽丝。”他大喊道，“你，我记得你。”

我又重燃希冀。斯文·尼尔森倾身过来，示意我靠近些。我尽量忽视尿液的臭味，向前弯腰。

斯文·尼尔森悄声道：“爱丽丝·芭布斯（Babs），爱丽丝·提曼德（Timander），爱丽丝梦游仙境；他们消失了，但又回来了；他们变小了，但又变大了；兔子啊兔子，他迟到了，他迟到了。”

他喋喋不休，越唱越大声。我的希望像石头一样往下沉。我站起来，为打扰了他向佩特拉·尼尔森道歉。她跟着我走进大厅，大声喊着家务助理去看看她父亲。

“是的，他喜欢钻研‘旧案子’。”佩特拉说着，双手勾了个引号，“真的很抱歉，我也希望他能帮到你。”

我们走到门口。斯文依旧在屋里胡言乱语。我停下来，侧耳听着。

“消失的小女孩，再也找不到了。到石堆里去，到石堆里去，找回平静，找回平和。那儿有东西，有东西。那个烂醉如泥的男人，他只是想聊天，哦，这般，那般。”

家务助理在里面嘘声让他安静下来。

我套上毛衣，刚要走时，他又叫喊道：“斯特拉。斯特拉·约翰逊。他想对我和盘托出。但他突然死了。他突然死了。还没来得及说出口。”我看向佩特拉·尼尔森。她翻了翻白眼，打开前门，把我引出去。

克斯廷

我很快就可以抵达斯德哥尔摩，去找伊莎贝尔。谢天谢地。我讨厌坐火车，憎恶坐火车。你永远不知道你会坐在谁旁边。这一定律永不失败，你旁边的人要么唠唠叨叨，要么高谈阔论，要么大声咀嚼，要么把脏污撒到你的座位上。为什么正常的星期三的火车还这么拥挤？真是一次糟糕的旅途。但汽车也是靠不住的，要是在路边抛锚就更麻烦了。所以我没开车，把它留在车库里。确保我的最后一笔存款不会被骗走。

坐在我对面的那个男孩非要这么大声吗？现在的父母啊，把孩子都养成了小怪物。放任他们大发雷霆、尖声嚷叫、扰乱市民，像野生动物一样粗莽。过去讲究的礼仪之风已经每况愈下了，更别提基本的尊重或礼貌。

我又生气地瞪了他妈妈一眼。她没有注意到，她不在乎。那个男孩一脚蹬在我的手提包上，但她假装没看到。最后，我自己采取行动。我一把抓住他的腿，叫嚣着要切下来。男孩开始哇哇大哭，妈妈也怒容满面。她睨着我，仿佛这是我的错。这年头，成年人都不准为社会出一份力了，那就任由每个人在公共场所胡作非为吧。

我拎着包离开座位，在下一节车厢找了个空座。很快就到了。

我没有告诉伊莎贝尔我要来。她知道了会阻止我的。我昨天就想来了，但我还有工作。我不知道她在不在家。

最坏的情况是，我得在商场等她回家。我向物业管理要了一把她公寓的备用钥匙，但还没收到。我今天就去问问。

如果她愿意的话，我想看看她的平时安排，深入了解她的生活。我不知道她过得好不好。只要她需要，她的老母亲会给她提供任何帮助。

火车驶入斯德哥尔摩中央车站。所有人都下车后，我才站起来。那个顽劣的男孩和他那同样恶劣的妈妈正沿着站台走下去。我们四目相对，她怒目瞪视着我。我迤迤然走下车，穿过站台，进入车站。这里总是人山人海。宣布火车晚点的广播员的声音时不时响起，笑声、说话声、呼喊声混杂，可谓人声鼎沸。空气中飘来咖啡、比萨和新鲜出炉的肉桂面包的香味，还有香水和汗水混合的怪异气味，冲击着我的嗅觉。

我乘自动扶梯而下，朝地铁站走去。地下层的情况更糟，简直就是地狱。无数人在通道的急流中蜂拥来去。每个人都形色仓皇、步履匆匆，每个人都在奔跑着。快点，快点，快点，这让我背负无穷压力。

起初我走错方向，朝通勤列车走去。我需要转身，向来路走回去。到达地铁口时，我已是汗流浃背了。我在包里翻找地铁卡。我有点害怕这些一踏入就打开或关上的地铁大玻璃转门，但我还可以应付。我去乘自动扶梯，等待着通往瓦林比的绿线列车。

我跳上列车，找了一个空位。到那儿后，我会先给伊莎贝尔打电话。提前一分钟打。在她还认为我远在千里之外的时候，我就能看到她真实的生活状态了。

斯特拉

星期三的清晨悄然来临。我会见了病人，他们坐在我的办公室里，和我交谈，向我倾诉他们所有的问题和困难。

我不听。

我魂不守舍的。

我不在乎。

我不是个称职的心理治疗师。

病人在交谈，我却幻想着离职。移民到另一个国家，更名改姓，从头再来。

昨天是万念俱灰的一天。斯文·尼尔森的线索彻底断了，我接受不了这个事实。我以为我终于可以找到答案，搞清楚他们是怎么搜寻爱丽丝的。我以为他掌握了一些我可以跟进的线索，我终于可以证明自己的信念是对的。所有文件都扔了？这合法吗？很可能是违法的。真是奇耻大辱。所有关于爱丽丝的文件、关于一条生命的文件全都扔掉了。

关乎我孩子性命的文件。

也许从来就没有什么文件。斯文·尼尔森只是顺从我的发问，说出了我想听的话，就像他女儿说的那样。

到底有没有线索？以前肯定有。如果说这一切不过是一个耄耋老人的错觉，那太让人难以承受了。悲伤如潮水漫过荒芜的海滩一般，涌上我的心头。我甚至用上了这么夸张的比喻，这让我很难堪。我为自己耽于自怨自艾而感到羞愧。

亨里克昨天很晚才回家。他问我情况如何，我把事情的经过告诉了他。我说什么也没找到，时间太长了，掌握线索的人已经死了。这并非真相的全部。但斯文·尼尔森得了老年痴呆症这个残酷事实我说不出口，就把这个痛苦的细节留给自己独自品尝吧。

亨里克说他很抱歉，问我感觉如何。

我说我并不太吃惊。都 21 年了，我还能期待些什么呢?

亨里克帮我把通往阁楼的扶梯拉下来。我把日记放回箱子后面角落里的佩斯利图案手提包中。

亨里克整晚都非常体贴。他给我煮咖啡、点蜡烛、按摩腰背。我躺在沙发上，他还给我盖上毛毯。我以前犯的错，他都原谅和释怀了。我最爱的他的优点就是，他从不记恨。

此外，我想他也为此松了一口气，因为我再也没有最后一根稻草可以抓了。同时他也很高兴我没有受到非常严重的打击。他一直都知道，这么多年来，我连半点蛛丝马迹都找不到。他没有和我一起去拜访斯文·尼尔森，我真是太感恩了。

我知道他比任何人都更想让我圆了夙愿。因为他爱我，他想给我最好的，想让我过得开心。

他只是不相信爱丽丝还活着。

亨里克对我很体贴，很关心我。但他害怕——如果——或者说——当我意识到我错了的时候，我会做出什么样的反应。正如他问的，这会对我造成什么影响?

我们都心知肚明。

快中午了。马上要吃午饭了。接下来要进行团体治疗。

终于，我要见到爱丽丝了。

伊莎贝尔

我得了重感冒。我的头像塞满了潮湿的棉花。我声音嘶哑，发起了烧。虽然是低烧，但我必须留在家里休养了。**我也不想的**。但是妈妈三令五申过，生病的时候不要出门。必须穿上暖和的袜子，躺下来休息。

所以我还在家里。我拜托乔安娜帮忙整理我缺失的课堂笔记。她记笔记不像我那么仔细，但至少比苏茜强。

门铃响了。我看了眼时间，12 点 20 分。我不知道谁来了。我从床上爬起来，朝镜子里瞥了一眼。**我没有化妆**，脸色有点苍白。我用手理了理头发，走出大厅。开门的那一瞬，我很庆幸自己穿了一件紧身牛仔裤，而不是旧睡衣。但我很后悔随便套了一件大红色连帽衫，还素面朝天。

弗雷德里克靠在前门的墙边，面带微笑。

“你没有密码怎么进前门？”难道我就想不出好听一点的话吗？

“有人出去，我就进来了。”他从我身边走过，进入客厅，脱下夹克，“我听说你病了，卧床不起。我来就是为了无微不至地照顾你。”他递给我两盒本杰里……

“冰淇淋？”我讶异道。

“我妈妈总是说冰淇淋是灵丹妙药。你妈妈没说过吗？”他打趣道。

“她更喜欢消毒剂，”我苦笑道，“还有茶。”

“草莓芝士蛋糕是我的最爱。但是女孩子都对巧克力情有独钟，所以我也带了一些巧克力软糖糕。”

他脱下鞋子。他穿了一条低腰斜纹棉布裤，双腿裹得紧紧的，上身套着一件粉蓝相间的印花 T 恤。我能感觉到自己在傻笑。他抬头看着我，也笑了。我把冰淇淋放在门廊的桌子上，向他走近一步。我不知道一切是怎么发生的，但转眼间，我们站在一起，紧紧地挽住对方的手臂。

“嘿。”我低喃道。

“嘿。”他回道，把我拉得更近了。我踮起脚尖，依偎在他的肩上。

“我会传染给你的。”我说。

“我心甘情愿。”他摩挲着我的脸颊，“你笑的时候真可爱。有一双酒窝。”

“真的？”

“你的一切都很可爱。”

这是我一生中最美好的一天。

我捧着冰淇淋走进厨房，拿出两个勺子。弗雷德里克在参观公寓。我把冰淇淋和勺子放在房间的桌子上，从抽屉里挑出几件衣服，大声告诉他我要去洗手间。我脱下连帽衫，喷上香水，换了条黑色蕾丝胸罩，再穿上周五和乔安娜一起买的新衬衫。今天穿的紧身牛仔裤很性感，我没换。出去之前，我把睫毛膏刷上，打量着镜子里的自己。我转过身来，端详着后背，挤了挤胸部。

我回到房间时，弗雷德里克正坐在我的床上。他靠着墙，吃着冰淇淋。他缓慢地吮吸着勺子，直勾勾地盯着我。**换衣服是个好主意。**

“你要给我尝一口吗？”我挑逗道，在他身边坐下。他把勺子递到我嘴边，我尝了尝，“你今天没去上课吗？”

“我很早就走了，”他表白心声，“我太想你了。”

“午饭后你要回去吗？”

他深深地看了我一眼：“你需要人照顾。”

是的，是的，是的，我非常需要照顾。

我们一起吃冰淇淋，他喂我，我们讨论哪种口味更好吃、为什么更好吃。**他说得对，我最喜欢吃巧克力。**他把冰凉的勺子贴在我裸露的肚皮上，我惊呼出声，他笑得前仰后合。我顺势滑下，快躺倒在床上了，他也一样。我很享受我们之间的暧昧气氛，享受他专注的眼神，还有揶揄我时的亲昵。

他问我想不想看电影，我让他选一部。他启动我的电脑，我把冰淇淋放回冰箱里。我在厨房里忍不住欢快地蹦蹦跳跳起来。

“我想我也要生病了。”我回到房间时，他闹道。

“噢，不，难道这是我的错吗？”

“很有可能。作为惩罚，你要照顾我。”

他冲我咧嘴笑，我假装气呼呼地朝他扔枕头。他抓住我的手，把我拽到床上，挠我痒痒。我凝视着他的眼睛，我想要他吻我，但他只是久久地看着我。然后他起身，把电脑放在床边的托盘上，放了一部电影。我找了个舒适的位置，他问我看得见吗，我说可以。

他放的是一部浪漫喜剧，这我倒是没想到。我们静静地躺在一起。我只能靠想象猜测他离我有多近。

电影进展到某一段时，角色们正像我们这样，坐在一起看电影。我想知道弗雷德里克在想什么。我挪近一点，头枕在他的臂膀上。

进度条继续往前移动，主角发生了关系。

我依偎着弗雷德里克，腿搭在他的腿上，曲起膝盖。他喘息着，把手放在我腿上，却一动不动。

“你看起来也不像生病。”我低声哼道。我的膝盖往上攀移，他动了动，看着我。

“你觉得我很可爱？”我戏弄道。

“你这个磨人的小妖精，”弗雷德里克隐忍地说，“在你身边却不碰你，每一秒都是折磨。”

“那就来吧。”我舔了舔嘴唇，看见他的瞳孔急剧收缩。

“你还在生病呢？”

“没那么严重。”我翻身爬到他身上，答道。

我把头发塞到耳后。他的手在我腰上滑动。我吻了下去。他热情地回应我。

我们亲吻对方。他的手抚上我的秀发，覆上我的身体。我往后抽离，我的双颊像着火一般滚烫。他躺在我身下，注视着我。真性感。他的神情欢愉而满足。我爱他。

我枕在他的胳膊上，与他十指相扣，痛快地呼出一口气。他不禁笑出声。我拿起手机，和他拍了一堆自拍。有一张他咬着我的耳朵，而我笑容灿烂，有一张我们在亲吻对方，有些照片里我们并肩躺着，还有一些我们在做鬼脸。

“我带着冰淇淋来看你，有额外的奖励吗？”我看照片时，他双唇抵着我的头发，低语道。

“当然有。话题标签‘世界上最好的男朋友’。也许奖励就是这个。”我屏住呼吸，等待他的回应。

“可惜我女朋友一个人吃了所有的冰淇淋。”

“不，我才没有！”

我使劲捏他，他哈哈大笑，拂开我的头发，吻住我。

我们尽情地沉沦其中。一想到接下来的情节，我就口干舌燥。好幸福。

这时，我的手机响了。我抬起头，弗雷德里克露出痛苦的表情。我咯咯地大笑起来，低头吻住他。手机停了一会儿又响了。我恍若未闻，低声安慰他说这不重要。

他抱住我，把我翻转到下面，不料一下击中了托盘，我们又大笑起来。他坐起身，合上电脑，把整个托盘抬到地板上。我目光迷离地观摩着他。他咧嘴一笑，脱下 T 恤，热情百倍地吻我。

手机又响了。

我抬起头，大声地咒骂。我很少会这样失态，听起来有点蠢。弗雷德里克想拉我上床。我关掉手机的声音，又钻回他的怀里。

“我们进行到哪了？”他喃喃道。

我在他的身上攀爬。弗雷德里克伸手帮我扯掉外衣，一连串动作中，我的手机不知怎的被打落在地，不停地振动着。

“到底是谁一直在打电话？”他声音嘶哑地不耐烦道。

“我把它关掉。”我在床边俯身，看到屏幕上显示一堆未接电话，还有信息的第一行文字。

我体内的所有欲望一瞬间全熄灭了。我坐在弗雷德里克身旁，拿着手机，输入密码。他半坐起身，亲吻着我的脖颈。

“该死。”我读了信息，不由得低咒出声。

“怎么了？”弗雷德里克问。他亲吻我的肩膀。我用力闭上双眼，跟他温存了一会儿。我好丧气，几乎要哭了。好失望。

“弗雷德里克，你得走了。”我颓然地把他推开，“你得走了。”

斯特拉

她从头到尾都没出现。这是我生命中最无意义的 90 分钟，纯属浪费。

今天谈了些什么？不知道。

她在躲我吗？为什么？

团体治疗后，我还要和乌尔夫会面。

“我知道我不该那样做，但我控制不住自己。事情就那么发生了。”

乌尔夫喋喋不休地说着。我听见了，但我并没有以一个心理治疗师的方式听。我不知道在过去两年里，我听到过多少次他说同样的话。

“控制不住还是不想控制？”我反问道。

乌尔夫似乎很震惊，他听得出我生气了。他又一次在外面混得太晚，灌得太多，回家时烂醉如泥，和妻子大吵了一架。全都是他妈妈的错，因为小时候她没有陪伴他长大。呜呜，呜呜，可怜的小乌尔夫，惨遭误解的可怜伤心的小男孩。

他就是猪，一只幼稚的自我陶醉的雄猪。

他最需要别人一脚踢中他的屁股，一拳猛击他的下巴。我建议过他尝试别的治疗方式，发展别的爱好，或者加入匿名戒酒会（AA，Alcoholics Anonymous）。他不予理会，积习难改，还是一周接一周地故态复萌。我再也听不下去了，我第一次后悔自己的职业选择。

我扔掉膝盖上的笔记本。“乌尔夫，你到底来这里干什么？”我嘶吼道，“说真的！这还有意义吗？”

“你什么意思？”

“你为什么坚持治疗？你从中学到了什么？简直在浪费我的时间。”

他目瞪口呆地看着我，好像听不懂我说什么。我直言不讳地告诉他，从第一次治疗开始，他就一直困在同一条死胡同里，一次又一次地犯同样可悲的错误。每次犯错都用同样蹩脚的借口，每周治疗都把内心的自卑情绪怪罪到可怜的妈妈身上。我告诉他，如果他还不长大，不对自己的人生负责，他将永远困在原地。

“你懂个屁！”他唾道。

我猛地站起来，大步走到门口，用力推开门，尖叫道：“别再来了！我不想见到你！”

乌尔夫甩手走了，脸气得通红。我的同事约翰站在走廊里，雷娜特站在接待台后面。两人面面相觑，低声私语。我砰地摔上门。

很快，有人敲门了。

“进来。”我说。

雷娜特打开门，脸色冷峻地看着我。

“斯特拉，我一直都很欣赏你。但现在你可能需要休整一段时间了。”

我知道她想到了莉娜。他们都想到了莉娜。他们认为这次指控有真凭实据，并非子虚乌有，很有必要调查一番。尤其现在所有人都目睹我把乌尔夫赶出门，所有人都看到我情绪失控。我惹大麻烦了。

我独自待在办公室里，蜷缩在桌后的椅子上。我关掉电脑，拿起手机，打电话给她。反反复复地打。没有人接。我一遍又一遍地打过去。最后终于放弃了。我向后靠去，闭上眼睛。这时，我的手机叮当一声，我手忙脚乱地摸索到手机。亨里克发来一条信息。

什么！你在开玩笑吗？！珍妮，你太棒了！选一间餐厅就行了。我保证我肯定会请你吃大餐的。

我反复读了好几遍，没读懂。为什么我的丈夫给一个叫珍妮的人发信息？我不知道珍妮是谁。他为什么带她去餐厅？

亨里克最近电话确实比平时多。他说这是工作需要。还经常晚归。无论是工作日还是周末，白天还是深夜，他都有信息要回，有电话要接。珍妮是昨天早上打电话来的那个人吗？他去接谁？

是的，我正在路上。记得那天早上他是这么说的。**好的。十分钟后见。**

我心里就像打翻了醋坛子。

你和爸爸要离婚了吗？

我的胃隐隐作痛。我输入一段回复，删掉，重新输入，又删掉。为了不让自己发出一些歇斯底里的疯言疯语，我思虑了很久。

对不起，我不是珍妮。不过，我愿意接受你的晚餐邀请哦？：）

我的手机静静地躺在桌面上，屏幕一片漆黑。这样等待的感觉太漫长了，仿佛永无休止。他应该给我打电话的，我想知道他会做何解释，他的语气会是怎样的。过了好一会儿，我才收到他的短信。

发错。：）我7点以后回家。

我站起来，在房间里踱来踱去。没有解释，没有道歉。他假装什么事也没发生，仿佛我压根儿不知道他要和那个珍妮去干什么。我一把抓起角落里诊所开业时亨里克送来的一个陶瓷大花瓶。

我把花瓶举过头顶，狠狠地砸到地上。

哐当一声巨响，花瓶碎了。

但我希望声音更响亮些。希望这声音能平息我的愤怒，战胜我的愤怒，但它甚至连宣泄都称不上。

冲病人大叫、怒摔花瓶，远远不够。还有什么能缓解我此刻的无助和恐惧？

克斯廷

我坐在她家下面的长椅上，给她打电话。伊莎贝尔没有接。我打了四次电话都没找到她。最后我发了一条短信。过了一会儿，我收到一条信息。她说她在休息，没听到电话。她要穿衣服，等会儿下来开门。反正她在家，但她在做什么？

门开了，我站了起来。一个金发小伙子走了出来。他的裤子松松垮垮的，好像随时都会掉下来。他双手深深地插入口袋，匆匆地瞥了我一眼。今时今日的年轻人连基本的礼仪都没有，这足以让你发疯。

我高挑漂亮的女儿很快就下来了。我紧紧地抱住她，端详着她。她看起来很累。她穿的是什么？我已经注意到她的某些变化了。因为我没和她打招呼就来了，所以我看见了她平时的穿着打扮。衬衫和牛仔裤紧紧地包裹着她的身体，让她每一条曲线都暴露无遗。她的上衣太短了，她一动，衣服就往上移，露出她的肚皮。这很不雅观。她看起来有伤风化，干脆裸着身子走来走去好了。

这都是乔安娜的错，她带坏了我的女儿。这一切都是那个小妖女的错。看她那头染发和鼻环，我就知道，我不该允许这样的人接近我的伊莎贝尔。

我仔细打量着她。她的双眼厌倦无神。她喝酒了吗？她沾毒品了？

“你最好别穿成这样，”我警告她，“男人们脑子里只有一件事。你应该早就知道了。”

我看到她立刻紧张了起来。显然，我不该提起这些。

“你平时吃得够多吗？”我换了个话题，“你减肥了吗？”

“是的，妈妈，我吃得很多。不，妈妈，我没有减肥。”她为我扶住门。

我们乘电梯上去，一路静默无言。伊莎贝尔似乎心情很不好。她打开门，走进公寓。我环顾四周。这里环境很好，光线充足。我只来过几次，但我希望以后能经常来。我真希望我当时能帮她搬家，帮她挂上窗帘和照片，为家里添一点温馨气息。这是母亲应该做的事情。但最近伊莎贝尔迫切地想要证明她刚刚获得的独立。在我看来，这更像是一次叛逆。我努力不表现出这给我带来多大的烦恼，但很难。我很难过。她居然想要疏远我，这深深地伤害了我。

伊莎贝尔在泡咖啡，我去了洗手间。上完厕所后，我翻遍了她的药柜，没有发现任何毒品或避孕药。我又进她的房间探查。毛毯随意地扔在床上，似乎是匆忙之间弄乱的。这让我忧虑起来。

她和谁上床了？是不是不止一个？我的女儿啊，她已经开始过性生活了吗？我看到的从前门出去的那个男孩，他是谁？他来看伊莎贝尔吗？他在这张床上躺过？难不成她见人就主动献身？和他们翻云覆雨？一想到伊莎贝尔可能置身于那种情景之下，我就忐忑发怵。这让我恶心得无以复加。她不明白我有多难过吗？但她还是很脆弱的。她需要她的妈妈，我得让她重返正道。

我转身去厨房。我不能让她看出我知道她在干什么。我在餐桌旁坐下来，注视着她慢条斯理的动作。

“你看，那该死的火车，坐得我的脚都水肿了。”我脱掉袜子，戳了戳肿胀的脚给她看。我的手指在脚上留下了清晰的印子。

“你就不能一直待在家里吗？”伊莎贝尔嘲弄道，她甚至没有朝我的方向看一眼。

不停地嘲讽，完全没有尊重之心。她怎么变成这样了？为什么不能永远做那个可爱的小女孩？曾经的小宝贝认为我能解答她所有的问题，认为我不可替代。我曾温柔地安慰她，细心地给她包扎。而现在她只会觉得我丢脸，嫌我讨厌、愚笨、烦人。

我把烦闷都打碎了往肚子里咽。“你的学习怎么样了？”

“都很好。到目前为止我已经通过了所有的考试。”她听起来很雀跃。

“我真为你骄傲，”我说，“爸爸也会很骄傲的。”

我提醒自己，她是我养大的。这种变化只是暂时的，一切都会好起来的。

伊莎贝尔给我们各自倒了些咖啡，摆出一个胡萝卜蛋糕。

“味道不错。”我赞道。

“我昨天做的。”

“你一直都很喜欢烘焙，我教你的。你还记得我们以前是怎么一起烘焙的吗？”

“妈妈，你为什么来这里？”直到现在我才发现伊莎贝尔声音嘶哑。

“你感冒了吗？”我用手探了探她的额头，有点热。她怀孕了吗？

“很快就会好起来。”她说。

“也许你应该躺着，休息一会儿。我来泡茶。”

“但是，妈妈，我这不算发烧。”

“你一整天都待在家吗？”我问。

“是的，我今天一整天都没出去。我不折不扣地服从了你所有的命令：待在屋里，穿上暖和的袜子。”她抬起脚，动了动脚趾，“我一直在喝热的东西、洗了八次手、换了所有的床单。”她终于对我露出了一次微笑。我可爱的女儿，她微笑着，我心里涌上一阵暖流，仿若云翳尽散，朝晖万丈。

“这才是我的宝贝女儿，”我笑着夸道，“你哪儿也没去，不错，连治疗也没去？”

她的脸色立刻沉了下来。她为什么要这么敏感？但我们必须讨论这个问题。这就是母爱，不是吗？即使厌烦不已，也要哪壶不开提哪壶，只为了教育、指导和保护儿女。

“我刚告诉你，我一整天都在家。”

“你知道，我不想你再去治疗了。”

伊莎贝尔往后退去，椅子擦刮地板，发出尖锐的噪声。她站起来，走到水池边，背对着我。我知道她很生气，但她最终会明白我的苦心的。她只需要乖乖听我的话，冷静下来，理性一点。我只不过是想把最好的给她。

她会醒悟的。她必须醒悟。

伊莎贝尔

我内心的恐慌逐渐蔓延开来。我好生气，我开始为自己担心。

她为什么总是这样？突然出现，闯入我的生活，窥探我的隐私？她为什么不能让我好好过日子？

我努力集中精神，我不想被怒气冲昏了头脑。**这很难，因为我正怒火中烧**。如果我控制不住自己，忍不住发火，情况会更糟的。

还是像斯特拉说的，如果我总是不设任何界限，不告诉妈妈她再也控制不了我了，她会变本加厉？

这是我的人生，这是我的选择，我必须开诚布公地说出来。我转身看着她。

“那不是你说了算的。”我平静地说道。我很少反抗她。我几乎不会提出反对意见，但我不能再这样下去了。会吵架的关系才是一段健康的关系，我的义正词严让妈妈瞠目结舌。她被侮辱了，被冒犯了。她脸上清清楚楚地写着情绪。她整个脸都垮了下来，嘴巴翕张。她的表情看起来像是我打了她一耳光。我看得出她在酝酿长篇大论，准备苦口婆心地抱怨她养育我这么大，为我做了这么多，我还那么忘恩负义，让她这么难过。

但总有一天，我会想做什么就做什么。如果真如她所说，她辛辛苦苦地养育我、教好我，那她就没有理由操心。

妈妈砰的一声放下杯子，目光严厉地看着我：“我不喜欢你用那种语气和我说话。”

“我现在是成年人了，”我说，“我会自己做决定。我想要继续治疗。只是为了自己，与其他人无关。”

我为自己感到骄傲，我的反应证明治疗对我是有帮助的。尽管有可能发生冲突，我还是勇敢地说出了自己的想法。这对我来说是一个巨大的进步。

妈妈面无表情。她用小时候看我的眼光注视着我，**就像我让她头痛，让她失望而去时**。

她抿起嘴：“有些事情你还不懂。”她无视我的话。她扒了扒桌子上的面包屑，“过来坐下。”

我从她的语气里听出了一意孤行的气势。尽管我不想听她说什么，我还是坐下了。我知道会很烦人的，我也不希望她在这里。我希望弗雷德里克继续和我待在一起。我们现在应该片缕不着地躺在床上。我们本可以亲热的，性并不像妈妈说的那样丑陋肮脏。

那种滋味在我体内飘荡，让我回味再三。弗雷德里克和我一定会亲热的。我们会连续好几小时、一整晚、一整天。

本来我们现在就该在亲热。

如果妈妈没来的话。

我就不该读那条信息，应该大胆地让她候着，而不是为了取悦她，把一切都抛下。**世界上没有后悔药吃**。

妈妈打断了我的思绪：“你的心理治疗师，斯特拉，她有问题。”

“你怎么知道？你怎么认识她？”

“我很担心你。我看得出你变了不少。”

“可能那是因为我发现自己活在一个巨大的谎言里？我的整个人生都是谎言？”

妈妈畏缩了。她紧握双拳，努力控制住自己。

“你这是什么意思？”她低声问。泪水从她眼中滴落。我觉得我又重返了五岁时的童稚。我想安抚她、补偿她。希望她原谅我，让一切恢复正常。

“汉斯不是我的爸爸，对吧？”我继续说道，“不是我的亲生爸爸。要发现这一点真不容易。”

妈妈颓坐在椅子上，把脸埋入手心。好戏开场。

“我知道。亲爱的，请原谅我。我明白，我真的明白。我真希望我不必告诉你这个残忍的事实。”

妈妈继续说下去。她告诉我，斯特拉自己都自身难保。像往常一样，她操着那种特别的怒火难掩与幸灾乐祸杂糅的语气。有时我会想，妈妈到底出了什么问题。我指的是那种特别严重的问题。

“斯特拉以前有一个比你年纪小一点的病人，自杀未遂，她的父母都吓坏了。他们发现了女儿不对劲的地方，但依然盲目地相信她得到了帮助。一个年轻的女孩把自己的生命交付给一个陌生人，这就是下场。”

“你怎么知道？”

“我担心你很久了。”

“是的，你说过。”这并不奇怪。她总是这样。最近这段时间，每次我们聊天她都说她很担心。

“我一直在网上调查她，才找到了这条信息。我甚至和那对父母谈过。他们是很善良、很真诚的人。如果你遇到这种情况，我决不会袖手旁观的。你明白吗？”妈妈拉着我的手，侧着头问。

“我保证不会自杀。”我努力挤出笑容。妈妈神色严峻，紧紧地捏着我的手，我疼极了，不由得挣脱了她的控制。

“我相信斯特拉，妈妈。这件事未必是她的错。我们对真相一无所知。”

“伊莎贝尔，你听我说。那个女人疯了。她不正常。她病了。”妈妈严肃地看着我，继续说道。

“多年以前，她失去过一个孩子。一个小女孩。那时她还很年轻。事情的经过也不清楚。她是嫌疑犯，但警方没有找到任何证据。她最终住进一间精神病院的精神科病房。这样的人怎么会成为一名心理治疗师，我百思不得其解。她可能是个杀人犯。她很可能杀了自己的孩子。”

我想插话，但妈妈做了个手势，让我保持安静。

“我认为她误以为你就是那个女孩。”她说，“这既可怜又悲惨，我同意。但你应该明白一件事，那个女人很危险。斯特拉·威斯特兰德是个很危险的疯子。”

我想起斯特拉抑制不住颤抖的悲伤独白。

妈妈靠在桌子上："你告诉我她一直在问你的成长状况，问你我的事。对吧？也许她甚至问你，我是不是你的亲生母亲？"

我越来越不安。斯特拉确实问了。对于我的来历，她表现得有点过于好奇了。

妈妈说："作为一名治疗师，她对人们有很大的影响，而且她利用这种影响。她自己本身就不正常，才唆使你质疑一切，包括你了解的真相。如果她一直在跟踪你、监视你呢？"

我看见过斯特拉站在我家楼下，我在瑞典皇家理工学院也见过她。

妈妈是对的。

我以为的敬业精神原来另有所图，这是某种病态的痴迷。

但同时，她又让我很有安全感。第一眼看到她，我就喜欢她了。但我敢相信自己的判断吗？我解释不清楚，这不合乎常理。

妈妈绕过桌子，搂住我。

"我想要你多加小心。我不想失去我的宝贝女儿，你明白吗？"

我抬头看着妈妈。她很难相处，有时甚至话不投机半句多。但她是我的妈妈。她真的很关心我。为了保护我，她愿意付出一切。

"我知道了，妈妈，"我说，"我保证会小心的。"

斯特拉

星期三晚上，我坐在沙发上，注视着亨里克。他靠在厨房的吧台上，和佩尼拉的新男朋友塞巴斯蒂安聊天。他笑容满面，打着手势。16 年了，他的一举一动我都很熟悉。但今晚，我开始用新的眼光审视他。我等着他一时大意，露出马脚。我应该直接问他，但我太懦弱了，这不像我。但如果他否认，我会比以前更疯狂，更偏执。如果他不否认，我会从此一蹶不振。

塞巴斯蒂安和佩尼拉在网球课后接了米洛回来。我点了一个比萨，打开一瓶酒。亨里克回到家里，和他们打过招呼，上楼去换衣服。我手里拿着酒杯，跟在他后面。

我问他今天过得怎么样。他说很好。他脱下衬衫，穿上一件 T 恤。当他穿上他的旧衣服时，我站在原地，看着他穿上旧牛仔裤，扣上纽扣，把手机放进前口袋。

我以为他会对短信说明一下，告诉我珍妮是谁，给我一个解释。随便说点什么都行。但他什么也没说。他只是瞥了一眼我的酒杯，问我你们在庆祝什么。

我猜是在庆祝恋情，我说。

放到以前，我们会相视一笑。而现在，他挂起了官方的笑容，说我们该下楼了，不然比萨要变冷了。

他站在厨房里，似乎很放松。满足、愉快、放松。珍妮到底是谁？他和她一起也会这样笑吗？她长什么样？比我更年轻、更性感吗？他们鬼混了多久？做过多少次？

佩尼拉朝我扔了个枕头，我闪身躲过。她斜倚在沙发的另一端，打量着我。她用脚戳戳我的腿。

“你在想什么？”她问。

“今天有很多事忙。”我轻描淡写地略过，仰头喝了一大口酒。佩尼拉抓住我的手，拉起我的衬衫袖子。我的手腕上有轻微的瘀伤。

“你怎么了？”

虽然我不想，但我的视线又移向了亨里克。塞巴斯蒂安说了些什么，惹得他哈哈大笑。他冷不防地转过头，对上了我的视线。他神情严肃，移开目光，背过身去。

“他惹你生气了吗？”佩尼拉问。

我想到了星期六的晚上，心里热热的。亨里克激情地亲吻我，拉着我的手腕，把我拽到地板上。

“这是爱情的标记？”佩尼拉咯咯地笑了，“我看得出，你也可以告诉我。”

“没什么好说的。”我笑着说，“就在卧室的地毯上，什么也没发生。”

佩尼拉忍俊不禁。她看不出我端着虚假的笑容。她不知道亨里克的生活中还有另一个女人，但我知道。他又看了我们一眼。

“开心吗？”他坐在我座位后的靠手上。

“你一直在练瑜伽吗，亨里克？”佩尼拉问。

他笑了：“瑜伽？”

“我听说瑜伽很神奇。”佩尼拉假装无辜地看着他，“卧室的地毯很柔软，适合运动哦。”

“佩尼拉！”我抗议道，回头瞥了一眼亨里克。他看看我，又看看她。他似乎不愿意讨论这个话题。为什么？他现在只想着珍妮吗？她比我更让他满意吗？

“也许我该找个时间试试。”他戏谑道，伸手拿走了我的酒杯。我又拿回来，倒满酒。经历了那么多事情后，我有权放松一下，即使只是一会儿。

我很开心，对吧？我在聊天，很愉快，很平静。久违的、淡定自若的、明智又体贴的斯特拉。不一会儿，我挨近亨里克，在他的耳边低声说我爱他。我保证我比任何人都能让他愉悦。

他皱起眉头，问我真的还要喝酒吗。他看向佩尼拉，她冲他挤眉弄眼。**真是够了**。我假装没有注意到他们之间的眼神交换。但他们怎么回事？怎么大家都怪怪的？

亨里克推开我的手，把酒瓶拿回厨房。佩尼拉说已经很晚了。我把杯里的酒一饮而尽。

我听到米洛和汉普斯在讨论爱沙尼亚的篮球锦标赛。

“妈妈，”米洛问，“我能自己去参加吗？”

“你自己去？”我反问。

“你总是跟着我，”他继续说，“你知道那里有很多监护人的。拜托了。”

“我不觉得这是个好主意。”我冷声拒绝。

只需要一秒钟。一秒钟都不到，恐惧像神经毒剂一样蔓延我的全身，让我动弹不得，让我态度生硬、固执己见、情绪恶化。

“噢，妈妈，别生气。不会有事的，你知道的。”

佩尼拉帮腔道：“汉普斯也要去，所以也许——”

“你绝不能一个人出国，”我打断他，“你才 13 岁。”我夺过佩尼拉的酒杯，灌了一口。她看着我，又看向厨房。她伸手要回杯子，我顺势抬高手，不让她拿。

“只是爱沙尼亚而已。”米洛乞求道。

“我们待会儿再谈。”

“妈妈。”

“米洛，我说待会儿再谈。别再抱怨了，该死的。”

亨里克走进客厅。他面带询问之色，看看我，又看看米洛。

“爸爸，我想自己去参加篮球锦标赛，但是妈妈很生气。”

亨里克把手放在米洛的肩上，“你可以自己去。”他说。

“除非我死，”我激动地说，不小心把酒洒在了沙发上，“否则永远不可能。”我想要用手把酒擦干净，但越擦酒渍越蔓延开来。

亨里克想拿走杯子。我伸手夺回来，酒又洒了一大半。

“你在干什么？”我听到自己声音含混地质问道。

佩尼拉摸摸我的手臂，我用力甩开她的手。她又和亨里克面面相觑。

“斯特拉，冷静点，”亨里克安慰道，“别大喊大叫。我们改天再谈。好吗？”

“我没有大喊大叫。我没有。也没什么好谈的。”

“你什么都不懂，妈妈，”米洛气急地吼道，“没有谁的妈妈会跟着去，但你总是跟着我。我讨厌这样。”

他冲出客厅。

我在他身后怒吼：“那些该死的妈妈不懂得不该放任自己的孩子单独待着！”

我坐在沙发上。独自一人。

米洛把自己锁在房间里。

塞巴斯蒂安、佩尼拉和汉普斯回家了。我听到佩尼拉向亨里克低声问话，说她能不能做些什么。亨里克小声地说了声谢谢，回了句什么，我没听见。他敲了敲米洛的门，米洛让他进去，关上了门。

我一个人坐着。我能感觉到自己的心在慢慢地下沉。

我无法控制恐惧。

我无法控制自己。

我什么都控制不了。

我病了。

斯特拉

我的眼睫黏在了一起，我得用手指把上下眼睑分开。我穿着衬衫睡着了，浑身都是汗味和酒味。我的嘴巴很干，还有口气。

我睡在客房的床上。昨晚亨里克肯定进来过，他给我盖了条毛毯。不管怎样，我脑海里一片空白。我不记得我上过楼，也不记得我在床上躺下。坐起来时，我的太阳穴开始狂跳。我回顾了一下自己做了多少令人羞愧的事，捶胸顿足了一会儿，回了我们的卧室。

床上空荡荡的。我看了看腕表，7 点多一点。我脱下衬衫和内衣，洗了很久的热水澡，再刷牙，用牙线，漱口。

洗漱完后，我并没有觉得自己焕然一新，只是感觉没有刚才那么糟糕而已。我化了个妆，但面色还是暗黄。我把头发高高盘起，绾成一个发髻，戴上亨里克作为结婚礼物送给我的耳环，沉浸在对过去的缅怀与奇妙的幻想之中。

我打开壁橱，选了一件两边开衩的及膝直筒连衣裙，它的颜色是迷人的海军蓝，七分袖。我看着镜子里的自己，移开视线。

亨里克正坐在餐桌旁看报纸。他着装整齐，已经准备好出发了。他穿了一条黑色西装裤和蓝灰色羊毛衫。他站起来，说早上好，问我睡得怎么样。

我没有回答，我努力挤出一个歉意的微笑。亨里克没有反应，他折起报纸，走向大厅。

我们伫立在深渊的两端。

他喊米洛下来。我透过窗户看下去。他们在交谈，亨里克笑着拍了拍米洛的肩膀。他们跳进亨里克的路虎揽胜，开车走了。

我在水池上方的柜子里找出一些水溶性止痛药，把两片放进一杯水里，坐在餐桌旁，看着药片在杯中嗞嗞地溶化，张口咽了下去。

车窗上泛起了雾气。特兰堡大桥上的车流缓慢地向前移动。梅拉伦湖上笼罩着一层迷雾，水域呈现出诡谲的青灰色。这一切看起来与噩梦开始的那天何其相似。

我在诊所前门外的圣艾瑞克斯街道停下来，坐在车里，出神地看着外面的车水马龙，人行道上的人流来去匆匆。我凝视着窗外。

挡风玻璃忽然传来猛烈的敲击声，把我吓了一跳。

是个交警。他说这里不准停车，并往街上某处的标志做了个手势。我发动汽车，提速离开。

我坐在韦恩（Wayne）咖啡馆的橱窗边，手里捧着一杯拿铁，看着窗外的霍拓吉（Hotorget）广场。看着那些水果摊、鲜花摊，还有摊前的顾客们。

我在城里转了一会儿，逛了逛商店，看了看鞋和衣服，很快就厌倦了。开车去城南转一圈。开到林地公墓（Woodland Cemetery）——斯考茨基科花园（Skogskykogarden），在车里待了很久才爬出来。

我缓步到爱丽丝墓前，蹲下来，看着刻着白鸽的墓碑和下面的文字。

爱丽丝·莫德·约翰逊，永存我心

我不记得上次来这里是什么时候了。也许我应该带些花，但我突然醒悟这有多愚蠢。

爱丽丝不在这里。

我的女儿根本不在这里。

我和亨里克在厨房的餐桌上吃晚饭。回家的路上，我在埃尔森斯熟食店（Erssons Deli）买了一些烤土豆和瑞典虾沙拉，这样我就不用做饭了。

“你能把黄油递给我吗？”亨里克说。

“当然。”

“你有时间洗我的牛仔裤吗？”

“洗了，”我答，“挂在洗衣房里。”

“衬衫呢？”

“在衣橱里。”

“谢谢。”

“不客气。”

我竟然费心点蜡烛，真是太傻了。此刻的气氛远远称不上浪漫。他收到一条信息，道了歉，拿起手机，回短信，又放下手机。我们安静地吃着饭。我没有精力去关心那是珍妮还是其他人。此刻，我在想我的儿子。米洛在朋友家做作业，他要是在家就好了。我想和他谈谈昨晚的事，请求他的原谅。

“你还好吗？”亨里克问。

“我很累。”我承认道，放下了餐具。这菜没滋没味的。

“你去上班了？”

“是的。”

“这决定明智吗？”

这个问题让我很恼火。他认为我没有能力工作吗？他认为我不适合工作？

他能看出我在想什么。“我只是问问，”他解释道，“你有联系伊莎贝尔吗？”

“没有，”我说，“还没有联系。”

他点点头，扯了扯嘴角，似笑非笑。

“斯特拉，你可以放弃这个念头吗？”我希望他别问那么多。我没心情接受盘问。

“我也希望可以。”我说。

“也许你该找个人谈谈。你以前经常见面的那个女人，比吉塔怎么样？她还在工作吗？”

“我不知道。”

我把手伸过去。即使为时已晚，我也要试试。

亨里克握住我的手，看着我，似乎在想应该说什么。他要告诉我珍妮的事。

门铃响了。他放开我的手，站起来，走到大厅。我听见他开门和别人交谈。他回来了。

“斯特拉。”我一听他说话的语气，就明白这件事非同小可。我站起来，绕过桌子。一位黑人女士站在大厅里，一个矮个子白人男子站在她身后。

“斯特拉·威斯特兰德？”黑人女士问道。她年纪和我差不多，又高又瘦，脸上一点皱纹也没有。我们握了握手，她的手指有点冷，握手很有力。

“是的，我是。”我说。

“我叫奥莉维亚·伦德奎斯特（Olivia Lundkvist）。我是个侦探。这是我的同事马茨·赫丁（Mats Hedin）。”

他看起来很不友善。他比奥莉维亚·伦德奎斯特矮，脖子很粗，身材健壮，上臂结实，脸上疤痕纵横。他的眼睛闪动着怀疑的光芒。他看着我，就像皮尔·冈纳森当年看着我一样。

我什么也没说，等着他们解释来这儿的原因。

“我们能坐下吗？”赫丁问。

亨里克带他们去客厅。他们在角落的一张沙发上坐下。奥莉维亚·伦德奎斯特警探扭头四处张望。

“你住的地方不错，”她说，“非常好看。”

“谢谢。”我仍然站着。

“你知道我们为什么来这里吗？”

我该说点什么吗？我应该说什么？我瞥了一眼亨里克，他眉头紧皱。

“不知道。”我答，“和爱丽丝有关系吗？我是说伊莎贝尔？发生什么事了吗？”我能感觉到亨里克在盯着我。

“也许你应该坐下。”奥莉维亚·伦德奎斯特建议道。

我咽了咽口水，但我的喉咙很干。亨里克把我拽到沙发的另一头，一只手压在我的腿上，**坐下来**。

接下来的谈话仿佛一次灵魂出窍。他们问，我答，但我神思恍惚。亨里克把脸深深地埋入手中，我意识到一切都完了。

伊莎贝尔

有人敲了敲我房间的门。妈妈起床了，但我还在床上。门开了，映入眼帘的是一缕紫色的头发。乔安娜探头进来，做了个鬼脸。**这是她昨天给自己做的鬼脸吧，我想。**

“贝拉，你妈妈做了早餐。”她说。

“好吧，我就来。”

“我要先讨个早安吻。”乔安娜跳上床，爬到我旁边，抱住我，吻了吻我的脸颊。

“谢谢你。”她说。

“为什么？”我用袖子擦了擦脸颊。

乔安娜笑着说：“伊莎贝尔·卡尔森。”

“怎么了？”

“你知道你有时完全不在状态吗？”

一开始我觉得有点受伤。但她笑容灿烂，并无恶意。

“你说得是。”我也笑着说。妈妈走进来，在床边坐下。她看看乔安娜，又看看我。她一手摸摸乔安娜的脸颊，一手摸摸我的脸颊。

“你们两个傻孩子，”她说，“可爱是可爱，但真是疯啦。”

我知道，她觉得乔安娜会带坏我。她戴鼻环、染紫发、穿紧身衣、和男孩约会、去派对狂欢，在她看来，这些都是坏女孩的标志。但我想到了昨天发生的事。我握住妈妈的手，捏了捏。我们四目相对。

雨过天晴。

这种情况很少发生。**坦白说，从来没有**。但现在我为妈妈感到骄傲。她总是杞人忧天，疾言厉色，对不同类的人不屑一顾。警察离开后，乔安娜回家了，我以为妈妈会大发雷霆。乔安娜的男朋友阿克塞尔甩了她，她喝得酩酊大醉。她喝了很多子弹酒，还有好几罐啤酒和一瓶葡萄酒，一进门，就吐在了大厅的地毯上。

妈妈什么都看到了。

我很为乔安娜难过，但这种情形也很尴尬。我闭上眼睛，等着妈妈劈头盖脸地把我们训一顿。我很清楚她要说什么。**你要是不小心，就会出这种事**。男人的脑子里只有一件事，**和他们周旋，就是这种下场**。**你以为自己羽翼丰满了，实际上还是乳臭未干，试图脱离父母就是这种后果**。

妈妈什么也没说。

哪怕一个字也没有。

相反，她拿来一个桶，帮我抱着还在呕吐的乔安娜，用纸巾擦了擦乔安娜的脸（她非常小心鼻环），低声安慰着她。就像我小的时候伤到自己或生病时那样。

妈妈和我扶着乔安娜进了浴室。她趴在马桶上又吐了，一边吐一边哭。她躺在地板上，不住地抽咽。她哭喊着说没人爱她，她不想再在这个该死的世界上活下去了。这里的每个人都把别人当猪，尤其是那些比猪更坏的男人。

妈妈一下一下地抚摸着她的头发，说不要伤心了，一切都会好起来的。妈妈让我拿上毛巾和干净的衣服。我去找东西，妈妈就帮乔安娜脱了衣服，扶她进浴缸里，给她洗澡，再帮她擦干身子，穿上运动裤和长袖 T 恤。我们搀着她的胳膊，把乔安娜送回她的房间。妈妈给她盖好被子，坐在她旁边，看着她睡着才离开。我坐在地板上注视着她们。就在那时，我感觉到了。

妈妈坐在床边，神态从容，面容平静，抚摸着乔安娜的头发和脸颊，轻声哼着歌。我从未像此刻一般感受到对妈妈强烈的爱意，我也从来没有如此为她骄傲过。

乔安娜睡着后，我们去厨房喝咖啡。我告诉她，她刚来的时候我很生气，但此刻我半点气也没有了。

“你现在感觉如何？”妈妈问。

“你是世界上最好的妈妈。”我说着，伸手抱住她。妈妈哭了，我想。**她几乎从来不哭**。此时我感觉到她湿润的双颊。我们拥抱了很久。我请求她原谅我，因为我说话太刻薄了，妈妈说既然我知道错了，那就都没关系了。

她谈到了小时候我们经常一起做的事情。有些我已经忘了，但有些我记得很清楚。这可能是爸爸去世后我们之间最温馨的时刻。可惜我们没机会经常这样。也许这是我的错，妈妈过得也不容易。

“如果你愿意，可以跟我回家住几天。”她说，“我不想勉强你，伊莎贝尔。但我很想念你，你知道的。”

我答应我会好好考虑一下，她便不再提起这件事了。我们也没有提到警察的来访。这一刻似乎不适合讨论这个话题，这件事可以以后再谈。但妈妈说她准备好和我互诉衷肠了。

“我知道我对你很严厉，”她说，“但我会试着改变的。”

我对她很不公平。她根本不像我认为的那么苛刻。也许我们的关系会就此升温？我觉得会的。我希望我们的关系能好转。妈妈也希望如此。

“来吧，姑娘们，”妈妈喊道，“早餐准备好了。”

她走回厨房，让我们单独待一会儿。

“你妈妈真好，”乔安娜感叹道，“换作我妈妈，我早就遭殃了。她会狠狠地骂我一顿。我得自己收拾好自己，没人会像你妈妈那样照顾我。”

“妈妈会的，”我笑道，“她喜欢照顾人。”

“也许这就是她在疗养院工作的原因？”

“我想是的。”

乔安娜想吻我一下，但我把她推开了。

“你有口臭。”

我掀开毯子爬下床。

“你闻起来有屁味。”乔安娜大笑着拍了拍我的屁股。

我们走进厨房，在餐桌旁坐下。妈妈为我们准备了一顿丰盛的早餐。我和她喝咖啡，乔安娜喝绿茶。还有果汁、牛奶，酸乳酪、新鲜出炉的面包卷，和她带来的奶酪、肉、抹酱。

“开动吧。”妈妈说着坐下。

早餐后，乔安娜想抽根烟。妈妈收拾桌子、洗碗，我们就到阳台上去。

“你要不要在妈妈面前抽支雪茄？”乔安娜拿我开涮。

“你知道我讨厌抽烟。烟味很恶心。”

“我觉得很酷。”

“我不知道你什么时候又开始抽了。”

“心情不好的时候就抽烟，会让我感觉好一点。”

乔安娜深深地吸了一口，把烟吐到我脸上。她瞥了一眼在厨房里忙碌的妈妈。

“你还没有摆脱处女之身吗？我听说弗雷德昨天来了。”

我伸手扇开烟雾。

“你怎么知道他来了？”我问。

“那你是处女吗？”

“噢，乔安娜，你真烦人。不是，弗雷德里克，他是在这儿没错。”

“你妈妈觉得你带了男人回来。我知道肯定是弗雷德。冷静点，我什么也没说。但我没说，不是因为我觉得你妈妈接受不了，而是她人比你说的好多了。”

“是的，”我说，“我想是的。”

“那你？”

“什么？”

“没什么。”乔安娜敛了敛身上的夹克。她眯起双眼看着我，嘴边叼着香烟。她看起来很酷，我永远都做不到像她这样。“我会替你保守秘密的。你懂的。”

“什么秘密？”我迷惑道。我仍然不明白乔安娜在说什么。她冲天空缓缓吐出一团青蓝的烟雾，低头看向我穿的运动裤。

“你的贞操？”

我还是无法像乔安娜一样淡定自如地讨论这些事情。大多数情况下，我都是扮演倾听者的角色，听着她对形形色色的在一起过的男孩和男人们评头论足。但我想起了昨天的情形。弗雷德里克和我匆忙地穿上衣服，他将我推到电梯的墙上，我一路和他热吻。我真的很想和乔安娜说说。他嘀咕着说他一来到，就应该和我亲热，那样时间就充足了。我们咯咯地笑着，又恋恋不舍地吻住对方。他走之前摸了摸我的头发和脸颊，让我记得给他打电话。他走后，我花了一点时间整理自己的衣服，理顺头发，才出去见妈妈。**一想到和他的缠绵，我心里就热乎乎的**。

我从窗户往里看。妈妈正忙着分类放在水池上方架子上的盘子。她似乎知道我在看她，转过头来。她看起来很高兴。我向她挥挥手，她也冲我挥挥手。

我转向乔安娜，挨着她，低声说："我们就差一点。他真是太棒了。但后来妈妈来了。"

"他大吗？"

"什么？"

"告诉我，我想知道。"

"你什么意思？大？你是说……"

乔安娜点点头。我不明白她怎么会问这样的问题，我突然有种让她闭嘴的冲动。但旋即我们四目相对，都忍不住大笑起来。

外面很冷，我们在阳台上待了一会儿。乔安娜谈到了阿克塞尔，同时我想到了斯特拉，还有妈妈对她的评价。

还有来了这里的警察。

他们询问了我的心理医生的情况，我告诉他们，我觉得我在公寓外面和瑞典皇家理工学院附近看到过她。但我并不害怕她，**一点也不**。

不过，我担心这太过分了。妈妈夸大了她的忧虑。她还和那两个男女警察交谈，虽然她没有说假话，但评价都不太好。斯特拉肯定会因此遭殃的。我想我说的话可能也会让情况变得更糟。

我问警察为什么要询问我们，我没有报警，他们为什么来这里，又打算做什么。他们没有回答，只说"谢谢，再见，我们会调查的，不必担心"。**但他们已经让我很担心了**。如果她再联系我，我应该立刻告诉他们。未来很长的一段时间里，每逢周三我都要去见她。但我觉得当时并不是说这些的好时机。

妈妈跟着警察走了出去，在大厅里继续聊着。我听不见他们说什么，我也不知道自己想不想知道。

我试着把这些零散的碎片拼凑起来，但它们并不相嵌。这里面有些事情困扰着我、迷惑着我。我不愿意想这些事情，至少不是现在。我做不到，再等等吧。

乔安娜把雪茄蒂塞入花盆里，我们进屋。令我惊讶的是，妈妈问我和乔安娜想不想玩拼字游戏（Scrabble）。乔安娜说想，然后用力地抱了抱妈妈。

我的手机叮的一声响了。我拿起手机看了一下，弗雷德里克发来一条信息：

一切都还好吗？你能马上过来吗？想你！ / 亲亲抱抱

我走进浴室回信息：

一切都好，只是很忙。我也想你！我爱你。今晚给你打电话。/ 亲亲抱抱

他马上回复了。

我也爱你。来我这儿！

等妈妈一回家，我就直接坐地铁去他家，把所有关于孩子去世和警察审问的烦心事都抛诸脑后。

斯特拉

我被指控威胁和骚扰他人，可能还有非法追踪罪。

我无法直视亨里克的眼神。他厌恶地看着我，好像我只是一个他在街上偶遇的疯女人。我们之间笼罩着一层让人心灰意冷的阴云。

奥莉维亚·伦德奎斯特负责问问题，马茨·赫丁则面无表情地打量着我。我戴上了枷刑，无处可逃。

是的，我认识莉娜·尼米。

是的，她一直在接受我的治疗。

是的，据说她试图自杀，但这不是全部真相。

不，我没有看出她有自杀倾向。

是的，我知道她的父母认为我逾越了界线，掺杂太多个人情绪。但这不是真的。

是的，我知道他们举报了我。

向社会医疗健康监察机构举报的。你也知道，这不是秘密。

是的，我认识乌尔夫·里卡德森（Ulf Rickardsson）。

是的，他在接受我的治疗。

我在治疗病人的过程中是不是掺杂了个人情绪？在某种程度上，从事这一行业的人都是这样。但这不会影响你说话的方式。

不可能。这根本不是真的。我从来都没有碰过他。

不，那也不对。

我没有冲他尖叫。也许因为我提高音量，他感受到了身体上的威胁？

我的同事们？什么时候？

不，我今天休息了。

不，我忘了告诉任何人。

没错。伊莎贝尔·卡尔森是我的病人。

她参加了我诊所的团体治疗。

我没有和她断开联系。还没有。不，我知道她是我女儿。听着，我……你就不能听我说吗？

我想要捕捉亨里克的眼神。但他站起来，望向窗外的花园。我闭上眼睛。

吸气，呼气。

是的，我去过瓦林比。

去到她住的公寓外面，是的。

我不明白。你这是什么意思？

我也去过博尔温格。

不，我没有进她家。邻居在撒谎。这是个谎言。不，不，我坐在车里。

我知道她在皇家理工学院读书。只有一次。

我给伊莎贝尔打过几次电话。是的，我留了留言。

我不记得自己说了什么。

在治疗过程中，我没有任何不专业的表现。不，我没有。

在团体治疗时间之外见我？这只是一个建议。完全符合治疗的标准。

亨里克转向伦德奎斯特警探，他没有看过我一眼。

“这是不是与我妻子现在的病人有关？这个病人指控我妻子骚扰，给她冠上鬼才知道是什么的乱七八糟的罪名。”他气冲冲地问。

“是的，的确如此。”奥莉维亚·伦德奎斯特平静地答，“还有莉娜的父母。斯特拉很可能会失去牌照。有人向社会保健部门举报她。除此之外，还有警方的投诉。形势对她真的很不利。”

奥莉维亚·伦德奎斯特端着严阵以待的姿态，急迫地看着我，表示她必须提醒罪犯，让他们知道自己的处境有多糟糕。

他们已经先入为主地审判过我了。

“接下来会怎样？”亨里克问。

奥莉维亚·伦德奎斯特说接下来会进行正式审讯，初步调查，起不起诉留待检察官判决。

家里很安静。警察走后不久，亨里克也走了。

他也问了我问题。

我到底为什么还要继续瞒着他？我怎么能一次又一次地当着他的面说谎呢？是什么驱使我这么做？

我告诉他这是一个天大的误会。我说我绝不会故意让别人承受这种侮辱，更别说是他。

亨里克问，这怎么可能是一个误会？既然你承认你一直在跟踪伊莎贝尔、打电话给她、继续和她见面，那就和你告诉我的自相矛盾。显然，你还是认为她是爱丽丝？你今天没上班，这和你说的也自相矛盾。你一整天都在做什么？

我在爱丽丝的墓碑前待了一天。

还有博尔温格？我为什么去那儿？还有什么他不知道的？我告诉他，他和米洛去尼科平的那个周末我不在家，我去了斯特兰德庄园。

越来越多的谎言暴露了出来。

亨里克穿上外套，砰地摔上门。我听见他启动路虎揽胜，开车走了。

我躺在沙发上。我坐起来向外看去，有人在花园里。

一个穿着皱巴巴的外套，头戴兜帽遮住脸的人。我动弹不得，几乎不能呼吸。

我们盯着对方。

我闭上眼睛。

当我睁开眼时，那里已经没有人了。

一块破烂的防水布被风吹了进来，钩在了树上。我慢慢地站起来，走到窗前，向花园望去，视线检查着花园里的每一个角落。

我开始产生幻觉了吗？那些虚无缥缈的、只存在于我混乱的意识中的东西？我还会想象出什么？

爱丽丝？

这个突如其来的想法让我无法忍受。

我走进厨房。

我打开一瓶葡萄酒，一灌而下。

斯特拉

我在沙发上醒来，头部隐隐作痛。酒瓶不见了，一定是亨里克帮我收拾干净了。可能是为了不让米洛看见这片脏乱。我的手机显示 9 点一刻，我看到了亨里克 8 点过一点给我发的短信：

醒了给我发信息。

片刻后：

乖乖待在家里，答应我。我必须处理一些工作上的事情。我会尽快回家的，到时候我们再谈。

信息末尾没有加上“我爱你”，也没有附上“亲亲抱抱”或者“抱你”的表情，更没有“一切都会解决的”。最重要的是，我希望他安慰我一切都会好起来的。如果他这么坚信着，也许我也能这么认为。

我在脑海里回顾了昨天和前几个星期的经过。很多事我本可以采取不一样的方式去完成。全部都可以，说真的。

我继续担任伊莎贝尔的心理治疗师就是一个可怕的判断失误。我错了。我的同事、我的病人，他们都对我失去了信心。我缺乏与病人保持一定距离的专业能力。

我不再是心理医生了。

我需要有人照顾。

我是个病人。

伊莎贝尔取消了我们最近几次的会面，我明白为什么了。

我跟踪她，跟踪我的病人。

丹尼尔再也不想和我有任何瓜葛了。还有我的丈夫。他昨天用一种看陌生人的眼光看着我。但我不怪他，我已经陌生到连自己都认不出了。

亨里克依旧和我保持距离，他变得冷漠而难以接近。这完全是我的错。他认为我疯了，我有精神病。

我为什么不和他谈谈？为什么我不能坦诚相待？

因为我害怕。

这种恐惧已经在我心里扎根 20 多年了，它毁了我的生活。

我怕我自己，怕自己生病了。

恐怕没有我，亨里克会更好，米洛会更好。我的恐惧具有自我实现的预言能力，它让我慢慢地变成了异己。我永远也不会知道爱丽丝出了什么事。我们再也见不到对方，没有机会了解对方了。

大约 10 点的时候，亨里克打电话给我。我漠然地盯着手机，没有接。他挂断了。

过了一会儿，他又打了过来。我不接。但我知道，我不能永远躲着他。我坐起来，胃部泛起阵阵恶心。我冲到洗手间，趴在马桶上一边反胃一边抽噎，但什么也没吐出来。我又回到沙发上。

亨里克第三次打电话过来，我还是不接。手机亮了，振动起来，我盯着它，盯着屏幕上他的名字和他微笑的照片。手机顺着我的方向滑过桌面，似乎要我接电话。手机的亮光灭了，不再振动了。

我俯下身，漆黑的玻璃上映出我的倒影。这是我不想与之有任何牵连的女人。这个女人疯了，思维紊乱。她病了，得了精神病。

镜面里的她冲我眨了眨那双晶亮空洞的眼眸。她双唇翕动，似乎在说什么。我握紧双拳，用力击去。一次又一次，直到玻璃碎裂，直到她颓然倒地。

斯特拉

街道另一侧靠近购物中心的公寓楼。

我又来了。

我没有生病，也没有精神错乱。我比生命中的任何时候都要健康。我做的是对的。我没有选择，也没有选择权。毫无疑问，剩下的只有真相。

爱丽丝，我来了。

我知道你明白的，我亲爱的女儿。我们的命运将会永远交织在一起。我们的血液让我们骨肉相连。你还活着，你住在我心里。

我每一节拍的心跳都能感觉到你的呼吸。

没有人能阻止我，没有人能妨碍我。牵引我前来的力量所向披靡，连我的意志都无可匹敌。

现在我终于见到你了。你只要听我说就好了。就几分钟。我知道我们之间有特别的羁绊。我知道我能找到你。

你朝我走来，我知道你看到我了。你冻僵了。你停下来。你看起来并不害怕，但你很警惕。

为什么？

相信我。相信我。告诉我，你是我的。我向你伸出一只手，向你表明，我并不危险。我知道你明白。我知道你也感觉到了。你一直住在我心里。

你我呼吸相通。

血脉相连。

伊莎贝尔

我从商店走回家。阴沉的天空乌云密布，风雨即来。我退烧了，感觉好多了。出来走走，感觉还不错。

乔安娜去学校了，但我没去。我最近经常逃课，压力很大。但和妈妈待在家里也很舒服。她今天要回家了，但我不打算跟她回去。我需要一些独处的时间来消化这几天发生的事情。也许我下周末回家，或者考完试后回。

斯特拉，我想起她的次数比想象中的还多。我不知道警察找她干什么。我下周三去团体治疗，会不会显得很奇怪？我觉得我对她不够坦诚，她跟踪我也让我很不舒服。**考虑到妈妈的叮嘱**，我不愿意再想了。我撇开脑子里关于斯特拉·威斯特兰德的念头，转而想起弗雷德里克。

我去商店给他打电话前一直满心期待。现在我的脑海里还回响着他的声音、他说的话。我已经厌倦了等待。我一分一秒地数着，盼望着再次回到他的怀里。**可能不需要这么久了**。我不禁微笑起来，思考着该穿什么。我穿过广场和街道。

我看见她站在公寓外，盯着我家的窗户。

和上次一样。

她通常着装得体，妆容精致，一头浓密的鬈发服服帖帖，看起来神清气爽。但今天不一样。

她胡乱地束了个发髻，脸上挂着两个大黑眼圈。她的连衣裙皱巴巴的，好像穿着它睡觉了似的。

我想知道她到底想要什么，为什么来这里。但后来我意识到警察可能和她谈过。**她肯定是在生我的气**。

“你在这里干什么？”我说。

毫无征兆地见到了我，她结巴了起来。

“我——我必须见你。”

“为什么？”

她面露悲色，一副心烦意乱的样子。

她看起来随时会崩溃。

“我只是想知道发生了什么，”她说，“我以为你喜欢我们在一起聊天，我觉得我们还是有共同之处的。”

我低头看着地面。**你的脚别摩擦来摩擦去，伊莎贝尔！**我停下动作，站直，强迫自己对上斯特拉的目光。

“我是挺喜欢的。”我说。

“但是你为什么不来呢？星期一不来，星期三也不来？你为什么要报警？”

我不明白。我不知道她在说什么。我忽然有种预感。我抬头看了一眼公寓，但没看见妈妈躲在窗帘后监视。**她做了什么**？

我又看了一眼斯特拉，她指了指附近的长凳。

“你想和我一起坐一会儿吗？”

我不想，但我还是跟着她走了过去。我坐得离她远远的。

“也许你不知道警察的事？”斯特拉说道。她的声音听起来很温柔，但不等我回复，她又继续道，“不知道没关系，我只是想消除误会。”

“我不知道，”我抱歉地说，“对不起，我不知道。”

“没关系，”她拍了拍我的背，“我考虑过你告诉我的事，关于你的成长、你的想法的事，还有你和你母亲的关系。”

“所以呢？”

“我曾经有过一个女儿，”斯特拉缓缓地说，“很久以前。”

我认得出她的眼神。和我们谈及伤心事时，她就是这个眼神，还有她的语气。她仿佛无法控制排山倒海的情感，受其驱使，心如死灰了。

“有一天，她失踪了，”斯特拉继续说道，“我一直都不知道这是怎么发生的。大家都以为她死了，说她淹死了。但我没有。我知道她还活着，有人带走了她。”

斯特拉正视着我的眼睛。我无法承受她目光里狂热的执着，不禁低下头去。

“你有没有想过克斯廷不是你的亲生母亲？”

我从长凳上站起来：“我得走了。”

“求你了，伊莎贝尔，请听我说完再走吧。”

斯特拉从手提包里翻找出一张照片，她的手不住地颤抖着。

“你看，这是玛利亚。我没有告诉过你关于她的事。但从遇见你的那一刻起，你就让我想起了她。不仅如此，你们更像是彼此的复制品。”

我看了看照片，里面的人看起来像是我的姐妹。

“玛利亚是你的姑妈，”斯特拉解释道，又拿出另一张照片，“这是你的照片。我女儿十个月大的照片。看看她的黑发？耳朵？酒窝？”

她屏住呼吸等待，等我看完了再继续道：“你有自己小时候的照片吗？我不认为你有。我想对于那个阶段，你有很多疑问。”

我真是受够了。我不想再看什么照片，再听她胡说八道。斯特拉从钱包里拿出一只布蜘蛛玩具。“这只蜘蛛是你最喜欢的、爱不释手的玩具，”她声泪俱下，“我相信你就是我失踪的女儿。”她向我伸出手来。

“你搞错了，”我否认道，后退了一步，“你搞错了。你疯了。”

“我明白，这太让人震惊了。”

“站住！”我尖叫道，“别跟着我。她说得对，她就知道你会这么说。”

我脑子里的嗡鸣声越来越刺耳。我双手捂住耳朵。

斯特拉站起来，走到我跟前，抱住我。

“谁说得对？克斯廷？你知道吗，我想见她。我想知道她对这一切有什么看法。”

“为什么？”我听见自己在抽泣，“你为什么要这么做？我以为你是个好人，以为你关心我，以为你是唯一一个可以谈心的人。但你一直都在伪装。你精神不正常。”我用力推开她。她往后倒去，伏在长凳上。

“伊莎贝尔，你只要给我一次机会就好。”她哀求道，“想想看。你不是一直想知道为什么你如此与众不同，为什么她表现得不像个母亲吗？”

“我已经失去了爸爸。我只剩下她了。现在我们之间的关系比以前任何时候都要好。是什么让你觉得你能这样对我？散布这些荒谬的谎言？”我又尖叫道。

斯特拉向我伸出手来。

我一掌拍掉她的手。

“见鬼去吧！你比妈妈偏激的时候更疯狂。她并不完美，但至少是诚实的。你这个冒牌货，谎话连篇，操纵人心。快滚！别再出现在我们面前！”

斯特拉眼神乞怜，百般哀求地看着我。

“我是你的妈妈，”她悲戚地道，“你叫爱丽丝。你是我的女儿。我知道你会回来找我的。自从你失踪后，我一直都在等你。”

我仓皇而逃，跑到门前，输入密码，一把推开，狠狠地摔上大门。我忘了拿上杂货。我看向长凳。一个骨瘦形销的女人坐在那里，孤身只影，手里拿着照片和一个据称属于我的玩具。

克斯廷

我看见她们了。当然，我一个字都听不见，但我不需要听见，我都看到了。我很愤怒，我在发抖。

一个母亲会不惜任何代价保护她的孩子，这很奇怪吗？这是错的吗？当孩子受到威胁，母亲会激愤不已，这很不自然吗？不，这是自然而正常的。

伊莎贝尔打开门，走进客厅。我继续折叠衣物。她走进房间，我抬头看她。她在哭。她站在门槛上，不敢进也不敢出。她看起来就像小时候那样，她又变成我的小宝贝了。

我放下手里拿着的床单，向伊莎贝尔走去，把她拥入怀里。她在不停地抽泣，泪水顺着脸颊滑落，她的鼻子抽呀抽的，呜咽着想要喘口气。

好了，好了，亲爱的。妈妈在这里，没有什么能伤害你。我就应该这么说。

我通常都这么说。

我经常抚摸她的头发，低声说着安慰的话。告诉她我明白，我就在她身边，帮助她、支持她，为她排忧解难。

这次不行。我怀里抱着小宝贝，却沉默着，一言不发。

我要让伊莎贝尔知道，那个女人有多危险、多病态、多疯狂。我没有安慰她，让恐惧在她身上盘桓一段时间。现在她终于真正明白了。她想要变强大，想要发掘内心的力量，但她还是太软弱了，她需要我——她的妈妈。而我在这儿呢。我会一直在这里照顾我的宝贝的。

尽管伊莎贝尔对生活的残酷还不甚了解，但她日后会的。

斯特拉

我外套没脱就躺倒在大厅的地上，双眼无神地盯着天花板。对上伊莎贝尔，我一败涂地，溃不成军。我开车一路哭着回来，甚至一度停在路边，等情绪稳定下来才启程。

我的脑海中不停地回放我们见面时的情景。我说了些什么。她说了些什么。我是怎么说的。她的反应如何。

我吓到她了，我让她看不起我，让她愤怒、厌恶。我想要的，不过是和我的孩子、我的亲生女儿谈谈。

换来的却是彻头彻尾的侮辱。

我的直觉是不是错了？

我知道我的状态不好，远远称不上稳定。我知道我濒临疯狂的边缘。但只要我还能思考我的感受和想法，我就不算完全精神错乱。如果我真的疯了，我就不可能躺在这里思考我的处境了。而现在，我已经准备好接受真实的真相，向现实屈服了。

那什么是真实？什么是真相？答案是，爱丽丝。

爱丽丝是真实的。

她是我女儿是真相。

一切从她开始，由她结束。我一开展调查，麻烦就接踵而来。我询问伊莎贝尔的背景后，威胁信就送上家门，穿雨衣的男人也首次出现在了屋外的街道上。我并非白日做梦，这些也不是庸人自扰的幻想。这些都是真的。

还是我错了？这只是我维持“爱丽丝是我的女儿”的错觉的另一种方法吗？不，其他人都错了。我是对的。

但我就是证明不了。

手机响了，我甚至都不确定手机还能不能用。一定是亨里克打来的。我无力地坐起来。你继续工作吧。如果你回家了，发现我这样萎靡，你会把我送进精神病院的。我不想再住进去了。

手机一直响个不停。最后我不得不拿起这该死的电话，看向破碎的屏幕，一个未知号码。

我按下接听。

“请问是斯特拉·威斯特兰德吗？”声音听起来很遥远。

“是的。”

“我打电话来是因为你的儿子。”

我一个激灵，坐了起来。

“他怎么了？”

“他今天参加班级郊游，大部队要回学校的时候却找不到他。但他现在也不在学校。他不见了。”

“不见了？你什么意思？不见了？你是谁？”

“不幸的是，我只知道这些。我只负责通知你。”

现在另一头的声音听起来更遥远了。好刺耳，我的手机一定是摔坏了，我几乎什么都听不见。

“你是谁？你去了这次郊游吗？发生了什么事？你对我儿子做了什么？”手机传来嘟嘟的挂断声。

我飞快地在走廊上奔跑着，冲向学校办公室。我用力地拍打着门，一个不认识的女人开了门。我冲她大声尖叫。

“我儿子被绑架了。谁是负责人？你报警了吗？”

“绑架？我不知道这回事。你儿子叫什么名字？”

“米洛·威斯特兰德，学号 7B，他们班去郊游了。你居然不知道发生了什么事？”

这个女人抽出一个活页夹，手忙脚乱地翻找表格。她真是耽搁太久了。

“他们在哪里？他的班级在哪里？”

“在他们的教室里。”她眼神惊惧地看着我。

我气势汹汹地冲进另一条走廊。一个沉迷手机的孩子挡在我面前，我一把将他推开。他重重地撞到墙上，滑倒在地，手机摔了出去。他在我后面尖叫道：“疯子！”我不闻不问地继续向前跑去。

我用力推开教室的门。一切都停止了，每个人的目光都聚焦到我身上。老师比我年轻，戴着眼镜，留着络腮胡。我大步冲向他，将他压到白板上，猛击他的胸膛。

我没有尖叫。我低声咆哮道：“我儿子在哪儿？谁绑架了他？米洛在哪里？”

“妈妈？”

我倏地转过身去。米洛站在桌旁看着我。他的脸血色尽褪，瞪大双目，眼神里写满了震惊和羞耻。

所有人呆若木鸡，整个班级鸦雀无声。

我流着泪冲向米洛，把他拽进怀里，使劲抱住，告诉他，我爱他，我再也不想让他走了。

校长延斯·利亚（Jens Lilja）走进教室，后面跟着那位办公室的女士。

“这是怎么回事？”他严肃地问，“彼得？”

彼得点点头，推了推眼镜。

“没事了。”他轻描淡写道。

“斯特拉，”延斯轻轻地把手放在我肩上，“这是怎么了？”我转向校长，但我依然紧紧地抱着米洛，把他压在我身上。

“我接到了一个电话，”我说，“说你们组织了班级郊游，我的儿子被绑架了。”我责难地指着校长、老师和那个女人，“你们欠我一个解释。”

延斯·利亚转向彼得，他们轻声交谈着。过了一会儿，校长向彼得点头说：“斯特拉，校方没人给你打电话。”

“我确实接到一个电话，”我辩白道，“有人打电话给我，来自学校的人。”

“我们今天没有班级郊游，”彼得说，“9月已经组织过了。”

“你亲眼所见，米洛在这里。”延斯·利亚继续说道，他抓住我胳膊的力度加大。我紧紧地拥着米洛。

“有人打过电话，”我说，“学校里有人打电话告诉我他不见了。”

“这是你妈妈吗，米洛？”有人低声问。

“真是个好妈妈。”有人回道。

“好一个神经病。”

刹那间，教室里响起此起彼伏的轻蔑的嬉笑声。米洛挣脱我的怀抱，冲出教室，砰的一声摔上了门。

“走吧，斯特拉。”延斯·利亚友好地轻声说道。我让他领我出教室。众人炙热的眼光灼伤了我的后背。

我想死。

斯特拉

我和亨里克坐在他停在校外停车场的车里。他拿走了我的车钥匙，说让别人开车回家。是谁，我不知道。

他很冷静。但比以往任何时候都冷漠和疏远。他一遍又一遍地问我，我努力逐字逐句地复述通话的内容。但他越追问下去，我答得越差。

“谁打的电话？”

“我不知道。我想是个女人，但她没有说……”

“她什么时候打的？”

“就在我开车过来之前。”

“她说米洛被绑架了？”

我用手指揉了揉眼睛，努力回想着。

“没有，但是……不是，他，我再想想……他在班级郊游回来的路上不见了，但我想……”

“一次根本不存在的班级郊游。”亨里克粗声驳道。

“那时我不知道。”

“你确定你听到的真的是这些？”

他向后倒去，靠在车座上，望向停车场：“你确定有人打过电话？”

“你什么意思？”

“或者说，你可能弄错了？”

“弄错了吗？”

我拿出手机，递给亨里克："看看通话记录。检查一下，你就会发现我没有产生幻觉。"

他接过手机，看到屏幕裂了。"手机怎么了？"

"今天早上我不小心把手机摔地上了。"

我看得出他不相信。他输入密码，我的出生年份。

"你什么时候接的电话？"

"我已经说过了。就在我开车过来之前。"

"真奇怪，你的手机死机了。"他举着手机给我看，无法解锁。

"你是说，你不相信我？"我说。

"我以前听你这么说过。据你所称，我让埃莉卡打电话给你，告诉你别接米洛。我没有这么做过。埃莉卡自己也说没打过。"他看着我，"你确定真的有人打电话给你吗？"

我很清楚他在担心什么，我知道。他没直说，但他所有的想法和情绪都明明白白地写在脸上。我能看出他最害怕的是什么。我意识到他是对的。

"该死的，斯特拉。你没看见这都发生了什么事吗？"

"你觉得一切都是我凭空想象出来的，你觉得我疯了？"我问。

他指着学校："你觉得呢？"

我没有回答。

"你需要帮助，"他启动引擎，驶出停车场，"你需要去医院。"

我们去了圣格兰斯（St. Gorans）医院情感障碍中心。珍妮特·萨维奇（Janet Savic）医生是一个身材娇小、充满活力的女人。她性子直来直去，有什么说什么；富有同情心，观察力敏锐，谁都糊弄不了她。从十几岁起，她就一直当我的心理医生。我开心的时候、消极焦虑的时候，都来见她。她比任何人都了解我的生活。

我不知道亨里克什么时候给她打了电话。我想，大概是在他上车之前。亨里克安抚了米洛，安抚了彼得和校方管理人员，再来安顿他的妻子。她患有精神病，精神严重错乱。

萨维奇医生给我做了检查。她听我的心肺，照我的眼睛，检查我的血压。

只是例行检查，完全没有必要，但我还是让她继续。在这种情况下，抵抗是毫无用处的。

我们讨论了过去几周发生的事。我诚实地把所有事情都一五一十地告诉了她，什么都没隐瞒。

我告诉她伊莎贝尔和爱丽丝的事。我告诉她我在诊所的爆发和后续事件。我的焦虑症发作了，跟踪了伊莎贝尔，还开车去了博尔温格。

萨维奇医生一手撑着头，侧耳聆听着。她跷起二郎腿，一只脚上下晃动。

“我所做的一切都是为了爱丽丝，”我说，“因为她还活着，她回来了。这是唯一的原因。”

我的语气很卑微，我在乞求谅解，乞求她别把我关进医院。

萨维奇医生说：“我想把你留下来察看几天，相信你会理解的。”

我看着她，没有回答。她观察着我，眉宇挤出深深的沟壑，这说明她也还没决定好。

“我不想留下来，”我说，“如果你让我回家，我会感激你的。”

“你确定你能处理好？不会雪上加霜？”

“确定。”

萨维奇医生打量着我。我低头看向地面，心里充满了羞愧、无力和后悔。我知道，她看得出我的每一处软肋，每一个自我保护的借口，我在她面前暴露无遗。我不想被关进医院，不可以。她站起来，打开门叫亨里克。他走进来，在我身边坐下。她转向他。我已经知道她会说什么了。

“斯特拉饭量正常吗？”她问。

他迅速地瞥了我一眼：“不，算不上正常。她吃得很少。”

“她睡得好吗？”

“她晚上才起床，时睡时醒。喝太多酒了。”

萨维奇医生放下眼镜，看了看亨里克，又看看我。她说有治疗方案了，让我们认真听。她的评价是我压力太大了。亨里克带我过来是个正确的决定。我瘦了很多，血压太高了，还有胃炎，手有时会颤抖，发作了几次焦虑症。

“我们会在你精神错乱之前克服它。”她坚定地说，“从现在起，你要休病假了。我给你开点安眠药和抗焦虑药。你要停止酒精摄入，一滴都不能沾。你大脑中的化学物质对酒精不耐受。虽然住院可能是最好的方法，但我不会强迫你入院。但从现在起，你必须待在家里，斯特拉。除了休息，什么都不能做，可以吗？”

“好，”我说，“我只休息。”

“我建议你重新接受治疗。比吉塔·阿尔文（Birgitta Alving）已经退休了，但我要把你介绍给我认识的另一位心理治疗师。”

亨里克点点头。“这是个好主意。”他说。

萨维奇医生手速飞快地打字。她把我的处方送到药房，打印出我的病历。

“我期待两周后的见面，斯特拉。”她说。亨里克把写有下次预约时间和证明的文件拿在手里，他不相信我能处理这么重要的东西。

“回家休息去吧。让你的丈夫照顾你。答应我，让自己放松下来。”

亨里克站起来，握住萨维奇医生的手。

“谢谢你。”他说。

我一言不发地走了。

也许我应该高兴才对。他没有直接带我去急诊室。我没有被关起来。

还没有被关起来。

我走向亨里克的路虎揽胜。雨下了起来。他追上我，我们之间隔着一定距离，并肩走着。亨里克解锁车辆，打开了副驾驶车门。我正要坐进去，他伸手挡住我。

“你没有什么话要说吗？”他问道。

“我要说什么？”我眼神放空地看着远方。

“说你生我的气了。”他说。

“生你的气？”

“是的。”

“我为什么要生你的气？”

“因为这个。”他指向医院。

“我没有。”

“没有？”

“我不能怪你。”

“你明白我为什么这么做吗？”

我不回答。他显然以为我已经气坏了。

“换作是你，”他说，“一直这样表现的人是我，你会怎么做？如果有人报警举报我，还不止一个，而是两个客户；如果有人联系你，质问你我的情况；我在家里情绪失控，还跑到米洛的学校撒泼，完全失去了理智，你认为你会怎么做？告诉我。我真的很想知道。”

他竭力控制住自己，但他掩饰不了心中的绝望、愤怒和无助。

我看着他：“我说过，我不怪你。”

亨里克垂下手臂，走到车的另一边，打开车门，坐进去，关上门。我在副驾驶坐下。他等我关好门，系上安全带，才开车。

他戴上太阳眼镜，一声不吭地开车。他在药房外面停了下来，让我把驾照给他。我给了他。我只是一个不知好歹的黄毛孩子。我不想看他。

他回来了，把一个包放在我腿上，里面是我不想吃的药。我讨厌吃药，讨厌药物的麻醉作用。

“妈妈和爸爸去学校接米洛了，”他说，“他这个周末要去乡下和他们住。求你了，斯特拉，想想你做的事情。没用的。你要反省自己，不是为了米洛，也不是为了我。”

我们在下午的车流中行进。亨里克的脸被太阳镜遮住了一大半，神色晦暗不明。而我周身气压低沉，神情悲痛。

“你不相信我。”我平静地说。

“你说什么？”亨里克听起来很官方，他的语气太客气了。而他知道我讨厌他这样说话。

“我害怕失去米洛。”我眨眨眼，缓缓地吐出字眼。

我不想哭，不想发脾气，不能再发脾气了。

“我已经失去一个孩子了。如果再失去米洛，你觉得我会疯掉吗？你很容易就能得出结论。”

“你太夸张了，”亨里克说，“我不想再听你说这些。”

我把放在我们之间的文件夹甩手扔到座位底，里面的文件飘散了一地。

“我很害怕，这有那么奇怪吗？”我尖叫道。

亨里克猛地旋转方向盘，开入停车场，急踩刹车，一手扔掉太阳眼镜。

“我一直在你身边不离不弃，”他吼道，“我一直信任你。这些年来，我都在纵容你过度保护米洛。我明白你的感受。”

“过度保护就说明我疯了吗？”我冲他嚷回去。

“米洛、不、是、爱丽丝。”

“我知道，我知道，我知道！别让我觉得自己像个白痴。”

“你看看你自己，看看你最近的表现，听听你说话的语气。我都不认识你了。”

他又戴上太阳眼镜。他发动汽车，回到主路。我凝视着窗外。我们一路无言地开回家。

亨里克开进我们的车道，停在我的车旁边。他的手机响了。

他拿起手机，看了看屏幕，接起电话，笑了。我从他的语气中听得出他在和一个女人说话。他们在谈论一个派对。

“待会儿见，”他又笑了，好像我压根不在场，“你还在办公室吗？不，不，米洛一切都很好，谢谢你的关心。好的，再见。”

他又看了看屏幕，滑动了一会儿，写了些不想让我看到的东西。

我万念俱灰。

“我得走了，”他说，“我会让你妈妈来陪你。”

“我不需要任何人的陪伴。”我想要下车。亨里克摘下太阳眼镜，冷冷地看着我。我的枕边人都认不出我来了。

我也认不出他来。我们形同陌路。

“不管你想干什么，”他说，“你自己决定，斯特拉。但抓住这个机会。如果这不起作用的话——”他对我腿上的药包做了个手势，“我会毫不犹豫地送你去住院。”

他又看了眼手机，等我下车。我下了车，用尽全力摔上车门。亨里克加速开走了。我站在原地看着他远去。

每个人都认为我疯了。他们是对的。我真疯了。

伊莎贝尔

是夜。我坐在花园里的一张旧椅子上仰望星空。在巴喀嘉德，群星清晰可见，而在斯德哥尔摩，它们却难得露面。这是个寒冷的夜晚，空气清新，沁人心脾。回家最好的事就是享受寂静，倾听风吹过林间的低语，这让我更能静下心来思考。在斯德哥尔摩总有来自四面八方的噪声。

我不后悔回家。妈妈很开心。我们相处得这么好，感觉很温馨。妈妈真的变了。她不像以前那么难相处了。但我还是不停地想起斯特拉和我们今早的争执。在业余时间联系自己的治疗客户很不正常。妈妈说心理治疗师不可以这么做。还有她问我童年和妈妈的问题，太不对劲了。

不过，我还是忍不住想起她说的话。

我有可能是她失踪的女儿吗？

我是爱丽丝吗？

不。

不可能。

只是斯特拉希望如此。她病了。想想，一个人沦落到如此下场，还挺可怕的。我为她感到遗憾，真的。我还是挺喜欢她的。我真希望不会发生这种事情，但也许背后另有隐情。

我的手机叮的一声响了。弗雷德里克给我发了一条 Snapchat 信息。每次收到信息，我都有预感是他。他发了一张带贴纸的自拍，戴着一对蠢萌的狗耳朵，贴着一个粉红色的鼻子。他故意做出沮丧的表情，在照片上附了这样一句话：**难道你整个周末都不在吗？！**

我忍俊不禁。他让我感觉到了我以前从未感受过的东西，仿佛我和他人无二，并不是一个麻木古怪的人，以最怪异的方式生活在这个世界上。我拿起手机，也自拍了一张。我模仿他委屈的神情，选择了一个有花环缠绕在头上的贴纸。要写什么呢？**整整两天！**

五秒钟后我收到了一条信息：

太糟糕了。我希望你明天能过来。

过夜。

我为什么要回家？太冲动了。待在这里也不会改变什么。如果我还在斯德哥尔摩，今晚我就会去弗雷德里克家和他过夜了。现在我体内叫嚣的渴望都快把自己逼疯了。

我上一秒还在想该怎么回复他，下一秒就直接打电话过去了。他立刻接起电话。听到他的声音，我发现我更想他了。我把事情的来龙去脉全都告诉了他。

我问他记不记得在瑞典皇家理工学院的时候，我觉得有人在盯着我。我告诉他我的心理治疗师有点奇怪，她又找上门来了，这就是我周末回家的原因。

他体贴入微，关怀备至，很关心我的感受。我快要哭了。**希望他没有注意到**。我说我很好，回家很开心，但我迫不及待想回去了。我想他。

他也想我。他说他想要吻我，想和我一起吃冰淇淋，在床上紧紧相拥。他还说了一些让我心生温暖、身体发颤的话。我知道他和我一样失落。我听得出来。我躺下的时候就会想起他，我会忍不住想象我们在一起的话会做些什么。

如果我明天回去……

48 分钟后，我们结束了通话。

一挂断电话，我就又收到了一条 Snapchat 信息。弗雷德里克竖起大拇指，笑得很开心。

他穿着黑色的背心，刘海遮住了一只眼睛。他陷在沙发里，非常性感。虽然外面很冷，我还是脱下夹克，解开上衣的纽扣，向后靠去，秀发像阳光一样铺散开来。我回了 Snapchat 信息，照片里的我歪着头，笑容灿烂。

我有着尖尖的下巴，深深的酒窝，肌肤白皙，墨发浓密，一双圆溜溜的大眼像祖母绿一样。真漂亮，我想。自己居然如此自恋，我忍不住难为情起来。**正如妈妈常说的，骄矜必败**。我收到了回信，他赞叹我真是性感极了，但我告诉自己，不能太沾沾自喜了。

我也想一直这样短信交流，但外面越来越冷。于是我进屋了。

屋里乱糟糟的。每个房间都很脏乱——唯一例外的是我的房间，和我上次回家时别无两样。

楼上浴室的水管在漏水，厨房天花板上有水珠不停地滴落下来。妈妈只好在下面放了一个桶。她说自从爸爸死后，东西坏了就坏了，她也修不了。

我很内疚。自从回家，我就愧疚不已。我应该应她的要求，早点回来看看。我明天不能回去，她会很失望的。她为我和乔安娜付出了那么多，我应该心怀感激才对。

斯特拉

我坐在客厅角落的地板上，双目无神地直视前方，浑身都散发出汗臭味，头发黏糊成条状。

我全身乏力，动弹不得。走不动，也爬不到洗手间。

有人向社会医疗保健监察机构举报我，还报了警。我被迫休病假，快要被关进医院了。

亨里克走了。

米洛走了。

爱丽丝走了。

一切都完了。

我被各色怀疑荼毒着，已经做好被隔离的准备了。我变成了谁？我思绪混乱，睡不着。伊莎贝尔，爱丽丝，你在哪儿啊？你在想什么？米洛，你还好吗？你现在恨我吗？亨里克，我知道你对我的看法。我不知道你今晚有没有和珍妮见面。我一定要知道。但我不想知道。

我从地板上爬起来，拿过 iPad，打开应用程序。

亨里克登录了 Facebook 账号。他已经很久没有更新自己的状态了。他在公司网站上分享了一些链接，8 月有位朋友给他写了一封问候信，5 月有很多人给他发来生日祝福。除此之外，什么也没有了。没有添加新朋友，没有标签照片。我关掉 Facebook。

我发现他安装了 Instagram。什么时候下载的？米洛不用 Instagram。他用吗？我点了点图标，用户名是他公司的名称。我记得他曾经还不以为然道："我们能在 Instagram 上吸收几个新客户？"

我向下滚动浏览图片。照片拍得很有层次，很时髦，也很专业。背景没有奇怪的角度，也没有出现垃圾桶。都是些来自建筑工地的图片，包括图纸特写、开放式办公室、休息室等。这是一个快乐的团队，每个人都热爱自己的工作。他们还年轻，意气风发，穿着入流，笑容满面，俨然一副事业有成的样子。

还有亨里克的照片。

有的他微笑着，举起米洛在父亲节送他的印有超人图案的咖啡杯；有的他正专心致志地与同事交谈；有的他在 iPad 上查东西；还有他在不同的场合演讲的照片，背景都是一个大屏幕。照片里的他器宇不凡，穿着得体，看起来非常专业。他像平日一样卷起衬衫袖子。他是一个热爱工作，也明白自己擅长工作的成功人士。

我又向上滑动，点进一张图片。他在休息室里跳舞？这张照片正好抓拍到他双臂高举过头、激情舞动的姿势。他笑容灿烂，身穿白色 T 恤和牛仔裤，看起来自信而迷人。那条休闲的旧牛仔裤让他的臀部看起来性感极了。

老板酷毙了 # 办公室趣事 # 感谢老天，终于到周五啦（TGIF）

180 个赞，我点开它们，查看一长串点赞的人。"点赞的人（likers）"这个词老掉牙了。我看了一下名单。网友们都选择了什么愚蠢的用户名啊。我正要关掉页面，珍妮 _89 这个名字突然映入我的眼帘。

珍妮，你太棒了！

我又想起亨里克和她聊天时说的话，我觉得恶心。

我单击用户名，进入主页面，放大她的照片。我在亨里克员工的集体照中认出了她。她一定是新来的。

他们在办公室里共度了那么多个漫长的深夜。

亨里克出现在她 Instagram 相册的最上面一列。

我看了她其他的照片。当然，还有很多自拍。她是个金发碧眼的女孩，相貌姣好，身材苗条。她有着丰满的嘴唇和鼓鼓囊囊的胸部，那一对浑圆在紧身 T 恤和衬衫的束缚下呼之欲出。

相册下面的另一张照片也抓拍到了亨里克。他对着摄影师露出笑容，扬起眉毛，神态随和而顽皮，好像在说**别乱来**。

他很快乐。

血液涌上耳鼓，我的耳朵嗡嗡作响。我双手不住地颤抖，松松合合了好几回，才止住了哆嗦。

我点开有他的最新的照片。是两小时前发布的。

还是他们，亨里克和珍妮。

他们周围还有其他人，但我只看到亨里克和珍妮。他头发凌乱，眼睛亮晶晶的。他一只手拿着啤酒瓶，对着镜头微笑。他露出了最性感的笑容。他靠向珍妮。她的手轻轻地放在他的胸口上，头往后靠去，笑得前仰后合。

“和最棒的老板在办公室聚会。”她写道，末尾配上 14 个不同的表情。

最开心的一晚

56 个赞。

其中一条评论是：“性感的老板！”4 个表情。

另一条评论是：“你们很般配！”5 颗心。

我从来都没有怀疑过他，一次也没有。我知道他没有出轨。但这次不同。那么多通电话，那条意外发错的短信，还有这些 Instagram 上的照片。

我亲手把他推开了，推给了珍妮 _89。

我睁着眼睛，在床上等待。我听见他打开前门时，已经是凌晨 3 点半了。他跌跌撞撞地爬上楼梯，脚指头不小心撞到了柜子，大声咒骂了一句。他烂醉如泥，浑身散发着啤酒和香烟的臭味，还有她的气味。

亨里克和珍妮。

我眼前仿佛浮现出他大口喝着啤酒，和珍妮抽同一根烟的情景。他在她耳边低语，她把她那火辣匀称的肉体压在他身上，在他身上点火。他们一起笑得乐不可支。

他们在嘲笑我。

他吸了一口烟，向珍妮露出了性感的微笑。她抚摸着他的脖颈，低声说她爱他。他们吻在了一起。**你是我见过的最美的尤物**。他一边耸腰，一边跟她说。

而我，他那被人举报、快到 40 岁的黄脸婆，正在家里等着。一个浑身发臭的精神崩溃的人。我想问他，他们在一起多久了。我想揪出他身上的每一个小细节。但我说不出话来。他看着我，拿起毯子，摇摇晃晃地走出门。

他甚至不想睡在我旁边。

我躺在床上，吸气，呼气。

我不能待在这里。

我走下楼梯，看见他睡在沙发上。我有种伸手拂掉遮住他眼睛的刘海的冲动。我在他身边坐下，听着他轻微的呼噜声。

我记得我第一次见到亨里克·威斯特兰德的时候，他那双浅蓝色的眼眸温柔地凝望着我。我记得他有多么仰慕我，记得他性感的微笑，记得每一个我们并肩坐着、开怀大笑、无所不谈的夜晚。他牵着我的手，和我一起去探看爱丽丝的墓地。他从不评判我。

他成为我最好的朋友、我的爱人、我的丈夫。我记得我们的初吻、我们的初夜。我记得他搬进工业区（Industrigatan），兢兢业业，终于打拼出自己的公司，而我努力学习。我记得我告诉他我怀了我们的爱情结晶——米洛时，他脸上洋溢的幸福之色。而现在，我们的婚姻却走到了这种地步。

我站起来，快步走进客厅。我拿起车钥匙，踉跄着冲出前门，撞进那扑面而来的严寒之中。我不能再待在这栋房子里了，不能再待在有他的地方。他身上有她的气味。黑夜中我仿佛闻到了她的香味，看到了她诡诈的微笑。

他背叛了我。

我的丈夫，为了一个年轻的女人，离开了我。

我只穿着运动裤和背心，赤脚走在阴雨霏霏的寒冷冬夜里。我跳上奥迪，开车走了。

我撒谎了，我对亨里克隐藏了秘密。我竭力隐瞒我的真实意图，我不诚实。

但最重要的是，我在自欺欺人。

我早该看到这个，证据明摆在那里。我太盲目了。我的眼里，只有爱丽丝。

亨里克醉醺醺的，但心情很好。他找到了新欢，尝到了新鲜的肉体。他现在有别人了。他有珍妮了，一个年轻、漂亮、性感的金发女郎，她拥有一具从未生过孩子的完美身躯，没有腰部的赘肉，也没有妊娠纹。

他做出了选择。我恨他。但我也理解他，而这让我更恨自己。谁会喜欢一个自怨自艾的变态的中年女人？他的耐心耗尽了。他受够了。

我是一个情绪不稳定、咄咄逼人、无法把控现实的女人。我把身边的人全都赶走了。我拒绝接受真相，拒绝倾听最亲近的人，而他们为我做的，都是最好的打算。

我病了。

爱丽丝是病因的一部分。

我需要帮助。

我刹车，下去，走着走着，奔跑起来。迎面打来冰凉的雨，冰凉的风。我一会儿走一会儿跑，不小心绊倒了。

我坐在街上号啕大哭。

伊莎贝尔

今天是星期天，如果我现在在斯德哥尔摩就好了。

但我正要买票的时候，妈妈偏头痛了。她已经很长时间没犯过病了。她头疼得厉害，我不能让她一个人待着。幸运的是，我现在没有课了，只剩下和小组一起备考这个任务。

周末回家一趟，让我想起了我孤独的童年。现在爸爸去世了，妈妈有多孤单，可想而知。她不和任何人来往，从来都如此。这很奇怪，一个人住在这样的小地方，居然可以避免和其他人接触。

我想念弗雷德里克，还有乔安娜，我想念我在斯德哥尔摩的独立生活。我们互通了很多短信。他对我说的话让我像飘荡在云端一样快乐。这让我一直渴望着他，幻想着他。

但回家也很好。我帮妈妈解决了最糟糕的卫生问题。我把碗洗了，用吸尘器打扫了厨房和客厅。

现在已经过午了，我们才做午饭。收音机吱吱呀呀地开着，妈妈用上最好的碗碟摆设桌子。她感觉好多了，哼着歌，甚至跳着小舞步，这让我忍俊不禁。我们一边吃着饭，一边看着餐桌上的拼贴照。我记得每一张照片，记得它们是在哪里拍的，我们当时在做什么。真温馨。

“妈妈。”

“是，亲爱的。”

“谁才是我的亲生爸爸？”

她立刻紧张起来。她不想谈这个。

“相信我，没有他，我们过得更好，”妈妈生硬地说道，“他是个可怕的坏人。”

也许她说得对。我的意思是，他并没有努力联系上我。不过，她的回答让我很难过。妈妈关上心门，竖起一堵屏障。每次我问及童年，她都是这种表现。她觉得，整整 22 年了，找不找回亲生爸爸已经不重要了。不过，这几天我一直在想，我们开始建立起不一样的联系。我的问题可能让她心生不适，但我们谈论的是我的人生。

“你替我们做了一张可爱的拼贴照。”我说。

“是的，好看吗？”

“为什么没有我小时候的照片？我从来都没有见过一岁以前的自己。”

“你知道的，你在丹麦出生。”

“是的。”

我等着一个解释，**但她永远给不出一个合理的解释**。

“丹麦就是原因，这就是你的意思吗？”我说。

妈妈叹了口气。她站起来，把水壶放在炉子上，拿出两个杯子和茶包。

“我们匆匆忙忙地搬回瑞典，没办法带上照片。你想让我为此内疚吗？我还做错了什么？”

“是什么让你搬回来？你和他吵架了吗？”

妈妈没有回答。

她转过身去，背对着我，表明她不想说话。

“他当时和我在一起吗？他为什么从不联系我？”

“你只需要知道，他是个非常危险的人。”

“他很坏吗？他打你了？他是罪犯吗？”

“伊莎贝尔。”她双拳用力地砸向吧台，我吓得跳了起来。她转过身来，“你知道这些问题会让我心力交瘁。你知道我无法接受你的试探。我又要偏头痛了。”

她知道，她吓到我了。她拉着我的手。我们之间的关系又不如在瓦林比时那么和谐了。一分钟前一切都很好，下一秒就天翻地覆了。我不知道为什么。也许是因为我们回来了，回到了这所房子里。这么多年来，在家里针锋相对的状态已是根深蒂固了。或者也许是因为我。我问了不该问的问题，我抱怨说我有多想念朋友，这都让她失望不已。

跟她回家就是个错误。

“从五岁起，你就没有表现出这么旺盛的好奇心了，”她勉强笑了笑，“你还记得你怎么惹我生气的吗？什么时候，在哪里，又是为什么？”妈妈捏了捏我的手，把我拉起来，“来。”

我跟着她去厨房后面的小隔间“图书馆”。她叫我坐下。我坐了下来。她把我的杯子递给我。我捧住杯子，暖了暖手，啜饮了一口。茶很甜，妈妈倒了很多蜂蜜进去。她叫我闭上眼睛，我乖乖地照做。

我听见她找出藏在书架里的钥匙，打开桌下的柜子。我知道钥匙藏在哪里，但她以为我不知道。

“现在你可以睁开眼睛了。”她坐在我旁边，拿着一个活页夹。

“这是哥本哈根维多伏尔（hvidovre）医院的文件。”她说，“那就是你出生的地方，1993 年 8 月 29 日。”我已经很久没听她用这么轻柔温和的声音说过话了。“我一直很想要个孩子，过了很久才怀上你。”

“那是你一生中最美好的一天。”我补充道。

“谁告诉你的？”她揶揄道。

我很惊讶，她不常开玩笑。

“是的，当然是的。”她说，“但这也是我最糟糕的经历。我是个死里逃生的人。我差点因为你死在手术台上，小姑娘。”

我靠在她的胳膊上：“你再说一遍，我是 Rh 型阳性血，而你是 Rh 型阴性血，我们的血液混合在一起了，对吗？”

“没错。最后我急性血液中毒，在死亡线上徘徊了好几天。你出生三天后我才见到你第一面。”她用手指梳理着我的头发。

“但是，如果血液混合在一起，为什么不是宝宝生病呢？”我问，“这是我的想法。通常情况下，下一个孩子才是最危险的。他们称为免疫。”

自从团体治疗中讨论过后，我已经了解了相关知识。

“但是血液中毒的是我，不是吗？”妈妈说。

“但你说那是因为……”

“求你了，亲爱的。”妈妈的手抚上前额，又是偏头痛，“你知道我讨厌你这样歪曲我的话。这茶好喝吗？你在外面吹了那么久的冷风。你不能再生病了。”

我喝完剩下的茶了。还是按妈妈说的做吧。她继续翻阅着文件。

“你刚出生的时候很小，看到了吗？6 磅 4 盎司、19 英寸。你有一头浓密的鬈发，还有一小撮金发，就在你的脑袋中间。你是我的洋娃娃。”

“鬈发？金发？”我蹙起眉头，侧头看了看肩上的头发。

妈妈啪的一声合上活页夹，站了起来。

“是的，这并不少见。”

她又伤心了，因为我问的问题。我毁了这温馨的一刻。

“这该死的头痛，我得去睡觉了。”她说，“那个变态疯子，她完全扭曲了你的思想。你本应该听我的。但现在你什么都要质疑，你破坏了我们之间的感情，满意了吗？”

妈妈站起来，锁上文件夹，把钥匙放进书架。她忘了叫我闭上眼睛。她离开“图书馆”，走进大厅。

“对不起。”我在她身后喊道。

她挥挥手，迈着沉重的步子，刻意装出一副愤怒的姿态，走上楼梯。**这场戏演了多少次**？

我也不希望破坏掉温馨的氛围。但我有太多事情想不通。我想知道答案。但妈妈却闪烁其词，遮三瞒四的。

也许斯特拉对我的影响比我想象中的大。妈妈很难接受，我知道。我把她逼成这样，是我不对。我把杯子搁在厨房里，上楼回房。

和往常一样，我如鲠在喉。我躺在床上，埋在枕头里哭泣。我多希望弗雷德里克能在我身边照顾我啊。

伊莎贝尔

家里应该很安静，但并不是的。楼梯嘎吱作响，墙壁发出咔嚓声。大风吹得屋顶噼里啪啦的，排水沟也在颤动，地下室里的锅炉轰隆不断。

我向来不喜欢这里的气氛，现在更感觉它像是一个迫人的威胁：苟延残喘的房子发现了我的踪迹，虎视眈眈地等着我轰然倒下，再狠狠一击，要么用刀将我四分五裂，要么让我病魔缠身。这里隐没着一些无形的对我心存恶念的鬼魅和邪祟。

我告诉自己，想这些太幼稚、太可笑了，这种奇怪的念头却始终挥之不去。我打开房间的门，站在门口倾听着。我踮起脚尖走进大厅，停在妈妈的卧室外面，把耳朵贴在门上，里面没有声音。

我匆匆下了楼梯，走到外面，跃上自行车，朝奥纳斯（Ornas）的方向骑去。我骑着自行车穿过高速公路下的高架桥，桥上来往的车流在我的头顶轰鸣。

我一路骑车前行，过了一会儿，我看到了奥纳斯售货亭和比萨店。我忘了多少次我不愿意吃主食，说服外婆带我去吃比萨。**那是妈妈的意愿**。我骑车经过铁路交叉口。幸运的是，没有火车通过，否则我要等上好几分钟。我骑车穿过铁轨，左转，冲下山，来到了外婆住的村子。

村子里的这条河从砖厂旁奔流而过。阳光冲破云层，原野在两侧蔓延开来，远处的奥森（Osjon）湖波光粼粼，右边的奥纳斯宫殿（House）坐落在海角之上。每次经过，我都在想，古斯塔夫·瓦萨国王（King Gustav

Vasa）是不是真的是从丹麦人的厕所里逃出来的，还是这只是个传说。不管怎样，这是个引人入胜的好故事。每年这里都游人如织，游客心甘情愿地购买超级昂贵的咖啡，在破败的建筑外围疯狂自拍。

上山的路很长。经过哈格纳斯（Haganas）的网球场时，我必须站起来，使劲地蹬脚踏。那里有一个海滩，但是我从来都没去过。只有钢铁厂的员工才能进去，考虑到瑞典法律规定的漫步权（right to roam），这种情况很奇怪。如果你非要去那儿游泳会怎么样？警卫会检查你是否有权进去吗？

右边的红色大房子是一所古老的乡村学校，似乎被永久地关闭和遗弃了。再往前走一点，就能看见村子的标志：亓那（Kyna）。小时候，我觉得这个名字充满了异国情调，外婆就好像住在中国一样。

我对奥纳斯和亓那之间的每一条大道、小径都了如指掌，田间的曲线如何延伸、四季间的景观如何变化，我都一清二楚。这里是我的家，比巴喀嘉德更亲切。每当我想念达拉纳时，我就想念起这里来。

如果再往前骑几百英尺，就能看见五月柱（Maypole）了。一年中的大部分时间，村民们都任由它竖在那里，直到临近仲夏时分，绿叶新抽出来，覆盖整根柱子。我在这里度过了很多个盛夏，在草地上、在河堤里采摘毛茛、野樱桃和三叶草。庆祝五朔节时，外婆和其他人准备木杆，把我们采来的花朵装点在木杆的柱心和四周，我就在一旁跑来跑去。她教我做花环，教我晚上在枕头下放七朵不同的野花。我聆听过穿着自己民族服饰的小提琴手拉琴，也买过奖券，希望一举中奖。庆祝活动结束后，我们的传统是手牵着手，回家睡个好觉，只有外婆和我两个人。

过了五月柱，就能看见一条小路。这条小路通向一条小河，我每年夏天都去那里游泳，除了今年。

我想下去玩玩水，但我快到外婆家了。我回头张望车辆，左转到一条碎石路上，下坡路段加速疾行。我看到外婆在铁轨另一边的房子了。那个铁路交叉口闻起来很特别。经受过整个夏天烈日的炙烤后，它会散发出柏油枕木的味道。我骑过大门，把自行车扔在碎石路上，跳上楼梯。

外婆通常听不见我敲门。门没锁，我径直走了进去。她坐在电视机前的扶手椅上。我大喊了一声“外婆”，她喜出望外地跳了起来。无须搀扶，她站起身，蹒跚着向我走来，给了我一个温暖的拥抱。

她给我冲了些咖啡，倒了牛奶。她拿出一些肉桂面包和好几种饼干。多少次了，我这样盘腿坐着：窝在厨房餐桌的凳子上，面前放着一杯牛奶和一堆饼干。

外婆说我终于回来了，她真是太高兴了。我问她身体好吗，她告知了我她的小病小痛，还有她为新来的难民儿童做的志愿服务。她问我斯德哥尔摩怎么样，我告诉她，我心里一直牵挂着她。我们一直聊啊聊，直到外面天黑了下来。

“妈妈最近怎么样了？”我问。

“怎么这么问？发生什么事了吗？”

“你最近去过家里吗？她一直表现得很奇怪，比平常更奇怪。”

外婆稍作迟疑：“我们最近没怎么联系。”她说着，擦去厨房吧台上的面包屑。

“她太苛刻了，每时每刻都需要别人的关爱。”我说，“得不到她想要的，她就会大发雷霆。哄她开心了，她就很温柔，很容易相处。我一直不明白她为什么如此反复无常。但她就是这样的人。”

外婆坐在桌旁，又踌躇了一下，好像在想怎么表达。

“可能我们应该多帮助她。我们不知道她是不是诊断出了什么病。她遇到汉斯后，看起来情绪稳定多了，我们觉得她好多了。而你就是她的一切。你以前经常生病，克斯廷一直把你照顾得很好。”

“没人告诉我这些，我觉得我对自己的母亲一无所知。”

外婆注视着我：“别对她太苛刻了，伊莎贝尔。你知道吗，她 12 岁的时候，我们收养了她。她羽翼未丰，就背井离乡了，好几年都没有音信。后来有一天，她突然回家了，带着你。你是上天赐予她最好的礼物。”

我挤出一个微笑：“她的父母呢？我对他们也一无所知。”

“克斯廷的妈妈有着非常严重的问题。她怀孕的时候喝酒，在克斯廷出生后也喝酒，还吸毒。她是个特别坏的女人。我想她可能有作风问题，但我不确定。我们也不知道全部事实。”

“她的爸爸呢？我的外公？”

“他根本没出现过。我记得克斯廷去见过他一次。我不知道那次见面结果如何。她从来都没谈过这件事。”

“那我的爸爸呢？你了解他吗？”

“我只知道克斯廷很怕他。”

“为什么？”

外婆看着我，她似乎很悲伤。

“我不知道，伊莎贝尔。我对你的生父一无所知。你妈妈拒绝谈起他。”

她问我还要不要饼干，拿出了一个罐子。我突然反胃起来，忍不住捂住了嘴。

“亲爱的，你还好吗？你的脸色很苍白。”

“可能是我吃多了。”我说。

“你要不要躺一会儿？”

“我得回家收拾行李。明天一早，我就要回斯德哥尔摩了。”

外婆微笑道：“我开车送你。大晚上的，我可不能让你在路上兜来兜去。”

我们在门外停了车，她拍了拍我的胳膊：“我很高兴你找到了人生的方向。你遇到谁了吗？”她冲我眨眨眼。

“是的，我遇到了一个男生。”我用一只手抵住闹腾的胃，“他的名字叫弗雷德里克。他很帅，我有他的照片，但我出发前找不到手机，没带在身上。”

“等会儿你能给我发张照片吗？”外婆说，“我看看我的手机能不能打开。”

“你是最棒的，外婆。”我笑着说。

“我的小宝贝。”她轻抚我的脸颊。

斯特拉

声音，我听得出他们的声音。客厅里有一对男女在争执。

“她在哪里？她肯定还在这里的。”

“你那么大声干什么。”

“她为什么来这里？你昨天为什么不让我进来？”

“你醉了。你很生气。斯特拉最不想看到你这样。”

“她在哪里？”

“你冷静一点，否则滚吧。”

“我很冷静。但找不到她，我很担心。我回家的时候她还在睡觉。”

“你什么时候回了家？星期六一大早？你在哪里？你和谁在一起？”

“谁？我没有和任何人在一起。”

“你简直和汉普斯的爸爸一模一样。我看得出你在撒谎，太明显了。”

“如果你非要问出个所以然，好吧，我们当时在办公室聚会。”

“啊，办公室聚会。”

“佩尼拉，我……”

“你回家之后发生了什么事？”

“没发生什么事啊。斯特拉在睡觉。”

“那她为什么来这里？肯定有古怪。”

“真的什么事都没发生，佩尼拉。”

“我发现她倒在街上，都冻得迷迷糊糊了。有人在大喊大叫，我往外一看，才发现是她。她倒在地上，躺着抽泣。太可怜了。我把她拉回来，安顿在沙发上。她胡言乱语地喊着爱丽丝和米洛，还有你和‘珍妮’。”

“珍妮？”

“她是谁，亨里克？你到底做了什么？”

他不作声。

“你怎么能让斯特拉一个人待着，出去参加聚会呢？还是和珍妮一起？你就是个白痴。你到底做了什么？”

“什么也没做，佩尼拉。我什么都没做。这只是一场为员工举办的办公室聚会。我现在可以和我的妻子谈谈吗？”

“等你冷静下来。”

“我很冷静，非常冷静。”

“谁知道呢。”

“我很担心我的妻子，佩尼拉。”

一阵沉默。

“好吧，但别太久。谈完你就走。”

亨里克坐在我旁边，握着我的手说他很想帮我，但就是不知道怎么办。我看着他，他是透明的。我的目光穿过他的身体，他一点点地化为云烟，消失了。我如实地告诉他，他说他不知道该怎么办。他吻了吻我的额头，站了起来。

他和佩尼拉说他们应该带我去精神病急诊室。她告诉他，她在照顾我。在这种情况下，他留下来也帮不上忙，还不如回家。是的，她会确保我吃药的。

他俯下身，他在哭吗，还是我在哭？我看着他走出房间。

他不在了。

他走了。

斯特拉

我双眼酸涩，喉咙干燥，脑袋像塞满了泥土。

佩尼拉躺在沙发旁边的床垫上。我拿起她的手机，看向屏幕。上午，星期二，10 月 20 日。我已经在这里躺了三天了。

我从沙发上坐起来。我穿着一条不属于我的紧身裤和一件灰色无袖 T 恤。我冲进浴室，小便，擦干净屁股。我看向水池上方的镜子，里面的人蓬头垢面，面色灰白，厚重的黑眼圈堆叠在眼睛下方，把我吓了一跳。我抓起头发，束了个髻，把脸洗干净，就着水龙头咕咚咕咚喝了几口水。

我在厨房的一个饼干罐里找到了佩尼拉藏起来的烟。我拿着一杯果汁走到阳台，坐在小木凳上，点了根烟，深吸一口。清冽的冷风拂过我裸露的胳膊，但跃动的阳光温暖了我的脸庞。

尽管我的生活一塌糊涂，但外面的世界依旧如常。卡尔伯格宫仍然矗立在水面上。慢跑的人和推着婴儿车的父母在下面的街道上走过。我看着飘散的烟雾，不知道自己怎么来到了这里。

佩尼拉出来了。

“天气不太暖和。”她说。

“还行，至少出太阳了。”我说。

“你还好吗？”

“还活着呢。”我穿上她递给我的羊毛衫，喝了口咖啡。她在我旁边坐下，把毯子拉到我们的膝盖上，拿过我手里的烟，抽了一口，又还了回来。

“我不会唠叨你吃药的事。”

“不错。”

佩尼拉把手机放在桌面上。

“亨里克问你什么时候醒。”

我低头看去。还是原来的手机套，但屏幕是完好无缺的。

“他给我换了新屏幕吗？”

此刻的我很脆弱，哪怕是微小的善意也让我热泪盈眶。虽然我不想哭，但亨里克的体贴还是让我流下了眼泪。

“你吓到我们了，斯特拉，”佩尼拉说，“他星期六来了这里，担心得快要发疯了。他宿醉着，还很生气。我把他赶走了，说你需要安静。他星期天又来了，在你身边坐了一会儿。你还记得吗？”

“有一点印象。”

“你还记得你是怎么来这里的吗？”

“不怎么记得了。”

“要不要我告诉你？”

“请不要。”

“好吧，我们也不用谈这个。”

“谢谢。”

“亨里克给你带了手机和一袋干净的衣服。”

我把烟熄了。佩尼拉一手搂着我的肩膀，我们那样坐了很久。

“上个星期六发生了什么事？”她问，“你跟我说了爱丽丝和米洛，说他们永远地不在了。亨里克也是。你说你要杀了一个叫珍妮的人。”

“我真的这么说了？”

“是的。”

“说我要杀了她？”

“你说你恨她，要杀了她。”

“我真的这么说了？”

“是的，说要砸扁她的脑袋。”

我笑了：“当然，当然要了。”

“她是谁？”

我又点燃一根烟，向她解释是什么让我这么多疑和善妒。我承认我在网上四处窥探，还告诉她珍妮_89 的事。

佩尼拉拿起手机，在 Instagram 上搜索图片，仔细地看着。

“该死的亨里克，”她说，“真是一头猪。”

我大笑起来，声音嘶哑而悲哀。

“你真的认为他出轨了吗？”佩尼拉问，“和珍妮？”

“你觉得呢？”

“你说从去年夏天起，你们几乎没有做过爱。这又来了一个性感的金发女郎。”佩尼拉又看了一眼照片，“她真可爱，很明显她喜欢他。这很难抗拒。他毕竟是个男人。”

“谢谢，听你这么说，我真是好多了呢。”

“一边是陷入婚姻危机的中年妻子，一边是比她小 15 岁的金发美女。”

我看向运河，自嘲道：“要做选择并不难。”

“或者这么说吧，”佩尼拉说，“他的心里只有你。你真的相信他和她上床了吗？”

我点燃第三根烟，佩尼拉担忧地看着我。我举起烟，盯着它看。

“抽烟显然能缓解焦虑。”我说，“你知道在精神病区抽烟有多常见吗？我们有一个吸烟室，就在 5 号病房。我们要么去吸烟室，要么到装有高栅栏的阳台上去。为了打消我们从四楼跳下去的念头，那里封闭得就像个鸡笼。拼命吃药，却继续焦虑，还是抽根烟冷静下来，我不知道海伦娜觉得哪个更糟。”

“她很关心你，斯特拉。”

“我最近把你们的生活搞得一团糟。”

“不，你没有。”

“亨里克什么都告诉你了？”

“你早该告诉我的。”

我吸完最后一口烟，捻灭烟头。

“对不起。”

“还有爱丽丝。你刚到的时候说她死了。你还这么认为吗？”

我心血来潮地拿起手机，浏览图库，找到我截的图。佩尼拉接过手机，看了看。

“这是谁？这是她吗？”她脸色一变，放大图片，倒吸了一口气，“她就是玛利亚的复制品。”佩尼拉看着我，“你打算怎么办？”她问，“你知道自己想要什么吗？”

“是的，”我答，“我知道我想要什么。”

“告诉我。”

“我想洗个热水澡。”

我走进浴室，往浴缸里放热水。我伸手进去探了探，水热得滚烫。我脱下衣服，打开窗户，放入清新的空气，秋天的风让我裸露的皮肤瞬间起了鸡皮疙瘩。我掏出亨里克帮我开的药物，全部扔进水池下面的垃圾桶里。

我小心翼翼地踩入冒着热气的水里，滚烫的水刺痛了我的肌肤。我屏住呼吸，双手扶住浴缸两侧，闭上眼睛，将身体没入水里。我呼吸急促，大口喘着粗气。我向后靠去，抬头看向天花板。敞开的窗户吹入阵阵冷风，我深吸一口气，让思绪随着升腾的水汽飘散而去。所有的问题、内疚和羞耻、失败与谎言，还有愚蠢的选择、绝望的尝试……

一切都会渐渐淡化，烟消云散。

我从浴缸出来时，水已经凉透了。我看向镜子，镜子里的女人也好奇地看着我。我比任何人都了解她。我对这个女人了如指掌。在我面前，她没有秘密，无所遁形。

但我厌倦了她。

厌倦了她的幻想、她的局限，厌倦了她自己惹出的麻烦、她所作所为的后果，我厌倦了这一切。我看着她，她知道的。

我伸出双手。眼前的双手稳定有力，没有发抖。我关上窗户，裹上浴巾，从脑门到脖颈用手使劲地梳理头发。我打开药柜，找出剪刀，食指在剪刀的边缘摩挲着，任由它割破皮肤。一滴血从伤口滴落。

剪刀很锋利。完美。

克斯廷

我照顾她好几天了。她生病了。幸好她没在回斯德哥尔摩的火车上倒下。没把身体养好之前，她哪里都不许去。

我一直在打扫。除尘、吸尘、擦拭，把所有东西都摆放得井井有条。我还浇了花。伊莎贝尔搭了把手。

家里重焕了生机，我想不出另外的形容词。抛却汉斯去世后给我带来的苦难和伤痛，抛却最近因思虑过度而夜夜失眠的情况，我也重焕生机了。

家里只有我和伊莎贝尔，一直以来都是如此。对她来说，缓一段时间也是好事。她一直被挑唆着去寻找所谓的“真相”——假设她知道亲生爸爸是谁，知道他从未出现过的原因，一切问题都能迎刃而解。她怎么会相信这些谎话呢？她甚至都不知道自己在说什么，不知道真相有多残忍。但我知道。如果她得到了答案，她一定会后悔自己曾经问出口。她不会想见那个她称为亲生爸爸的男人。她也永远都不会见到他。

这种荒谬的论断居然诱使她来窥探我的生活、我的选择、我的决策？真相从来就没有你想象的那么如释重负。相反，真相让人遍体鳞伤、千疮百孔、万劫不复。

所有人都可以生育孩子、抚养他们、赋予他们个性和力量，但爱他们，这是另一回事。

汉斯不是伊莎贝尔的亲生爸爸，但他对她来说更甚于亲生爸爸。我在他身上犯了一个我必须纠正的错误。但沉湎往昔毫无意义，解决不了任何问题。

伊莎贝尔和汉斯非常亲近，我很感激。他是个好父亲，她应该知足才对。我只是希望她能多感激我一点，多表现出爱意，就像她小时候那样。我们深爱对方。她爱我，我知道。但我想看她表现出来，我想感受一下，毕竟我们血脉相连。

但现在她的眼神充满了嘲弄、质疑、猜忌。

她以前不是这样的，在斯德哥尔摩时也不是这样。她的问题如奔腾急流当头泼下。突然间，她好像知道了很多事情。我尽力自圆其说，但她还是不满意。她变了，她被荼毒了。那些谬论在她体内根植下来，一切都发生了变化。

我可以花时间苦恼曾经的选择，但我不会这么做。事已至此，应该早点让伊莎贝尔知道她是汉斯收养回来的吗？我也不确定。

我尽量耐心等待，这很难。生活不是玫瑰铺就的温床。现在的孩子都被宠坏了，没吃过苦头。显而易见的是，由于生活经验不足，他们总是一根筋拗到底。他们假装态度宽容，思想开阔，但一旦有人不予苟同，他们就会产生四面楚歌的屈辱感。现在的孩子什么都怪在父母身上，批评和宣判父母。

成熟点吧，我只想说，别再抱怨了。你对真正的痛苦一无所知。

我自己的母亲就一无是处，她心术不正，酗酒如命。但无论如何，我一直过得很好。我绝不会去找心理治疗师，哭诉她有多么卑鄙刻薄。我绝不会公开质疑她的选择。你不会那么做的，这是不对的。允许陌生人插手你的生活，听信陌生人的谗言佞语，当然是错的。这是违背人性的。

但我咽下了我的愤懑，这就是母亲。

我知道，在我评论她的穿着时，伊莎贝尔觉得我在犯傻。但令人震惊的是，离家后的她和当初截然不同了。

如果这只关乎时尚，我可能会理解。也许吧。但她一直表现得很生气，诸多挑剔，面色不虞，完全不像她。就像她想用另一种方式展现自我，就像她想成为别人。

我就等着下次看她文身或打耳洞。但即使真的到了那一步，我也会控制言辞。我不会骂她，我会给她端茶，抱住她。她很快就会好起来的。她会变回自己的。

她会回来找我的，最终一切都会冰消冻释。她当然会怀念斯德哥尔摩，但我才是当下陪在她身边的人。我正努力以身作则，言传身教。

休息。

喝你的茶。

注意保暖双脚。

其他事就顺其自然。

一切都会好起来的。我向你保证。

就像以前一样。

斯特拉

一缕卷曲的长发飘落在地。

一缕接一缕。

我收手，看向镜子，端详着自己。

我穿上亨里克给我带来的衣服。黑色弹力牛仔裤、白色背心和灰色连帽衫。

厨房里飘散出香味。意大利面、咖喱、龙虾、新鲜的奶酪。西红柿和香料的味道。我的肚子咕咕叫了起来，我饿了。

佩尼拉看见了我，她停下动作，张大了嘴巴。

“斯特拉，你干吗？”

“做了一个改变。”我把一只虾放进嘴里。

佩尼拉摸摸我的头发。

“你好多年没剪过这么短的头发了。从初中起就没剪过了。”她说，“你还记得你中学时的样子吗？”

“再美不过了。”

她大笑起来：“我也不知道你这是大胆还是犯傻，但这次还蛮好看的。你看起来焕然一新。”

“我也感觉不一样了。”

吃完后，我抓起我的包，拿出笔记本电脑和日程表。这个表提醒我，我曾经也是个职场人。因为每天都要用上它，我就一直随身携带着。我翻阅了一下，里面写了预约，做了笔记，记录了我的生活，还夹着一张折叠的纸。我拿出来，打开。是那张死亡威胁信。我不知道穿雨衣的人是谁，也不知道他为什么想我死，但我不再害怕了。

“别忘了给亨里克打电话，”佩尼拉提醒道，“如果你不给他打电话，我就打。我答应过会儿给他打电话的。”

我把笔记本电脑、日程表和死亡威胁信放回包里。我打电话到诊所，雷娜特接通了。她告诉我，亨里克已经联系过他们，帮我请了病假。我们很快挂断了。

我又给亨里克打过去，才响两声，他就接了起来。

“嗨。”我说。

“嗨。”他说。

他那头很吵，但很快噪声就变弱了，他进了办公室。

“你还好吗？”我问。

“嗯，就那样，”他答，“你好吗？”

“我很好。米洛呢？”

“他一直问起你。”

“你跟他说了什么？”

“说你最近压力很大，在佩尼拉家里休息。”

“我想他。”

“你现在打算怎么办？”

“我要回家。”

他长久地沉默着。

“我知道你在想什么，”我说，“但是我现在感觉好多了。我想和米洛谈谈爱丽丝。”

“为什么？”

“你什么意思？”

“我只是在想，什么对他来说才是最好的。”

“他也是我的儿子，亨里克，”我说，“爱丽丝是他的姐姐。米洛有权知道真相。”

“你要怎么解释？”

“说我相信她还活着。”

“你非要这样做吗？给他造成更多的负担。”

“不管我是对还是错，爱丽丝是这一切背后的根源。”

亨里克清了清喉咙，说我们不应该在电话里讨论这个问题。米洛今晚要去乔纳森家。他会在5点左右来接我，这样我们就可以在米洛回家之前谈谈。

我说不用来接我了。“我直接回家。”

“米洛走后？”

“是的，”我说，“等米洛走后。”

我们挂了电话。这通电话给了我缓冲的时间。

是时候重整局面，挖出真相了。

斯特拉

我开车转向哈马比哈登（Hammarbyhoden）郊区的帕特诺斯特维根（Paternostervagen）。我在公寓对面的街道边停下，抓起包，下车，抬头看向公寓。那是莉娜·尼米的家。

那是一座暗灰色的建筑物，一共三层，除了尽头的阳台外，其他小阳台都装着白栏杆，不知为何还漆成了绿色。在下面可以看到楼上的小型碟形卫星天线、被遗忘的花盒和紧闭的百叶窗。我冒着巨大的危险来到了这里。

我环顾四周，穿过马路。我的目标门内突然走出一个男人。门要关了，我三步并作两步，飞快地抓住门把，走上二楼。

波热·尼米（Borje Niemi）打开门。

一看清楚来人，他立刻眯起了眼睛。

他大喊“滚出去”就要关门。他的妻子阿涅塔（Agneta）从厅里走出来。

“谁？”她问。

我挤进一只脚，推开门。我绕过波热走进客厅。他们看起来很害怕。

“莉娜在家吗？”我问，“我们需要谈谈。”

没人回答。他们面面相觑，又看向我。一扇门突然打开了，莉娜出现在门后。她靠在门框上，腮帮子一鼓一鼓地嚼着口香糖，努力装出一副桀骜不驯的模样。但她看起来更像一个迷茫的生闷气的孩子。

“你好，莉娜。”我大摇大摆地走进去，在餐桌旁坐下。我做了个手势，示意她的父母也坐。他们虽然不情不愿，但也坐下了。

“我为那件事向你们道歉。”我说，“但有些事情我需要弄清楚。”

阿涅塔避开我的眼神，莉娜漠不关心地嚼着口香糖，波热双手交叉，架在胸前。

我从包里掏出日程表，扯出死亡威胁信，摆在莉娜面前。

“这是你做的吗？”我问。

她瞄了一眼，抬起头来看着我，眼中闪烁着恐惧。她那副自信的姿态也维持不住了。

“这是什么？”波热抓起纸张问道。

“送给我的死亡威胁信，”我答，“几周前有人把它放进了我家的邮箱里。我想，莉娜可能又来我家了。”

她开始坐立不安。她的眼神在父母之间游移不定。

“今年春天，我在家门口看到过你，”我补充道，“好几次。”

“什么……”波热张口欲言。我举起一只手来，打断他说话。

“这可不是什么新鲜事。”我说，“我已经跟你说过很多遍了，但你偏不听。”

“这次不是我。”莉娜说。

“我没生气，”我说，“我只想知道真相。”我停顿了一下，又看向莉娜。她低头盯着桌子。我身体前倾，注视着她的眼睛。

“我知道你们写的博客，”我继续说道，“我知道你的父母举报了我，还和另一个女人嚼舌根，把你的事说了出去。那个女人报警说我非法威胁和骚扰她。莉娜，你看你引发了多严重的后果。”

“那张东西不是我写的。”她示意那张死亡威胁信。

“不是你写的？”

“我从来都没想过让你死。从来都没有。我只是想成为你的家人。”

“所以你去了我先生的公司？”我问，“我们出去的时候，你跟踪了我们？”

“是的。”她平静地说。

波热低咒着，阿涅塔喘了口气。

“你为什么要成为我们的家人？”

“因为你看起来很开心，你总是那么体贴善良，你先生也很友好。”

“你还认为我行为失当吗？认为我让你产生依赖？”

莉娜看向窗外，慢慢地摇了摇头。

“我只是生气了，”她说，“还很害怕。我不想换另一个治疗师。”

“一直有人站在我家外面。他最后一次出现是两周之前。是你吗，波热？”我看向他。

他面红耳赤，瞪着我，什么也没说。

“这张死亡威胁信是你写的吗？你对我的怨恨真是袒露无遗。”

“不是，”他急忙澄清道，“我永远不会做这种事。”

我甚至没有问阿涅塔。她太胆怯了，做不出这种事。我的目光依次在他们三人脸上停留。我礼貌地致歉，说打扰他们了。我站起来，朝门口走去。莉娜在大厅里追上我。

“斯特拉，等等。”她双手揪着 T 恤，盯着地板，“请你原谅我。”

“我已经原谅你了，莉娜。”我说。

“我会取消投诉的。我错了。我不该这么做。我真的觉得自己坏透了。”

“祝你一切顺利。”我友好地说道。我是认真的。

我从公寓楼出来，在前门外的人行道上站了一会儿。死亡威胁信不是莉娜写的，也不是她的父母写的。她爸爸更没有穿着雨衣站在外面，我相信他们没有撒谎。压低兜帽、隐藏起脸庞的那个男人可能是任何人。

早晨的阳光销声匿迹，温热也消散了，取而代之的是铅灰色的云层。天色漆黑，雷声轰隆而至。我开车穿过特兰堡大桥时，大雨开始肆意瓢泼。

我把车开进车道，停在亨里克的路虎揽胜后面。我推开车门，跑进家里。进去后，我看见亨里克背对着我，站在厨房里。

“嗨，”我说，“米洛走了吗？”

亨里克看了看手表。

“是的，他大概 35 分钟或 40 分钟前就走了。”

“走路吗？”

“他走路去乔纳森家。他经常这样。”

“我不是那个意思。我只是在想天气，外面下着倾盆大雨。”

“我让他穿上雨衣、带上伞了。”

亨里克正把碗放进洗碗机里。他转过身来，盯着我：“你的头发怎么回事？”

“你觉得呢？”

“有点出乎意料。”

他小心翼翼的。我明白，在我情绪崩溃后，他再怎么小心都正常。我把手机放在大厅的柜子上，脱下外套。

“你感觉好点了吗？”他问。

“是的。”我的手机响了。我又拿起手机，看了看屏幕。

“陌生号码。”我说着，接起电话。

又是一个陌生人打来的电话，又是关于米洛的电话。

伊莎贝尔

我已经很久没有病得这么严重了。我订了一张车票，终于要回我在斯德哥尔摩的家了。我在巴喀嘉德待了多久？我怎么了？

我在半睡半醒之间不断徘徊。我想我可能昏迷了一会儿。妈妈在我身边惊得手忙脚乱的。她喂我喝茶，轻声鼓励着我。

我不想再喝茶了。**我甚至不想待在这里**。但妈妈不听。她把我裹进被子里，让我好好休息。**别挣扎了，你越挣扎，好得就越慢**。

几天前，我的身体更敏感了。随后我病得更重了。今天我突然感觉好了一点，但我依然很虚弱。我只能在床边坐上一两分钟，再久就撑不住了。**这太荒谬了**。

我觉得很孤独。斯德哥尔摩有朋友在等着我。他们很关心我。这让我很快乐。我不知道妈妈对乔安娜说了什么。我让她打电话告诉乔安娜我在这儿，我生病了。弗雷德里克一定很奇怪为什么一直联系不上我。我的手机不见了，不知道放哪儿了。我体力不支，找不到手机，妈妈也找不到。她把房子翻了个底朝天，都找不到，她说我太丢三落四了。我确定我没有弄丢手机，它太重要了。但我太累了，和她吵不起来。

角落那扇窗旁边摆放着一张印花沙发，那是爸爸给我买的二手沙发。当时妈妈气坏了，她觉得非常难看，但爸爸不管不顾，还是买了下来。我经常坐在那里，凝望着外面，做白日梦。

我爬下地板，缓慢地挪到沙发上。这么一会儿工夫，我就累得气喘吁吁。

我只是想在太阳下山之前，好好享受一下阳光。

我看到古妮拉站在树篱那头。我奋力想要抬起手，向她挥一挥。但不行。我看向她家的正面。我记得小时候曾经在那里玩过。那个邮箱，不知怎的，单是看着它，我就不安起来。童年的回忆和情感一波波向我袭来。一帧帧画面浮出表面，又消失得无影无踪。

是因为治疗吗？因为斯特拉？也许是因为在这个可怕的房子里待了好几天，还是因为发烧做的梦？

刚才有什么东西触发了我的记忆。但我不确定我愿不愿意回想起来。

斯特拉

米洛遭遇了一起肇事逃逸事故。

他失去了知觉，被救护车送往阿斯特里德·林德格林（Astrid Lindgren）儿童医院。

我告诉亨里克，急忙穿上外套，抓起钱包，跑向我的车。亨里克疾步紧跟在我后面。我们到了急诊室，米洛还没有醒来。医生告诉我们，米洛的太阳穴受伤了，很可能是他摔倒时，这一部位撞到了人行道上。他的脸、胳膊和腿都有划痕，左腿有几处骨折。他们只告诉我们这么多。我们坐在候诊室里。亨里克脸色苍白，下颌绷得紧紧的。我给我妈妈和他父母打了电话，告诉他们发生了什么事，说我们在医院里等其他消息。颅骨损伤和脑肿胀的可能性已经排除了。

我茫然地翻翻小册子，看向窗外，又翻翻小册子。我在走廊上踱来踱去，又坐下来，翻阅报纸。但我根本读不进去。我又站起来，一个接一个地读墙上的标志。这个医院需要多一点献血者。

献血

生：1　**死**：0

多么令人不适的口号。我不愿想到“死亡”两个字。

我一遍又一遍地重复同样的事情，同样的踱步，同样的小册子，同样的报纸，同样的窗口。

亨里克坐在沙发上，一动不动。我在他旁边坐下，把头靠在他的肩上。我告诉他，一切都会好起来的，米洛会渡过难关的。亨里克没回答，但他握住了我的手。

我们一直守在这里，寸步不离。当医生沿着走廊朝我们走来时，亨里克紧张地捏住了我的手，力度之大，让我不禁生疼。

米洛有脑震荡，但没有其他危及生命的伤处。他醒了，我们终于可以去看他了。

米洛躺在房间中央的病床上，看起来那么瘦小。他脸上的伤青一块紫一块的，其他地方都毫无血色。他头上缠着绷带，胳膊上满是瘀伤。我看见他裹在医院黄色毯子下的左腿肿胀不已。

“妈妈。”他声音微弱地喊道。我抚摸他的脸颊，亲吻他的额头。

亨里克低声说他爱他。

“疼吗？”我问。

“哪里都疼。”

我呼叫护士。护士面带微笑地走了进来，自我介绍说她叫艾伦。她和米洛聊着，解释她在做什么，给了他一些止痛药。

他的腿得动手术，但今晚不行。艾伦告诉我们，米洛需要睡觉。如果我们也休息一下就好了。她离开了房间。

“怎么可能会有人撞了孩子还逃之夭夭呢？”亨里克低声咒道，“真是难以想象。米洛可能会死的。”

我说不出话来。

夜晚渐变为深夜。米洛睡得很沉。亨里克靠在扶手椅上，闭着眼睛。

“你睡着了吗？”我问。

“没有，”他舒展着身体看向我，“睡不着。”

“你想和我出去走走吗？也许我们会找到喝咖啡的地方。”

我们在走廊上遇到了一个护士，她带我们去了厨房。我拿出两个杯子，把其中一个放在咖啡机下，按下按钮。咖啡机的咕噜声停止后，我取下杯子，递给亨里克，他正坐在靠墙的沙发上。我捧起另一个杯子，坐在他旁边。

“如果你生我的气，我可以理解。”过了一会儿，他说道。

“我为什么要生气？”

“因为我让米洛独自走去乔纳森家，”他答，“因为他被一辆车撞伤了。因为他独自一人。”

“哪怕是在几周之前，我也会让他一个人去乔纳森家。他最近一直都是这么做的。”

“上次找到你的时候，你状态糟糕得很。怎么回事？”他问道。

我在沙发上盘起双腿，喝了一口咖啡，思考着该如何回答。

“我不想再担惊受怕了。”我说。

“那现在我们一切恢复如常吗？把发生过的事情都忘掉？”

“我不是这个意思。”

“行。因为你觉得我和珍妮上床了。”

我抬头看向他，我看见了他眼中的挑衅。

“我知道你没有，”我说，“我错了。”

“我以为你信任我。”

“我确实信任你。”我握住他的手，“我反应太过了。我吓坏了。我很慌张。”

“你为什么总是如此反复无常？”

“那天下午你离开了我，我的心沉到了谷底。我的焦虑症发作了。我意识到我永远不会知道爱丽丝到底发生了什么事。所以我对米洛态度很糟糕，我好害怕，怕得把你们俩都推开了。”

亨里克揉了揉眼睛：“为什么是珍妮？”

“因为她经常给你发短信和打电话。”

“她是我的下属。你记得吧？”

“我不知道为什么。也许是因为她年轻靓丽又超级性感？因为她喜欢你？”

“停。”

“也许是因为你本来要给她发短信，却错发给了我？”

亨里克蹙起眉头，他似乎不记得了。“有吗？”

“也许是因为那天晚上我在 Instagram 上看到了你们俩的照片？”

“什么样的照片？”

“你甚至都不想睡在我旁边。”

“我不想吵醒你！”

两个助理护士走过，看了我们一眼。我们立刻默不作声了。她们经过后，我耸了耸肩。

“没关系。我受够了一直活在恐惧之中。一切都变得如此扭曲。”

我把杯子放在桌上，快速走过他身旁。他双臂搂住我，把我拉近。

“我很想你，”他说，“现在情况如何？”

“你是说伊莎贝尔？”

“是的。”

“什么也没有发生。”

“什么也没有发生？”

“我已经无能为力了。”

我往后退了退，这样我就可以看着他了。他的手臂仍然环在我的肩上。

“她再也不想见到我了。”

我们回去的时候，米洛还睡着。他的呼吸深沉而有规律。我们站在黑暗中，凝视着他的睡颜。

斯特拉

米洛嗫嚅了一声，把我惊醒了。我一直以一种不适的蜷缩姿态躺在帆布床上，下背憋屈得疼。我坐了起来，亨里克睡在医院床边的扶手椅上。

“妈妈？”米洛微弱的声音传来，“好疼。”

我在他床边坐下。

“妈妈在呢。”

“妈妈，我很想你。”

“我也很想你，亲爱的。”我俯下身，亲吻他的额头，闻闻他的气味，“我为我的行为道歉。你能原谅我吗？”

米洛抱住我，抽了抽鼻子。

“你的头发短了。”他观察着我说道。

“也许你也该剪剪头发了？”我摸了摸绷带下翘出来的一小撮头发。

亨里克伸了个懒腰，坐了起来。他的下巴和脸颊上长满了胡楂，他的眼睛略显疲态。我摸了摸他的脸颊，他把脸贴在我的手心。

很快，一个新护士走了进来，告诉我们米洛今天早上要做手术。

“不幸的是，你不能吃早餐。”她说。

“没关系，”米洛说，“反正我也不饿。”

亨里克让米洛想想我们小时候玩过的《超级英雄》游戏。如果我们是超级英雄，我们会选择哪种超能力？要做手术时，什么超能力最适合？也许感觉不到痛才是最好的。那么是治愈系超能力，还是让时间快速流逝的能力？

“我想让时光倒流，躲过霉运，”米洛说，“一开始就不要被撞到。”

米洛说，雨下得太大了，他什么也没看见。周围很黑，他听到身后有车驶来，便转过身。那辆车先是减速，随后突然加速，直接撞上了他。

“司机应该看得到我。我撑着你的红色雨伞，伞面可是有反光条纹。”

他一直在解释，但之后说了什么，我却恍若未闻。

米洛撑着我的雨伞——我那把红色雨伞——被残忍地撞倒了，在一个漆黑的雨夜。

有人误以为他是我。

斯特拉·威斯特兰德惨遭不测，意外身亡。无人缅怀。无人悼念。

无论留下死亡威胁信的人是谁，他都是认真的。

他是谁?

斯特拉

我陪着米洛，看他们把他放上手术台，才出去找亨里克。

我们静静地等待着。

我想到手术室里的米洛。他拿着我的伞，独自一人走在路上。开车的人先减速，蓄力而发，再猛地撞上他，事发后则迅速逃之夭夭。而米洛浑身浴血、毫无意识地躺在大雨中。

我想到病床上的米洛，他住在淡黄色的病房里，墙上挂着廉价的油画，窗前挂着印花窗帘。他面无血色，全身多处瘀伤。他很害怕，也很勇敢。

我的儿子是一场谋杀未遂的受害者！受难的本该是我。

幕后真凶毫无怜悯地痛下杀手。

这么多年以来，我治疗过不少男性患者，但我绞尽脑汁也想不出一个嫌疑人。我从来没有遭受过如此威胁。

“被撞的应该是我。”

亨里克看着我。

“什么意思？”

“他拿着我的伞，我的红色雨伞。几英里外都能看到。”

“你在说什么？”

亨里克的肢体语言表明他不想听下去了。

我打开包，拿出死亡威胁信：“你还记得这个吗？”

亨里克看着纸上的文字和十字架，没有说话。

“这封警告信和我的红色雨伞是米洛现在躺在手术台上的原因。之前有人打电话过来，拿米洛的事骗我。还有一个穿着雨衣、戴兜帽遮住脸的男人一直在监视我。”

亨里克把死亡威胁信还给我，在我旁边坐下。他认真地打量着我。

“你自己说你的焦虑症发作了。这些可能‘又’是你幻想出来的。”

我对上他的视线：“我从来没有幻听过虚假的声音，也没有幻想过不实的事件。有人打电话给我，编造了米洛的事，两次。有个男人站在我们家外面，也是两次。”

亨里克低头看着地板：“我不知道，斯特拉。我也不敢确定你说的话。”

“这难道不是真的吗？”我摊出死亡威胁信。

“可能是莉娜写的，或者是她的父母。也许打电话给你的是他们其中一个。”

“不是他们。我和莉娜谈过了，也和她的父母谈过。他们没做过。”

“什么时候？你什么时候去和他们谈过？”

“昨天。我必须搞清楚。”

“但你正在接受调查。你不能和莉娜或她的家人有任何联系。”

“他们要撤销投诉了。”

“真的吗？嗯，太好了。”亨里克神色震惊，“那这是谁？谁这么恨你，要豁出去以身试法？”他指向手术室。

“我不知道。但自从第一次见到爱丽丝后，我就收到了这封信。”我说，“一定是掌握她失踪真相又不想暴露真相的人。他们想扰乱我们的生活。”

亨里克笑了，他发出短暂的干巴巴的笑声。他不相信我的推理。

“很明显，如果我表现出臆想的症状，就不会有人相信我了。”我继续说道，“例如不去接米洛，或者认为他在学校失踪了。”

“太牵强了，斯特拉。”

“假如有人报警，我就再也见不到爱丽丝了。说真的，还有什么罪名能冠到我头上？”

亨利向后靠去，把手插进牛仔裤口袋里。

“我没对伊莎贝尔做过什么，”我说，“威胁或暴力行为，都没有。我没有伤害过她。太奇怪了。”

“你认为伊莎贝尔是你的女儿，她妈妈会担心也不出奇。”

“伊莎贝尔从来都没有害怕过我。一直到最后一次见面，她才好像知道了些什么。好像已经有人告诉她我想要什么，告诉她我会说她是我的女儿。她怎么可能知道？除非有人抢先一步，把自己那个版本的故事灌输给她？”

“什么意思？”

“这不是那个站在我们家外面的男人。”

“不是？”

“只会是一个人。”我回答。

“谁？”

“你知道她是谁。你见过她。”

伊莎贝尔

妈妈猛地推开门，走进房间。我还躺在沙发上。我一定是在这里睡着了，还睡了很久。天又亮了，我想，现在是第二天早晨了。

妈妈问我在做什么。她的声音冰冷而生硬，她的眼神锋利无比。她把窗帘拉上。

我说我想要阳光。

妈妈说我生病了，我需要的是休息，而不是阳光。光对我是有害的，我最好在黑暗中睡觉。

说完，她歪过头微微一笑。**现在的她是善良的**。我最好喝点鸡汤，她会照顾我的，很快我就会好起来了。但前提是我必须休息，躺在床上休息。

我任由她抚摸着我的脸颊。我喝了些汤。这些汤闻起来糟糕，尝起来也糟糕。我不想喝了，但妈妈把剩下的全都灌进我嘴里。她说你不喝，怎么能好起来？

她看起来很高兴。她说等我好点了，我们可以去度假。她把我塞回被窝里。我听到我发出呜咽声，抱怨我胃痛。

妈妈嘘声让我安静下来，抚摸着我的头发，用湿毛巾擦拭我的额头。她说一切都会好起来的，一切都会像以前一样。她向我保证。

我又犯恶心了。我在不停地冒汗。

架子上放着一个玻璃碗，我现在看它，比以前任何时候看都清楚，比站在它旁边看更清楚。圆形玻璃的每一个变化，每一道光的反射，每一处凹凸不平和微小气泡，都在我眼前无限放大。头顶的吊灯转啊转，倏地撕开一道裂缝，炫目的光倾泻而下。桌上橙色的陶瓷鸟突然飞上半空，兜转盘旋。它转过头，用亡物一般死寂的眼神看着我。天花板像充满弹性的皮肤一样上下起伏，四面的墙壁来回滑动，地板上全是水，一层层波浪在房间里激荡。

爸爸告诉我他在花园里，他在等我，问我想不想帮他洗车。

风拂过树林，轻声吟唱。

一片混沌中，有东西悄然浮现。

在我的梦里。在我清醒之前。

是回忆。

门口那个邮箱，我小时候曾以为它是魔法。

没有人有这种像房子一样的邮箱。它外表漆成明黄色，挂着姜饼装饰品，嵌有塔楼和门廊，陶瓷花朵一路攀爬到屋顶。以前我常常站在它面前，盯着它看，假装自己住在里面。**在这间房子里，你永远都是开心的。**

有一天，我骑自行车不小心撞上了它。我还没有真正学会踩刹车，我骑得太快了，撞到了邮箱上。它掉下来，摔坏了。

我哭了。我身上很疼，膝盖擦伤了。我弄坏了妈妈的东西，我感到很羞愧。

爸爸抱住我说这只是一件小事。他捡起邮箱，答应妈妈，他下班回家后会修好的。爸爸走后，妈妈拽着我的胳膊，让我坐在一张面向墙壁的椅子上。我一直坐在那里，哭着乞求原谅。她在我身后转来转去，尖叫着说我如何伤害到她，我如何一文不值。她为我做了那么多，我却不知感激。我说我不是故意的。她扇了我一个耳光，警告我不要乱动，转身就走了。

我的腿和屁股都快坐僵了，她才回来。我不知道她去哪儿了，也不知道她去了多久。她拉我起来，说她是我的妈妈。我必须爱她，尊重她。如果我照做，一切都会好起来的。尊重就是爱，爱就是尊重，两者是一样的。

她看到我的伤口，大惊小怪起来。她往伤口上洒上药用酒精。伤口像火烧一样疼，我哭得更厉害了。她却温柔地安慰我，让我安静下来，说这是必经的过程。她擦掉我的眼泪，用力抱住我，非常用力，我们为爸爸烤了一个蛋糕。他回家后，发现一切如常，一切都好起来了。

以前我们经常一起在花园里捣鼓花草。妈妈教我什么是种植区和耐寒性。我们的花园整洁又漂亮。帮妈妈干活，看她开心的模样，是我最喜欢做的事。有一天，我心血来潮地想送她一束花，便从花坛里摘下一些郁金香，切掉花朵，留下花秆。从那之后，她再也不允许我帮忙了。

我一受伤或生病，她马上就变成了一位“好妈妈”。给我念书，帮我剪头发，安慰我，给我包扎。但她邪恶的另一面总会时不时地流露出来。说错一个字、给错一个眼神、问错一个问题，都足以唤醒她内心的恶魔。和她在一起，我从未感受过安全感。我学会了时刻保持警惕。想让她心情好，我说话就必须字字斟酌。

我记得我在地下室的楼梯上摔过。又黑又陡峭的地下室楼梯朝我升起，围着我打转，冲撞着我。坚硬的边角敲打着我的头、胳膊和腿。我卧倒在地下室的地板上，抬头一看，门口出现了一个黑色的轮廓。首先，我并不知道这是谁。于是我问：**你是谁？你为什么推我？**

天花板上的灯亮了。黑影不见了，站在门口的是妈妈，她一脸震惊。她捂住嘴巴，高声尖叫着冲下楼梯，把我抱进怀里。

她嘴里不断地安慰我，安慰我，安慰我。说我一定是在黑暗中摔倒了。**你必须小心点，伊莎贝尔。哦，我的小宝贝，你做了什么？**

爸爸知道她是怎么虐待我的吗？我不知道。我觉得他不知道。至少不知道全部真相。也许他并不想看到这些。他厌恶冲突。但当她在他面前失态的时候，他会保护我。所以她会看场合行事。**等我们俩独处的时候**。我没有告诉过任何人。她会生气都是我的错，而我不想让爸爸也讨厌我。

现在我明白了，我为什么恨她，为什么想她死。她不知道在我的幻想中已经死了多少次了，我又在她的坟墓上啐了多少口唾沫。但即便在仇恨和愤怒的掩护之下，我还是恐惧。这种恐惧使我逃避回忆。我一直害怕自己的记忆。

妈妈一直都很擅长拨乱反正。情况好转时，一切都雨过天晴。我不想毁了家里温馨的时光。但我仍然会犯错。真希望那些风平浪静的日子是真实存在的。但我看清了她真实的自我。虽然我不愿对自己承认她的疯狂本质，但我心知肚明。她比任何东西都更让我害怕。

她告诉我她爱我，但这是一种完全依附她的标准的苛刻的爱。她想让我也回报同等的爱。但我不知道怎么做。因为对她来说，我的爱怎么都不够。

虽然她也很爱爸爸，但她嫉妒我和爸爸的关系，这我知道。他比我想象中更重要。

自从他死后，她又端起了那副怪异的表情。我以前见过，我了解甚至习惯她这个模样。

但现在更荒诞了。

她脸上永远挂着这种怪异的神气。

我不知道她心里的自己是怎样的，她看着我时会想到什么。

我才意识到，我恐惧的不是自己的记忆，而是她。

斯特拉

亨里克双臂交叉，等着我继续。我慢慢地站起来，走到窗前，又转身走回去。

“就是那个告诉你我觉得伊莎贝尔是爱丽丝的女人。”我说，“从那时她就已经开始到处散播关于我精神状态的怀疑论了。她想让我表现失常，精神错乱，需要人照顾。”

亨里克蹙起眉头，怀疑地看着我。

我自己也在想，这可能吗？她怎么知道的？这些年她都在监视我吗？

一直都是她。我第一次到巴喀嘉德探访她家时，看见我的不是邻居——是她，这就是我的猜测。

现在她知道我知道了。

她害怕终有一天真相暴露，害怕到拼命阻止我，要杀我。

亨里克说：“我遇见的那个女人和蔼可亲，是一个忧心忡忡的妈妈。她绝不是你诬蔑的神经病。”

我把死亡威胁信放回包里，现在不是谈论这个的好时机。从昨天起到现在，一切都是老样子。我们必须把关注点放到米洛身上。

“我要买杯咖啡，”我说，“你想喝吗？”

亨里克没有说话，只摇了摇头。

我乘电梯到大厅，这里也挂着献血标志。**成为献血者**。我在咖啡馆买完咖啡，又搭电梯回去。我走出电梯，站在附近走廊的全景窗前。

天空看起来像石板一样青灰。医院对面的公墓满地落叶，紧挨着 E4 高速公路，一条堵塞的车龙一直延伸到市外。这是一个普通的星期三，这些人都奔着各自的目的地而去，像什么都没有发生一样，过着他们的日常生活。

休息室里的团体治疗很快开始了。爱丽丝今天会去吗？不知道谁接管了疗程。无所谓，一切都面目全非了。

手术进行得很顺利，米洛被推进了康复病房。左腿的石膏一直打到膝盖。他头上的绷带已经拆了，但太阳穴上的还留着。他的脸色依然很苍白。他睡着了。

他醒来时，他们已经把他送回那个淡黄色的房间了。我们在一起聊天、打牌。米洛在手机上给我播放了一场比赛。他脸上的瘀伤变黑了些许。“过几天会更难看。”查房的医生告诉我们。

“看起来很酷。”亨里克打趣道。闻言，米洛笑了。

后来他的祖父母来探望他。玛格丽塔给了我一个大大的拥抱。我拥抱着她，抱了很久。

“你看起来好多了。”她说，“我喜欢你的新发型。”

“我们该吃饭了，”亨里克说，“你一定饿了，米洛？”

“我想要一个超大号的巨无霸，再加一个芝士汉堡。”

亨里克大笑起来。

“我尽量带回来。”他看向我。

“我不饿，”我说，“咖啡对我来说足够了。”

“但是你总得吃饭。”亨里克说，“如果你只是喝咖啡，很快你喝的咖啡比血管里的血液还多了。”

我盯着他：“你说什么？”

“什么？”

“你刚才说什么？”我重复道。

亨里克做了个鬼脸：“你应该吃点东西，你很久没有吃过——”

“不，不，另一句话。咖啡那句。”

“咖啡比——”

“比血管里的血液还多。”

一句傻乎乎的话。但这忽然让我醒悟了一些显而易见的事情。我早该想到的。

献血

生：1　**死**：0

伊莎贝尔

我听见了尖锐刺耳的电话铃声。这声音穿透厚重的迷雾，聒噪不息。不久，它停了下来。但过了一会儿，它又一遍接一遍地响起来。永远都不会结束，就算捂住耳朵也无济于事。我们旧座机的声音真可怕。我不知道妈妈为什么不接电话。

我起身坐在床边。喉间隐隐作呕，但我又强迫自己咽了下去。我费力地站起来，靠在墙上，拖着脚蹒跚地走出房间。

楼上桌子上的电话不断响起可怕的夺命铃声。我想快点上楼，但我不受控制，我的身体仿佛有了自我意识，不听大脑的指挥。

我终于爬到楼上时，电话铃已经停了下来。我倒在地板上，靠着墙。我浑身委顿，没有力气再回去了。

电话又响了。我伸出手，抓住听筒，放在耳边。听筒好重，我快要撑不住了。

电话那头有个女人在喊我的名字，重复了好几次。我想，我认出了这嗓音，但我不确定。

我尽力吐出的字眼只有："你好？"

她变得急切起来，她要我仔细听着。她问我的血型是什么。

"为什么？"我问。

她说我是献血者，需要详细解释自己的血型。我不明白。

她说的每一句话都源源不断地从听筒里流淌出来，流进我的耳朵，再从耳朵流进我的身体里，流到我的胸腔里，流到我的肚子里。这些话在我身体里不停地反反复复地打转。

我又犯恶心了。

“慢点，”我说，“你必须、说、慢点。”

她的语速更慢了，她又解释了一遍。现在我知道她是谁了。

“斯特拉。”我说。

我俯在地板上，慢慢地挪到楼梯旁，反转身体，让脚朝下。我趴在楼梯上，滑了下去。就像我小时候那样。我不应该这么做，这会让妈妈发疯的。但她现在不在家，**但她随时可能回来**。

我一次只能滑下一个阶梯，然后必须垂下头，休息一会儿，深呼吸，擦掉眼角的汗水。再滑下一个阶梯，再滑下一个。

我现在下来了。有堵墙压在我的身上。我用力闭闭眼，又睁开看。墙已经不倾斜了。我汗流不止，恶心感又翻涌而上。我的腿不听我的话。我的胳膊、我的双手都不听我的话。

我爬向墙角，用力坐起来。我靠着墙慢慢地站起来，走去客厅。我的钱包放在夹克里，里面放着一张纸。像往常一样，我习惯记事。献血时，我钻进停在瑞士皇家理工学院外的献血车里。护士匆忙地写下我的血压、血液值，以及血型，都在那张纸上，在我的钱包里。

好难。好重。好艰辛。好复杂。

但我答应过斯特拉，我必须试试。

我走到帽架前，拉开夹克，摸索到里面的口袋，抓住钱包。我的手止不住地颤抖，钱包啪地掉落在地。我屈膝，跪下，抓起钱包，翻找纸张。

纸上的数字和字母在我眼前跳起舞来。我眯缝着眼，屏住呼吸，强迫我的眼睛聚焦起来。

血压（BP）：110/60

血红蛋白：129

血型（BT）：A 型 Rh 阴性血（A neg）

我拖着虚弱的身躯爬过地板，穿过客厅。快一点，我得爬快一点。我不能被妈妈看到。厨房里的“图书馆”，是这栋房子里我最讨厌的房间，里面棕色的墙壁、破旧的木制鱼骨地板、小窗户前的灰色窗帘，到处都隐藏着不为人知的秘密。

钥匙在书架上，我抓住它，拿在手里，看着它。我从来没有窥探过妈妈的东西，从来都没有。我知道她发现了会有什么后果。

我的手心出汗了，握不住钥匙。它掉落在地，滑到了桌子下面。我跪着趴下来，把手探入桌底，手指不停地摸索着。地毯有股臭味，我吸入了不少灰尘。碰到钥匙了，我用食指摩挲了一下，探索着把它纳入手心。我抓住钥匙了，我紧紧地握住它，用力地合起掌心。

我像置身深海一样游动。周围的一切都很滞慢，很沉重。我不可能做到的。妈妈很快就回来了。她会杀了我的。

我坐起来。我已经汗流浃背了，我需要去洗手间。我双手攥着钥匙。呼吸，呼吸。稳住手，稳住。我颤抖地拿着钥匙，在桌下的那个柜子表面擦刮着。我努力睁大双眼，仔细地盯着，睁大双眼。我合上一只眼睛，努力瞄准锁孔。钥匙又插错地方，滑到一边去了。

如果妈妈回家，进了房间，看见了我……

我用衬衫擦去眼角的汗水，咽下一个冒着酸气的嗝，双手拿着钥匙。我竭力瞄准，把钥匙插进锁孔，转动它。我打开橱柜，活页夹静静地躺在里面。我把它拉出来，放在地板上。我呼吸，呼吸。我做到了，我做到了。我会快速看完，找到斯特拉怀疑的信息，再把它放回去。再回去睡觉。赶在妈妈回家之前。

最上面的是出生证明。

女孩。1993 年 8 月 29 日 18 时 52 分出生。

6 磅 4 盎司。19.2 英寸。

我读啊读，终于看到了。她说得对，斯特拉是对的。

母亲的血型为 O 型 Rhd 阴性血，孩子的血型为 B 型 Rhd 阳性血。

无 Rh 免疫。血液中毒。

孩子是 B 型阳性血。

血液中心给我的便条上写着 A 型阴性血。

妈妈的急性病不是由血液混合引起的，她在说谎。

后面的塑料袋里有东西。

是一些照片。最上面的照片背后写着“克斯廷和伊莎贝尔，哥本哈根，1994 年 2 月”。她说我小时候没有留下照片，这她也在说谎。为什么？

我把照片翻过来，上面是更为年轻的克斯廷。她看着镜头，露出幸福的笑容。她怀里抱着一个孩子，一个几个月大的女孩，她有着一头金色的鬈发。

另一张照片也是在同一地方拍摄的，是一个特写镜头，里面的克斯廷抱着一个金发婴儿，笑容满面。

我仔细端详着那个女孩。她笑着，但没有酒窝。她的右耳不像我的右耳。她是谁？这才是真正的伊莎贝尔吗？如果她是，那我是谁？

我猛地关上活页夹。我想要把它放回原处，但有什么东西卡住了。我把它放在地板上，里面的照片却滑落出来，撒了一地。我看到什么堵在架子里了。是我的手机。我的手机被妈妈锁在了桌子下面的柜子里，又是另一个谎言。

我必须好起来，我必须离开这里。这时，前门开了，有人在呼喊我的名字。

一连串脚步声停下来了。我听到了一声长长的叹息声，我的心开始怦怦直跳。

我扭头向上看。

妈妈站在门口。她看着我，她看着桌子，她看着活页夹和散落在地板上的照片。

她走过来，俯身倾向我。

我闭上眼睛，抬起双手，做出防御性的姿态。

斯特拉

她没有回电话。

我等她的电话等了好几小时了。

肯定发生了什么事。

亨里克和米洛睡着了。但我的床铺硬邦邦的，我一直醒着。我翻了个身，看了看手机，2:16。这么晚了，爱丽丝不会打电话过来的。

她说她要看一下资料。她听起来昏昏沉沉的，像是被下药了。我不确定我有没有把话说清楚，让她明白，她必须马上离开那里。但她答应我会回电话的。

克斯廷已经证明了自己的手段。

如果她发现爱丽丝和我通电话，她会做出什么事来？

我应该直接开车去博尔温格，但我还是按捺住了冲动。米洛需要我陪在他身边。爱丽丝自愿去了那里。她说，她是出于自己的意愿回去的，我相信她。只要克斯廷不知道她掌握真相了，她就没有危险。我是这么安慰自己的，至少现在是这样。

我又看了看手机，2:48。什么都没收到。我转过身来，闭上眼睛。

亨里克摇了摇我的肩膀，把我叫醒。他蹲在我的旁边，已经穿好衣服了。

“我们得谈谈，”他说，“跟我去厨房吧。”

他没有等我。我穿上裤子和衬衫，套上亨里克的羊毛衫，跟了上去。他给我泡了一杯咖啡。

“警察正在来的路上，他们希望米洛告诉他们事发的细节。你有异议吗？”

“只要他身体允许。”我说。

“医生已经批准了。”亨里克说。

“好吧。我们不如尽快把这件事解决了。”

亨里克透过杯子边缘看着我：“到时你想说些什么？”

“关于什么？”

“你会指控谁谋杀未遂吗？”

“难道这不是谋杀未遂吗？”我反问道，“他被撞倒了，扔在路边不管不顾。不该有人负起责任？”

“你知道我是什么意思。”

“我昨天打电话给她了。”

亨里克看着我：“你说什么？”

“你说我喝的咖啡比血管里的血液还多。”我说，“我意识到伊莎贝尔的血型一定是错的。我必须打电话告诉她。”

亨里克面露愠色，但我还是继续说道：“你知道她在哪里吗？在博尔温格，克斯廷家。”

“你知道吗，我根本一点都不在乎。”

我放下杯子：“你别开玩笑了。克斯廷想杀了我们的儿子。你难道不知道，她会不择手段来隐瞒自己的所作所为吗？她偷了我的女儿。”

亨里克砰的一声把杯子重重地摔在桌子上。

“你才是那个糊糊涂涂的人。你的女儿已经死了20多年了，斯特拉。但你儿子还活着，米洛在这里。此时此刻，他需要你。”

“我就是为他而来，”我辩解道，“我在陪他，亨里克。”

“到底怎样才能让你停下来？你要胡闹到什么时候？你准备牺牲一切吗？米洛？我们？”

“你这是给我下最后通牒吗？选择女儿还是儿子？是这意思吗？”

他没有回答，只是颓唐地摇摇头，低头看向地板。

我转身进走廊，走去洗手间。我双手握拳，用力猛击在墙上。我坐在马桶盖上，把头埋进手心，慢慢地平息怒气。

男人是奇怪的生物。一旦他们开始犯蠢，我就很难理解他们的脑回路了。而愚笨的亨里克一顽固起来，简直要让我发疯。

我拿起手机，直到现在我才看到有人发了一条短信给我。我解锁，进入主界面。我看到绿色的信息图标上出现了一个红色的数字“1”。我按下图标，是陌生号码。我看了信息，但我不明白它的意思。我又读了一遍，才迟钝地意识到，是克斯廷发来的。

克斯廷

我可怜的小宝贝。你病了，你真的病了。妈妈在照顾你，你很快就会好起来的。你不会再呕吐，不会再恶心，这些症状很快就会消失了。等毒素从你的身体内排出去，等邪恶离开你之后。这可能需要时间，但我会帮你的。我永远都不会抛弃你的。

电话铃响了，一遍又一遍地响着。这声音让伊莎贝尔很懊恼。虽然她没醒，但她开始翻来覆去了。我拿起电话，说出我的名字，问打电话的是谁。

一个粗犷的男声传来：“我是马茨·赫丁，斯德哥尔摩警察局的警探。”

我差点挂断电话，我对他要说的话一点兴趣都没有。但我强忍怒气，就像我一直做的那样。该做什么事的时候，克斯廷·卡尔森就做什么。克斯廷·卡尔森总是尽力而为。

“哦，这样啊？”我说，“有什么需要帮忙的吗？”

“我要问几个关于你的女儿伊莎贝尔·卡尔森的问题。”马茨·赫丁说。

我听到他的话了。但我不明白他想从我这里得到什么。

“你好？”他说，“你还在听吗？”

“问题？什么问题？”我问。

“你最近见过她吗？”

他想要什么？他目的何在？关于斯特拉·威斯特兰德，我要说的都说了。

“我最近见没见过伊莎贝尔？”我说，“你怎么这么问？我当然见过，我刚从斯德哥尔摩回来。”

“有人报警说你的女儿失踪了。”马茨·赫丁说，“她的朋友乔安娜最后一次见到她，是上个星期五的早上。在伊莎贝尔和你回达拉纳之前。据她说，伊莎贝尔四天前的星期天就该回去了。但她一直没出现，联系不上她，也找不到人。乔安娜说她找过你，但也没联系上。”

“有人报警说她失踪了？”我脱口而出。

“因为你之前也报过警，说她受到了威胁和骚扰，我们非常严肃地看待这次警讯，但我们必须排除她和你在一起的可能性。”

“不，不，”我说，“你们误会了，她没和我在一起。她只是带我去斯德哥尔摩火车站坐车，就这样。我不知道乔安娜从哪里听说她和我一起的。”

“真的吗？你最后一次见她是什么时候？”

“在中央车站，她向我挥手告别。正如我所说，她陪我去车站。你该不会认为她出事了吧？”

马茨·赫丁沉默了一会儿：“我们还不清楚。”

“那个女人，斯特拉·威斯特兰德。我就知道是她。如果伊莎贝尔出了什么事，如果我女儿……”

“好了，好了，没人说她出事了。”

“她去过瓦林比。就在我离开之前。在大街上。在我女儿住的公寓下面，我在窗口什么都看到了。她疯了，她朝我女儿扑过去，把她吓坏了。幸运的是，伊莎贝尔挣脱了她。她跑进公寓，伤心极了。她哭个不停，整个人都颤抖着。”

“你为什么不报警？”

“我要报多少次警，你们才会采取行动？我告诉过你，她很危险。她认为伊莎贝尔是她的孩子，她想把我女儿从我身边夺走。”

“从上个星期五开始，你都没有和伊莎贝尔联系过吗？”

“不，我没有。”

“你没有打过电话给她？一次都没有？”马茨·赫丁无礼地问道，他的话里含有浓浓的指责意味。

“我尽量不给她打电话，她不喜欢我总是这样做。她在斯德哥尔摩有自己的生活，我尊重她这一点。我想她可能和她男朋友在一起，我不想打扰她。”

我哭了，我很担心。我用力地抽了抽鼻子。

“哪怕她又被你报警的同一个女人骚扰了？”

“我不明白你为什么这么指责我。我做错了什么？不管我做什么，都是错的。”

“没有人指责你，卡尔森夫人。”马茨·赫丁说，“她的男朋友，他叫什么名字？”

“弗雷德里克，弗雷德里克·拉尔森。我想他们是同班同学。”

他沉默了一会儿，说如果我发现了什么，就马上联系他。他们会立刻去审问斯特拉·威斯特兰德。我问他为什么不早点这么做，为什么还没有逮捕她。

“这是我们的首要任务，我们正严阵以待。”马茨·赫丁再次向我保证，“但是我们不能就这么无凭无据地把人关起来。”

我什么也没说，真是毫无意义。

我才不管有没有证据。我需要帮助时，他们却不闻不问。他们从来都没有认真对待过这件事。我必须自己讨回公道，像往常一样。

马茨·赫丁说他们也会找她的男朋友谈谈，保持联系。

我哭着表达谢意，再次声明我有多担心。然后我立刻挂断了电话。我可没有时间管这个，我还有其他事情要处理。

那个男朋友。弗雷德里克永远不会成为伊莎贝尔的男朋友。我已经看过他发给她的所有信息了，我也看过她回复的信息。我什么都知道了。所有他渴望对她做的肮脏的事，而她又多么渴望对他做肮脏的事。太恶心了，我想吐。

我看过她发过去的不雅照片。她就像盘菜一样把自己呈上去，想激起他的食欲。他肯定会饥饿的。但当然，他不会那样说出来。他告诉她，她很美味，他想念她。想念什么，可想而知。我看见她凌乱不堪的床铺。天知道他们在做什么。

她不明白自己在挑逗什么力量。尽管我告诉过她，我警告过她，她还是置若罔闻。

男人的目的只有一个。他从甜言蜜语开始，从夸下海口和惺惺作态开始。他倾向于采用暴力手段，攫取他想要的。

他一次又一次地对一个女人下手，对她巧取豪夺。

然后甩手而去。

任由她泣血捶膺，沉迷不醒。

他的眼里、他的目的只有她的肉体。

他想侵犯她、弄脏她。

一点点地消耗她的能量。

一旦腻味，最终便像破布娃娃一样甩开她。

他想强奸她。

即使你不想，他也会强迫你。

他会打你的脸，朝你吐口水。

对你大声咒骂。

好痛，痛得你尖叫起来。

直到你无力发出声音。

你受伤了。

你血流不止。

你为你的苦难付出了鲜血的代价。

如此丑陋、可耻、恶毒的男人怎么会生下一个我永远无法理解的宝贝。那是上天赐予我的洋娃娃，她的全身心都是我的。

世界上最美丽、最精致的小东西。

亲爱的伊莎贝尔。

如果你知道你在逗弄什么，你会悔不当初的。

但是你陷入了迷途，充满了困惑。

你被荼毒了。

你很虚弱。

你认为那是爱，是美好的事情。

你应该高兴我救了你，我保护了你。

你应该感激我是你的母亲。

斯特拉

我飞速地跑过走廊，冲进厨房，举起手机，放到亨里克面前。他拿过手机，读了起来。我看到他脸上的震惊之色一点点放大。

可惜他活下来了。可惜你没看到他死。那样你就一个孩子都没有了。

都是因为你，你的儿子才会受伤。该躺在病床上的是你。

你这个没用的妈妈，你把他推进危险之中。就像你曾经对待你的孩子那样。

她现在是我的了。

护士艾伦进来了。

“很抱歉打断你们，警察来了。”

“我们马上过去。”我回道。

亨里克握住我的手，注视着我的眼睛。

“米洛必须录口供，”他说，“我们会告诉警察，这不是一宗交通事故。这是一次谋杀未遂。”

亨里克和我在米洛旁边坐下。警探奥莉维亚·伦德奎斯特和马茨·赫丁敲了敲门，走进房间。我不明白为什么是他们来调查。

难道不应该是穿制服的警察吗？

我和亨里克对视了一眼。亨里克站起来，伸出一只手。马茨·赫丁握住他的手，冲我点了点头。奥莉维亚·伦德奎斯特也这样打了招呼。我一直坐在米洛旁边。

“嗨，米洛，我叫马茨。这是我的同事，奥莉维亚。你伤得不轻啊。”

马茨·赫丁懒洋洋地在斜对面坐下，强壮的臂膀压在桌子上。米洛严肃地看着他，亨里克也坐了下来。奥莉维亚·伦德奎斯特靠在墙上。虽然我尽量不看她，但我能感觉到，她在观察我。

“我们听说你出了事故。”马茨·赫丁对米洛说，“你能告诉我发生了什么事吗？”马茨·赫丁警探和米洛谈话时，表现得完全不同。他浑身散发出温暖平和的气息。

“我大约 5 点半离开家。”米洛说，“星期二下午，我要去乔纳森家，他住得很近，不超过一英里。外面很黑，下着倾盆大雨。我走在人行道上，到处都是耀眼的路灯。另外，我还撑着妈妈的红色雨伞，上面有反光条纹。我整个人都应该很显眼的。”

“你没有做错什么。”马茨·赫丁说，“那个地方灯光很好。我也看过雨伞，你肯定是很显眼的。对吗，奥莉维亚？”她向米洛点头微笑，米洛也回她一个笑容。

米洛告诉他们，他听到身后传来车辆的声音。他注意到车的时候，司机已经减速了。他转过身来。他不知道那是什么牌子的车，也没看清车牌号，只知道是一辆黑色的两厢车或 SUV，黑色或深蓝色。但下一秒司机却踩下油门，径直撞向他。之后发生的事情他就不记得了。好像他用尽全身力气想跳到一边，但他也不确定。

“谢谢，米洛。”马茨·赫丁说，“我们需要和你的父母谈一会儿。你和艾伦一起到厨房去，可以吗？吃点早餐？”

艾伦似乎听到了赫丁刚刚说的话，打开了门。她向我们微笑着，走到米洛跟前，扶他从椅子上起来。米洛走过我身旁时，我轻抚他的手臂，低声说我爱他。

奥莉维亚·伦德奎斯特警探坐在椅子上。她跷着二郎腿，双手放在桌子上，紧握在一起。她转向亨里克。

“我们有一位证人证实了米洛刚刚说的情况。”她说，“有人看到肇事车辆减速，再加速撞向你的儿子。米洛跳开了。这很可能救了他的命。司机似乎没有受到影响。米洛和我们的证人都认为这是蓄意行为。证人也觉得司机故意撞了米洛。”

我双手握成拳，放在膝盖上。我想向他们解释，我知道是谁干的、是谁开的车。我想告诉他们，他们应该逮捕克斯廷·卡尔森，那个偷走我女儿、差点杀了我儿子的女人。

“我们很难描述出司机的模样。”马茨·赫丁继续说道，“他头上可能戴着兜帽或滑雪面罩。”

我看着亨里克。他对上我的视线，我知道他明白了，我一直都是对的。他伸出手来，我握住他的手。

“不幸的是，证人也没认出这是什么类型的车，车牌号码是什么，但他也提到这是一辆黑色的 SUV 或两厢车。”马茨·赫丁的表情很严肃，“我们希望司机能挺身而出，对事故负责。”

“这不是一起交通事故。”亨里克说。

“不是交通事故？你什么意思？”

“米洛撑着斯特拉的伞。司机以为他是我的妻子。”

“你怎么会有这种想法？”奥利维亚·伦德奎斯特说。

我拿出死亡威胁信，放在桌面上，把晚上收到的短信给他们看。

“我知道这一切是谁做的，”我说，“我知道是谁撞了米洛。”

“你是说，这是同一个人？”奥莉维亚·伦德奎斯特说。

“同一个女人。”

“同一个女人？”

“她一直在监视我们家。穿着同一件雨衣，戴着兜帽，遮住自己的脸。就是这个女人开车撞了我们的儿子。”

奥利维亚·伦德奎斯特警探将那张死亡威胁信拉过去。

“你报警了吗？”她问。

“没有。”我答道。亨里克的手臂环过我的背部，我感受到了他的支持，“但也许我早该报警的。”

“也许是的。”马茨·赫丁说，“这种警告常见吗？”

马茨·赫丁深呼吸一口气，又缓缓地呼出来：“对于一个心理治疗师来说，收到死亡威胁信是不是很常见？”

“有些病人会威胁他们的治疗师，但这并不常见。”我答道，“那些与情感障碍做斗争，或者无法克制冲动的病人，还有那些症状包括攻击性行为的病人有可能会做出威胁。”

“为什么有人要杀你？”奥莉维亚·伦德奎斯特问道。

“就像短信说的，她偷走了我失踪的女儿……”

“那么你还有一个女儿？”

“上次见面的时候，我告诉过你了。”我说，“她在 21 年前失踪了。幕后黑手是同一个人。绑架我女儿的女人开车撞米洛，因为她以为他是我。她想阻止我，让我停止追查。”

两位警探互相交换了眼色。奥莉维亚·伦德奎斯特又拿起手机读了起来。

“但信息里并不是这么说的，不是吗？”她看着我，“这里没有说她 21 年前绑架了你的女儿？”

“不，不用说太多，”我现在有点不耐烦了，“读读看。上面说她想看到我死，说我多管闲事，因为她现在是我的了。她写道，我把所有的孩子都推入危险之中，那么她一定也知道我女儿的一些事情，对吧？”

“我想问问你，你怎么把你儿子置于危险之中？你能说说看吗？”

我咬紧牙关，我觉得我随时可能勃然大怒。

亨里克捏了捏我的手臂。“这些问题的目的是什么？”他说，“我们都说清楚了，我们的儿子被人撞了，我的妻子受到了威胁。此外，我们确认她才是谋杀的目标。你还读了信息。你不应该把精力集中到这些事上吗，还是你根本不认真对待整个案子？”

“不，我们非常认真。”马茨·赫丁似笑非笑道，我不喜欢他这副模样，“但不幸的是，斯特拉，我们必须问你，你上个星期五在哪里？”

他们两个都看着我，亨里克也看向了我。

“上个星期五？”我说，“我不记得上个星期五我做了什么。”

“不如我帮你想想。”奥莉维亚·伦德奎斯特说，“你去找了伊莎贝尔·卡尔森。现在想起来了吗，还是说，你需要更多细节？即使她们警告你离远点，你还是出现在了她家外面。你很生气，在她家门外的大街上就冲她扑了过去。”

是那个星期五。那天，我做了最后一次绝望的尝试。

“我确实去了那里，但我没有扑向她。”

“根据我们的情报，你表现得咄咄逼人，还有点神志不清。”

“我没有咄咄逼人。绝对没有。”

“那你不是很清醒？”

“当时我只是有点混乱。”

奥莉维亚·伦德奎斯特抿起嘴唇：“几点的事？”

“我想，大概 11 点 12 点吧。”

“那天剩下的时间你都做了什么？”

“首先，我回家待了一段时间。然后去米洛的学校，大概下午 3 点，然后和亨里克出去了一会儿。”

奥莉维亚·伦德奎斯特看向亨里克。

“是这样吗？”

“是的。”他答道。

“那晚上呢？比方说，6 点到 10 点之间？”

“那时我在家。”

“你能证明吗？”奥莉维亚·伦德奎斯特再次看向亨里克。

我知道他无法证明，一种沉坠感开始在我的胃里翻腾。

“为什么要问这些？”他问，“我们需要联系我们的律师吗？”

“随你。”奥利维亚·伦德奎斯特答道，“但如果你合作的话，案件会变得更容易些。”

“我不在家。”亨里克说，“下午 4 点半左右我载斯特拉回家，5 点左右离开家去参加一个工作活动。至少有 25 到 30 个人可以证明我在那里。”

“没必要。”奥利维亚·伦德奎斯特说，“你开派对了吗？”

亨里克平静地看着她：“怎么？现在开派对也违法了吗？”

“你什么时候回到的家？”她问。

“很晚。我不知道把出租车收据放在哪里了。”

“凌晨3点半。”我说，“亨里克回家后不久，我开车去了一个朋友家。你可以和她确认一下，佩尼拉·达尔。”

“你为什么去朋友家？”奥莉维亚·伦德奎斯特问道。

“我们吵架了。”

“为了什么？”

“没什么。”

“没什么？根据我的经验，吵架总有起因。但也许你们俩属于例外？”

“我们之间有个误会。”我看着亨里克说。他笑了。我看向警察，“只是一个愚蠢的误会。”

“听起来不像没什么。”马茨·赫丁说，“在这里说的误会是什么误会？”

“我以为我妻子在和别人约会。我很嫉妒。”亨里克说，“但事实并非如此。我错了。满意了吗？”

马茨·赫丁扭了扭身体，奥莉维亚·伦德奎斯特鄙夷地看着亨里克。

“所以在下午4点半到第二天早上4点之间，没人能证明你在哪里？”马茨·赫丁对我说道。

“没有。你为什么问这个？”

“有人报警说伊莎贝尔·卡尔森失踪了。”

“失踪？但我知道——”

“等等。”奥利维亚·伦德奎斯特警探举起双手，“伊莎贝尔在学校失踪了。这样的事从来都没有发生过。她没有在Facebook上更新状态。从上个星期六起就没有任何社交活动。她好几天没接电话了。她的男朋友和室友笃信她出了什么事。”

奥莉维亚·伦德奎斯特俯下身，打量着我。

“据伊莎贝尔的男朋友说，她担心有人跟踪她。以前有人据此举报过你一次。除了她妈妈，你是最后一个见到伊莎贝尔的人。这一点你刚刚确认了。你最好和我们坦白，还是要我们带你去车站？”

“我们到此为止。”亨里克说，“谈话结束了。如果你还有什么问题，请联系我们的律师。”他正要站起来，我用手按住了他的胳膊。

“我知道她在哪儿。”我说。

“哦，真的吗？”奥利维亚·伦德奎斯特警探向后靠去，“那我想，你最好告诉我。”

“我昨天打电话给克斯廷·卡尔森，然后——”

“为什么？”奥莉维亚·伦德奎斯特打断了我，“你应该和她们保持距离，不能联系她们，任何情况下都不能。”

“但是你没听到我说的话吗？伊莎贝尔在博尔温格，和克斯廷·卡尔森在一起。她才是你要找的人。”

“我们已经和伊莎贝尔的母亲谈过了，”马茨·赫丁说，“伊莎贝尔不在她那儿。”

“克斯廷在撒谎。她在那儿，”我说，“我和她通了电话。她听起来像被下药了。打电话给你们在达拉纳的同僚。在克斯廷带着我女儿‘再次’消失之前，找到她们。”

“据我们所知，伊莎贝尔是克斯廷的女儿。但我们知道你不这么认为。”

“这就是警察的工作方式吗？你们接到一份失踪报告，而我知道人在哪里。伊莎贝尔在法伦维根的博尔温格。快去查。”

“你需要冷静一下。”马茨·赫丁说，“对她们不满的人只有你。没有其他人。如果我是你，我会努力记住这一点。伊莎贝尔·卡尔森失踪了，你差一点就会成为嫌疑人。没有任何人有如此强烈的动机，对她表现出如此巨大的兴趣。”

我站起来，拔高声音：“我女儿被绑架了，我儿子被人撞了，趁为时未晚，做点什么吧！”

“现在，我需要你冷静下来。”奥莉维亚指着椅子说，“坐下。”

我继续站着，两位警探看着我，好像随时准备逮捕我。

“你们才是需要冷静下来的人。”亨里克说，“我们的儿子差点被人杀了。我的妻子承受着巨大的压力。你们的态度只会火上浇油。”

“我们还没问完，”马茨·赫丁说，“请坐，威斯特兰德太太。”

“该说的我们已经说完了，”我仍然站着，“你们现在可以走了。”

“我们希望你空出时间来，留在城里。”

我没有回答。

“你明白我同事的话吗？”奥莉维亚·伦德奎斯特扬起眉毛。

“我现在想陪我的儿子。如果没有别的事的话？”

“我们会和你保持联系的。”马茨·赫丁站起身，离开了房间。奥莉维亚·伦德奎斯特跟在他后面，她却在门口停了下来。

“像你这样的人总是很难对付。”她说。

“我这样的人？”

“认为自己比别人懂得多的人。”

我走到她跟前：“我一点都不在乎你喜不喜欢我。对我来说，现在最重要的是我的两个孩子。”

奥莉维亚·伦德奎斯特警探和我脸贴着脸。过了一会儿，我以为她会尖锐地驳回我，或者把我拽去车站。我却看到她的嘴角露出了一丝微笑。

“好吧。”她转身离开了。

斯特拉

亨里克把我抱进怀里。我们在房间中央紧紧相拥，站了很久。我靠在他的胸膛上，感受他温热的呼吸喷在我的发间。最近发生了这么多事情，我们要是聊起来，需要好几天、好几个星期。但此时此刻，我们不需要言语来表达内心的感受。

米洛回到了房间，在床上躺着。我坐在他身边，告诉他关于他姐姐的事。我告诉他，她还活着。

“我以为她死了。”他说。

“我也这么以为。但她还活着。这很奇怪，但我给不出更好的解释。”

“但她立了一个坟墓，上面还有一块刻着白鸽的石头。”

“警察没找到她。坟墓里没有人。”

“但你为什么认为她还活着？”

“我见过她。”

“爱丽丝？”

“是的。”

“什么时候？”

“几个星期以前。一开始我并不确定，已经那么多年了。这就是我表现得这么奇怪的原因。”

米洛摆弄着他的毯子。

“你这段时间真是太烦人了。”

“我知道，我应该早点告诉你的。”我摸了摸他的脸颊，“告诉你和爸爸。我很抱歉。”

米洛看着亨里克：“你怎么看，爸爸？爱丽丝是我的姐姐吗？”

“肯定是。”亨里克说，“你的姐姐。”

我给他们看了我手机上的照片。米洛和亨里克仔细地端详了一番。

“她和我们一样，都有酒窝，妈妈。”米洛说。

“是的。”我说。

“你总说她像玛利亚。”亨里克说，“但我觉得她长得像你。”

“但是发生了什么事？”米洛问，“她去哪儿了？”

“说来话长。以后我会慢慢地把所有事情都告诉你。但首先，我得找到她。”我久久地抱住他，吻了吻他的额头。随后亨里克跟着我走进了走廊。

我们吻住对方。他紧紧地抱着我，我看着他的眼睛。他缓缓地点了点头。虽然他不想我去，但他知道，我必须去。

斯特拉

房子前面的车道是空的。我穿过车道，往法伦维根开去。我经过几栋房子，驶近路边一个废弃的工厂。我靠边停下，把车头掉转过来，朝房子开回去。

我又一次路过那几栋房子，往右拐，开进了一条狭窄的泥路。我停下车，熄掉发动机，看了一眼树林间的房子。也许我应该报警。但经过早上的会面，我发现报警是没用的。我被当成了嫌疑犯，按理我是严禁来这里的。我下车，进入树林，继续朝房子走去。

我在一棵茂密的云杉后停了下来，透过葱郁的枝叶间向里张望。这房子似乎空无一人。百叶窗放了下来，窗帘也拉得严严实实的。

我穿过草坪，上楼梯，走到前门，按门铃。门铃坏了。于是我敲了敲门，耳朵贴在门上听着里面的动静。我拉下把手，想要打开门。但门是锁着的。我走下楼梯，看向厨房的窗户，那里的百叶窗只拉了一半。我爬到窗户下的旧洗碗机上，贴着玻璃往里窥探。里面摆着一张桌子和几张椅子，地板上铺着有条纹的塑料地毯。

我走到房子后面，来到了院子里。几只乌鸦扑棱扑棱地飞走了，它们呀呀的叫声让我停住了脚步。后门旁边放着一个黑色的垃圾袋，里面装着鸡蛋盒和空罐子，周围散落了一地剩饭剩菜。我走到玻璃门前，透过长长的窗帘之间的缝隙往里看。我看到了厨房和隔壁那个棕色墙壁的房间。有一张桌子翻倒在了地上。

她有资料，在书桌里，我去看看。

我拿起手机，拨打号码。我能听到房子里响起了电话铃声，但没人接。

我想找些重的东西从玻璃门扔过去，最后找到了一块砖。我看了一圈，用砖头砸向门把手旁的位置。玻璃碎裂的声音打破了四周的死寂。我屏住呼吸，但我把手伸进去，拧动门闩，打开门，一直都没有邻居出现。

我走进厨房，一动不动地站着倾听了一会儿。有地方在滴水。我环顾四周。角落里放着一个黄色的塑料桶，天花板上正缓缓渗出水来。

厨房柜台上有几个药箱。我翻过箱子看了看：左洛复（Zoloft）、奥美拉唑（Omeprazole）、佐皮克隆（Zopiklon）、甲氧异丁嗪（Nozinan）。

我走进厨房后面的房间，打开顶灯。有人曾在这里大发雷霆。其中一个书架被掀翻了，其他都空荡荡的，书本全散落在了地面上。一张装饰性的桌子倒立在墙边，桌上的台灯玻璃灯罩破碎了，被推倒在远远的角落。它旁边有一个半开的橱柜，我弯腰打开柜门，什么都没有。我又站了起来，环顾整个房间。曾经放置书架的地板上拖曳出了一条条长长的灰尘，像蜕下的蛇皮一样呈青灰色。我拎起台灯，发现了一部半掩在一本书下的手机。

我把手机捡起来，按亮屏幕，手机背景变得清晰可见起来。

是爱丽丝。

她闭上双眼，微笑着。一个金发男人正在亲吻她的脖子。我试着解锁，但需要密码。电池电量很低，手机快没电了，我把它放在书架上。地板上散落着一些照片。我捡起其中一张，背面写着“克斯廷和伊莎贝尔，哥本哈根，1994 年 2 月”。我还没看正面，就听到身后传来声音。我把照片揣进外套口袋，转过身来。一个金棕色头发的女人站在门口。她扫了一眼屋里乱七八糟的东西，急切地看着我。

“冒昧问一下，你是谁？”

我朝她走了几步，伸出手来，她没理会。

“斯特拉·威斯特兰德。”我放下手，“我在找克斯廷·卡尔森。我绕着房子走了一圈，发现有人闯入过。”

那个女人从头到脚打量着我。她识破我的谎言了吗？也许她听到了我打碎玻璃的声音？

“你在这里见过其他人吗？”我问。

女人弯下腰，在地板上拿起一只失去双腿的鹿状瓷像。她把它放回书架上，看向我。墙上的钟摆嘀嗒作响。我忐忑地等着她说我要报警。

“我叫古妮拉，是克斯廷的邻居。”这位女士伸出手来，我们握了握手，“我不确定是否有人闯入。昨晚我们听到这里传出可怕的哭喊声和尖叫声。我想报警，但我的丈夫觉得我们不便干预。”

“昨晚？”我问。一定是在我打电话给爱丽丝之后。

“整个早上，我都看见她穿着那件万年不变的可怕的雨衣在房子和汽车之间来来回回地跑，匆忙地把袋子和手提箱塞进车里。”

“她要去哪里？”

“我没问。克斯廷不喜欢聊天，她会觉得你在窥探她。”

“太糟糕了，”我说，“我真的很想和她谈谈。”

“我觉得她状态不太好，”古妮拉说，“人人都看得出来。她总是自言自语，把窗帘拉得严严实实的，把自己关在屋子里面。她一直擅离职守。自从去年春天，汉斯去世后，这种状态就开始了。汉斯是她的丈夫。”

“太不幸了，”我说，“这段时间她在哪里工作？”

“工作？”古妮拉哼了一声，“我最后听到的就是她被疗养院炒鱿鱼了——哈尔索（Hallsjo）疗养院。我认识那里的人，你知道吧。”

“疗养院在哪里？”

“很近。”她指着外面，“往法伦维根外走一段路，在赫姆街道上右转。那里有个标志，别看漏了。”

“谢谢你。”我从她身边穿过，走进院子。我沿着那条路走下去，她跟在我后面，大声喊道：“嘿？你这么快就要走了吗？”

我快步回到车上，古妮拉在后面喊我留下来。我坐上奥迪，启动汽车，回到法伦维根，再给亨里克打电话。电话铃一响，他马上接了起来，问我情况如何了。我告诉他，她们已经走了，房子被翻了个底朝天。我发现了一些药物，我担心克斯廷对爱丽丝做了什么。

亨里克认为我应该立即报警。他联系了一位律师，不准我再去冒险。

“我只想搞清楚一件事。”我说完，挂断了电话。

伊莎贝尔

我躺在车后座上，妈妈在开车。她摇着头，不停地自言自语。我只能听到只言片语。

我看向窗外，但什么都认不出来。我们要去哪里？我们开了多久了？我闭上眼睛，记忆恍若透过模糊扭曲的镜头一般回放。背景声音被剪掉了，画面也失去了焦距。

妈妈回家了，我无力地靠在桌子上。她看到我在偷看活页夹，她看到了地上的照片。她喊啊，吼啊，将我甩到一边，用力把我的头撞到墙上，一把横扫书架上所有的东西，其中一个甚至被推翻了，书本兜头盖脸地向我砸来。我像个婴儿一样蜷缩在地板上，用手臂遮住脸。我挣扎着想要爬走。妈妈尖叫着说我根本无法辨别好坏，她一遍又一遍地问我，为什么她为我做了那么多，我还是恨她。我没回答，她便用桌子砸我的腿。她把我扔在房间里，去了客厅，打开电视。她一边听着新闻，一边破口大骂。她在房间里走来走去，自言自语。

她回来了，她告诉我，我让她很伤心。我乞求原谅，想要安抚她，让一切恢复原状。妈妈说即使我不配，她也决定再给我一次机会。她推开桌子，安慰着我，向我保证一切都会好起来的。她扶我躺在沙发上。她泡了茶，强迫我全部喝下去。**我唯命是从**。她抚摸着我的头发，嘴里哼着歌。电视很大声，放着一部英国连续剧，讲的是住在城堡里的上流阶层的故事。我昏了过去。

座机响了。

我仰起头，想知道那是不是斯特拉。妈妈接了，她的声音听起来很虚伪做作。她撒谎说我不在这里，我没有和她一起回家。她谈到了斯特拉，说她很危险。

我以前见过妈妈发脾气。我见识过她强烈的控制欲。但生平第一次，我意识到她生病了，永远不会好起来了。她才是那个危险的人。

而且她再也不会隐瞒了。

妈妈又强迫我喝茶。我怀疑里面放了什么有毒的东西。她没留神的时候，我就赶紧呸出来。然后跑进浴室，用手指抠喉咙，吐出喝进胃里的茶。

她把我拖出家门，带到车上。

阳光刺激着我的眼睛，让我眼花缭乱。妈妈用桌子打我的时候，我的左大腿受伤了，隐隐作痛。古妮拉和尼尔斯一般总是在外面晃悠，但现在却无处可寻。街上空无一人。

你们在哪里？你们为什么袖手旁观？你们为什么放任她这么对我？

一直以来，我都去找学校的护士看病。不是这里擦伤，就是那里瘀肿；不是胃痛，就是头痛。身心俱疲。古妮拉为什么放任她对我家暴，坐视不管？她一次也没问过我家里情况如何。

汽车上路了，我回头看了眼房子。我知道，这是我最后一次看到它了。

妈妈在加油站停了下来。我假装还在睡觉，偷偷观察着她。她下车，走进去，和收银台那个家伙搭话。他跟着她走了出来。现在她又换上了另一副面孔，一个开朗又外向的女人。

她是怎么做到的？

她一直都戴着面具，在别人面前撒谎、伪装。她能让人们信任她，甚至信赖她。没有人看得出她的真实本性，我和她住了这么多年，也都没有发现。

收银台那家伙看起来很友善。我想让他醒悟过来，我全心全意地祈祷，他能看出她的真面目，看出她的疯狂本质。但他只是傻乎乎地笑着。

克斯廷

收银台的男士冲我微笑，我也回了他一个笑容。我说自己太笨了，车前有个闪光灯坏了。他能帮我换灯泡吗？我可不想惹上交警，半路被拦下。

他说当然可以，这是个小活儿。他手头也没事做，正好闲着。此间我们聊了一会儿。我告诉他，这辆车在车库里搁置很久了，刚开出来，还不是很上手。他很友好，很乐于助人。我们说说笑笑的，他觉得我是个很好相处的人。只要我愿意，我当然可以变得很好相处。我深谙此道。

他问我的女儿怎么了，看她睡得很沉。

睡觉对她有益，我答道，她需要睡觉。我告诉他她病了。

他祝愿她快点好起来。

谢谢，她会的。

我不喜欢他看她的表情，但我选择宽恕他。他帮了大忙，闪光灯终于又能用了。我绕到后备厢，拿出水罐，跟着他回到加油站。我把一些罐头食品放进购物篮，付钱，谢谢他的帮忙。

一般汉斯会处理这类事情。但现在他走了，我必须自己处理。汉斯在的缺点就是他让我变软弱了。但我不能变软弱，为了我的女儿，为了我自己，我必须坚强起来。我确实很坚强，比任何人想象的都要坚强。

汉斯妨碍我和女儿相处，他想要夺走伊莎贝尔给我的爱。他不应该挑唆她搬去斯德哥尔摩，鼓励她在那里度过今年的夏天。

我被动地摆脱了他。

随着他呼出最后一口气，我的弱点消失了。他的眼神说明了一切。他终于明白了。这是他送给我的最后一份礼物。

一辆高车身的大型越野车停在加油站门口。车内放着轰鸣的音乐声，所谓的音乐。这听起来更像是无休无止的远古嘶喊。几个年轻人靠在车上，分别是几个强壮的青年和一些花枝招展的女孩。我走了出来，他们盯着我，嘻嘻哈哈地对我做鬼脸。

一个帽子往后扣的年轻人径直向我走来，经过我身边时故意狠狠地撞上我的肩膀。

“小心点。”我说。

他怒目瞪视着我，仿佛这是我的错。他冲我竖起中指，骂了一句粗话。

我采用惯常做法，忍气吞声，继续向前走去，真是毫无教养的小兔崽子。

我转过拐角，把水罐装满水。沉甸甸的罐子撞击着我的腿部，我艰难地提着它往回走。我走走停停，不时换个手拎。

我终于走到了车旁——里面没人。

伊莎贝尔

我看见妈妈和服务员走回加油站去了。我用力打开车门，逃了出去。我的心怦怦直跳，血液像瀑布似的涌向我的耳朵。我的身体异常沉重，我跌跌撞撞的，举步维艰。

停车场里还有其他车，但里面没有人。不远处有一辆公共汽车，旁边还有一辆卡车。我踉踉跄跄地走向路边，向一辆往这里开来的汽车挥动双臂。司机看见我了，那是一个头顶棕色帽子、戴着厚框眼镜的老人。他冲我挥挥手，呼啸而过，消失在远方。

主干道上不时有汽车经过。但没有人看见我，也没有人注意到我乏力挥动的手臂。我在喊救命，但我的声音太弱了。我用袖子擦去脸上流淌的汗水，低头一看，我光着脚，没有穿鞋，站立的地方湿答答的，我的紫色袜子已经湿透了。

我看看右边，又看看左边。我现在可能位于瑞典的任何地方。路边飘扬着红白相间的印着连锁加油站名字的旗帜。右边是运动场，左边是公路，公路的对面是田野和草地。往那过去后是几栋房子和一个谷仓，再到森林。我转过身来，一个牌子映入眼帘，上面画着一个红色的箭头，标有荧光绿的字母。我眯缝着眼，努力辨别上面的字——“灵阿鲁姆（Ringarum）餐厅”。

在妈妈出来发现我不见了之前，我得找到人来帮我。我走回公共汽车的位置。一个穿着驾驶制服的胖男人正要点烟。我问他能不能帮帮我。他看着我，皱起了眉头，说瘾君子，快滚吧。

“我需要你的帮助。”我乞求着走了过去，“求你了，我可以躲在公共汽车上吗？”

胖男人推搡我一把，转身就走了。我倒在柏油路上。我的大腿抽搐起来，带来阵阵疼痛。妈妈把我抛到墙上时，我的头炸裂似的抽疼。我想要站起来，但我的身体已经完全脱力了。

“嗨。”有人打招呼。一个蓄着胡子的长发年轻人蹲在我旁边，“你没事吧？他伤到了你吗？”他把手放在我的肩膀上。

“救救我！”

“你一个人吗？”他站起来，环顾四周，看了看加油站。

我抓住他的手，把他拉到我身边，低声说道：“我必须离开这里。”

他把我扶起来。“我的车在那边。”他指着一辆银色沃尔沃说。

我飞快地搂住他的胳膊；他把另一只胳膊搭在我的肩膀上，支撑着我。这里离妈妈的车太远了，她看不到我的。

他打开门，我爬到后座上。一个留着炫酷短发的亚洲女孩坐在副驾驶上，她转过身来看着我。

“你怎么了？好像被人殴打过。”

“她需要去医院，”男子说，“她被打了。”

“你想让我们送你去医院吗？”女孩问道。

我摇了摇头。他们开始讨论起来，我央求他们开车。

“我们要去韦斯特维克（Västervik），”他说，“你想和我们一起吗？”

我点头。

最后，他发动汽车，向出口驶去。我闭上眼睛，把头靠在窗户上。

斯特拉

哈尔索疗养院是一栋巨大的砖头建筑，屋顶是绿色的，连通着三栋颜色相同的圆形附属建筑。我穿过两扇门，进入里屋。一进去就可以看见一个玻璃盒子，里面陈列着一些工艺品，可能是在艺术治疗期间制作的，还展示了锅托、木制的黄油刀，墙上的文字是刺绣绣成的。

一条长廊贯穿了整个一楼。右侧是“加比的美发沙龙”（Gaby's Hair Salon），紧挨着一个修脚店。左侧有一家咖啡馆和一家药房。正前方就是电梯，再过去是一间会议室，里面摆放着轻木做的桌子和椅子。透过巨大的窗户，我看见了一个山谷和几间小房子。

根据电梯旁的公告牌，疗养院病房在二楼、三楼和四楼。我走进电梯，乘坐到四楼。我走出电梯时，一个穿白裤子和蓝衣服的女人急切地向我跑来。她匆匆地擦着我跑过，似乎没有注意到我。

我右拐，穿入走廊。我懊恼地想我为什么会在这里。克斯廷肯定不会把爱丽丝带到这里来的。

“需要帮忙吗？”一个健壮的女人走出储藏室，操着一口芬兰口音问道。

“我在找一个熟人，她在这里工作。”我说。

“谁？”

“克斯廷·卡尔森。”

女人的脸色沉了下来。

“克斯廷？”她说，“她不在这里工作了。”

她衣服上的名牌写着“里特娃”。她拖着脚走回储藏室，我跟上去，站在门口。

里特娃正打开盒子里的消毒剂，说道：“她好几班都没来，甚至没有通知我们。就算是之前，她也收到了不少投诉。”

“投诉？”

“她总是有点神经兮兮的。最近对老人更是刻薄，动不动就发火。一些药物也不见了。”里特娃直起身子，看着我，“你是克斯廷的朋友吗？”

“我是伊莎贝尔的朋友。”

“克斯廷的女儿？”里特娃说，“她小时候经常来这里。一个非常甜美可爱的女孩。”

“我好几天都联系不上她了。”我说，“我想问问克斯廷知不知道她在哪里。”

里特娃关上储藏室的门，拐出走廊。“我很久没见伊莎贝尔了。她现在住在斯德哥尔摩。她一直都是个乖孩子。”她停在员工室外面，“希望你能联系上她。”

“我也希望如此。”我看着墙上的一幅镶框画。这是一棵大树，每根树枝的末端都贴着一张照片。

“他们都是这里的员工。”里特娃指着照片说，“这是我。”她用手指轻敲右上角的一张照片。照片已经变黄褪色了，里特娃和克斯廷在这里工作了很长时间。

“看到一个人变成这样，真是令人难过。”里特娃转身走进了员工室。

我仔细地端详着照片。她的脸很圆，眼睛很小，头发稀疏，看上去染了色。照片下面贴着手写的标签：克斯廷·卡尔森。

我以前见过她。

但她用的是另一个名字。

伊莎贝尔

我们离韦斯特维克越来越近了。我身体的每一个细胞都感受到了自由。我们每走一英里，我心中的忧虑就减少一点。

我眼睛半睁半闭，看着窗外飞速后退的风景。树梢后灰白的云层似乎要破开来，释放出万道金辉，田野上笼罩着一层轻雾。我们经过一个又一个的农场，成群的马和牛在低着头吃草，无垠的森林绵延到数英里外。

汉娜（Hanne）和奥拉（Ola）正在讨论去哪家杂货店。他们好像有点分歧，但他们也经常嬉笑推搡的。我真想念弗雷德里克。

“我能借你们的手机打个电话吗？”我问。

汉娜转过身来，把她的电话递给我。几声铃响后，那头的人接了电话。

“弗雷德里克，是我。”

“伊莎贝尔？你在哪里？我给你打了无数次电话了。你知道我们已经报警，说你失踪了吗？”

“妈妈精神失常了。”我说。

“噢，天哪，”他惊道，“你好吗？你受伤了吗？”

“我没事。”我说，“有人伸出了援手。我现在正在去韦斯特维克的路上了。但我不知道怎么回家。”

“我帮你。”他毫不犹豫地说，“我借我妈妈的车去接你。我可以打这个号码找你吗？”

“只能一会儿。”我答。

“我十分钟后再打来。”

“好吧。”

我挂断了电话，擦干眼泪，把电话还给汉娜。

“你在和谁打电话？”她问。

“一个朋友。他从斯德哥尔摩开车来接我。他来之前我能和你们待在一起吗？”

“当然可以。”奥拉回答，“对吧，汉娜？”

“当然了。”她说，“在确认你安全之前，我们不会让你走的。”

她对我露出温暖的笑容，我也忍不住回她一个微笑。能遇到汉娜和奥拉，我真是太幸运了。没有他们，我根本就不可能逃出来。我不知道妈妈打算将我怎么办。但我有一种可怕的预感，那趟旅行一定不会有好结局。

过了一会儿，汉娜说她想要小便。奥拉问她为什么不在灵阿鲁姆上厕所。

“因为那时我不想上厕所啊。”她说。

“这里不能停。”他说。

“不，我们可以。”

“不，我们不行。”

“可以！”

“不行！”

“停在霍腾（Hjorten）旅馆吧。”

“我讨厌那个地方。小时候爸爸妈妈总是停在那儿喝咖啡。”

“别闹啦，奥拉。”

“你不能就这么走进去撒尿。你得买点东西。”

“那就在售货亭买根冰淇淋。”

“现在不是夏天，汉娜。”

“那就喝杯咖啡吧。”她转向我，“你要喝咖啡吗，伊莎贝尔？”

“要，麻烦你了。”我答。

“你听到了吗？”她嗔道，开玩笑地拍了拍奥拉的后脑勺。

“噢哟！”他假装疼得很，脱口大叫道。两人都哈哈大笑起来，我也笑了。

我们沿着右边的湖一路驾驶，看到了一个指示牌：霍腾旅馆。五百英尺后，奥拉拐了个弯，我看到了一座低矮的濒湖红色建筑。奥拉还没来得及停稳车，汉娜就拉开门，跳了出去，跑向餐馆。

奥拉在后视镜里冲我翻了个白眼。他转过方向盘，回头看了看，准备倒车。突然，砰的一声，车子被撞得滑到了一边。胸口的安全带猛地把我拽回来，奥拉的头重重地撞到了方向盘上。我眼前慢动作播放着这一场景，奥拉的头发前后缓慢地飘扬纷飞着。一片沉寂。

柏油路上传来疾速的脚步声，窗外逐渐现出一个人影。一开始我并不知道这是谁，等我反应过来的时候，为时已晚。

门被用力地拉开了，我手忙脚乱地拉扯着安全带。妈妈一把抓住我的头发，使劲地往外拉。我高声尖叫着，跌跌撞撞地下了车。

奥拉从驾驶位上跳出来，挡住她。他抱着头，痛苦得龇牙咧嘴。

“你在干什么？”他冲她喊道。

妈妈一手推开他，把我拖向她的车。我动用起身体的每一点力量，与她抗争。

“住手，该死的！”奥拉咆哮着，抓住妈妈的胳膊。她转过身来，手抡起一个圆弧，猛击在他身上。

一股鲜红的血液从他的喉咙里喷射出来。奥拉震惊地看着她，双腿一软，倒在了车门旁边。鲜血迅速浸透了他的衬衫，有几滴血溅到了我的脸上，我的衬衫上也沾上了血点。直到现在，我才看到妈妈手里拿着一把尖锐的螺丝刀。她扔掉螺丝刀，把我拖到车上。

一声拖曳的尖叫刺破了空气，我不知道这是不是我发出的声音，直到我看见汉娜朝我们奔来。她跪在奥拉身边，用手压住他的喉咙，想要止住奔涌的血液。我双眼发热，眼泪顺着我的脸颊滑落。

妈妈拉着我的头发，嘶声说我应该有点先见之明。

妈妈的手强势又冷漠，这双手又拉又推，又撞又打。“上车。”

我问她为什么要这样做，她想从我这里得到什么。

妈妈冷冷地看着我。她告诉我，她是我的母亲，我是她的孩子，她会不择手段地保护我。必要的话，她会为我杀人。

她拿起一支黑色的手电筒，举过头顶。我抬起胳膊，想抵挡住这次攻击。

克斯廷

一辆银色的沃尔沃 SUV 在门口附近停下。一个头发蓬乱、满脸胡须的男人坐在一个分辨不出男女的短发的人旁边。

而你，伊莎贝尔，坐在后座上。

我疯狂地挥手尖叫，让司机不要走。我高呼着要他停下来：**我女儿在他的车里**。他没听见，没看见。当然，他在伪装。他不可能看不见我。

他带走了我的孩子，从我这里偷走了她。

为什么？

多愚蠢的问题，我已经知道答案了。

一想到他肚子里揣的坏主意，我就怒火中烧。

他不知道我是谁，也不知道我的能耐。他不知道，即使是天涯海角，我也会追上去救我的女儿。

为什么，伊莎贝尔？为什么？你故意欺骗我，假装睡着了，跑了出来，意图逃走。我早该想到的，我早该提高警惕。

但不要害怕，妈妈在这里。

现在是很痛苦，但这也是有原因的。

痛苦使你坚强。不会太久的，很快就会结束。事后我会安慰你，照顾你，就像我一直做的那样。我会洗掉你额头上的血迹，擦掉你的眼泪。如果你愿意的话，我们可以烘焙。来点巧克力松饼怎么样？

现在你睡着了，很好。

你很快就会恢复健康了。等我让你恢复健康的时候，到时我们从头再来。我们总是可以做到。因为这不是你一贯的做法，过程不是你在操持。你的软肋决定了你能走多远。我会一直陪着你，引导你走上正确的道路。希望你明白，我想你明白你对我来说有多重要。

我期盼了你好久，你才来到我身边。你应该知道的，你是命运的馈赠。

你为什么不爱我？我只想让我们相亲相爱。让我来照顾你。以前你伤到自己的时候，我都在安慰你，给你包扎伤口；你生病的时候，我都在照顾你。

大家都对我的看护能力赞誉有加。所有人都看得出我是一个多么愿意牺牲自我的母亲。我在照顾着你，你乖乖地让我抱着你，安慰你，没有比这更温馨的时刻了。求求你，别那么害怕。我可爱的小宝贝，这都是为了你好呀。

这是美好的一天，阳光照耀着我们。很快我们就到家了。

斯特拉

我盯着照片上那个微笑的女人。

我见过她，我们聊过天。我们在“乔治咖啡馆”里喝过咖啡。

照片里的人就是伊娃。

她充满热情，富有同情心，让我卸下心防，和盘托出。我和她聊了爱丽丝的事，告诉她我是怎么找到她的，我确信伊莎贝尔是我的女儿，是我失踪的孩子。伊娃鼓励我，虽然每个人都认为我疯了，我也不能放弃寻找真相。我告诉她我去了瓦林比和瑞典皇家理工学院，希望遇到爱丽丝。我还和她说了亨里克的事，说我对亨里克严守秘密。我向她透露，他曾经带我去精神病急诊室，我不确定他会不会相信我。

我和她分享了我的生活，完全敞开了心扉。我告诉她，我害怕再次成为母亲，我很遗憾没有多要几个孩子。我告诉她米洛的事。我担心他会发生什么事，被人从我身边夺走。

伊娃听完了，理解了，还安慰了我，给我提出很好的建议。伊娃喜欢我的红色雨伞。

我正要离开疗养院时，才想起了口袋里的照片。我停下脚步，拿出照片。上面是年轻时候的克斯廷，她怀里抱着一个孩子。**克斯廷和伊莎贝尔，哥本哈根，1994年2月**。这个婴儿有一头卷曲的金发，她在笑，但脸上没有酒窝。这是另一个孩子，不是爱丽丝。

不是她，那是谁？

我走到入口外的停车场。我坐进车里，靠在座位上，从头开始梳理思绪。

9 月的一个雨天，伊莎贝尔第一次走进我的诊所。她甩了甩长长的黑发，朝我露出微笑。我当时就看出她是爱丽丝了。

我的日记，所有的记忆。

丹尼尔和我们的故事。

我从一开始就犯了一个大错：对亨里克不诚实。因为害怕他不相信我，害怕自己搞错，害怕再次住院。

伊娃骗了我，从我这里获取了一切信息。克斯廷，她愚弄了我。

克斯廷找上亨里克，用我对她的信任来对付我。她打电话说米洛不见了，骗我去他的学校，整出了一场闹剧。亨里克不得不带我去见萨维奇医生。

伊娃的诡诈，克斯廷的谎言。

她以为米洛是我，开车撞了他。

我去拜访了斯文·尼尔森，想知道他说的线索。业主要把所有真相都告诉我们。**但他还没来得及说，就突然去世了。**

我们才在斯特兰德庄园待了不久，它就倒闭了。伊丽·玛利亚谈到了伦丁的女儿，她在伦丁死后不久就放弃经营了。

业主突然去世了。

1994 年 8 月，克斯廷一定在斯特兰德庄园，但我不记得我见过她。她在那里干什么？我敢肯定，她没有住在农舍里。我们和其他客人都聊过天。我们时常推着婴儿车在海滩上散步。

罗杰·伦丁意外身亡。

他要把所有真相都说出来。

他知道些什么？知道又会怎么样？

他有个女儿。那一年，**她搬到斯特兰德庄园，住了一段时间，然后又消失了。她生了个孩子。……她一个人很难打理这么大的地方。**

我怀里的照片：**克斯廷和伊莎贝尔，哥本哈根，1994 年 2 月。**

我记得爱丽丝说过：**我出生在丹麦。**

我拿出手机，搜索到伊丽·玛利亚的电话号码，打过去。

“你好？”

我听得出她的声音，声线细细的，带有鼻音。

“嗨，伊丽·玛利亚，我是斯特拉·威斯特兰德。几个星期前，我们在斯特兰德庄园见过面。”

我等着她回答，我听到了狗的吠叫声。

“是的，你好？”伊丽·玛利亚说。

我重复了一遍，说出我的名字，提醒她我们以前见过面。

“是的，是的，我记得你，”伊丽·玛利亚说，“我记得很清楚。安静点，巴斯特，我在听电话呢。”

“我需要你的帮忙。”我说，“我想知道斯特兰德庄园的主人罗杰·伦丁和他女儿的情况。”

“怎么了？”

“你告诉我，他死于 1994 年。”

“他死在家里的沙发上。愿上帝保佑他的灵魂。”伊丽·玛利亚说，“他的女儿发现了他，叫了救护车，但救护车到达时，他已经死了。”

“他的死因是什么？”

伊丽·玛利亚说声抱歉，咳了咳：“他得了糖尿病。那年夏天，他有点贪杯，你明白我的意思吧。可以这么说，那是死神之吻。”

“你说他女儿搬回家了？”我说，“带着个孩子？”

“我见过她和宝宝几次。我想是在春天，3 月或 4 月的时候。宝宝就像一个小天使，非常可爱。”

她在我们去的几个月前回家了。宝宝怎么了？真正的伊莎贝尔怎么了？

“夏天开始的时候，她就把自己关在家里了，”伊丽·玛利亚继续说道，“没有出过门，也不见外人。一时间谣言四起。”

“什么样的谣言？”

“人们说她有问题。”

“酗酒？像她父亲那样？”

“更像是精神问题，没有人确定，但人们是这么说的。伦丁死后，她就带着孩子搬走了。”

“她叫什么名字，伦丁的女儿？”

“她待的时间不长。现在整个地方都糟蹋了，真是太糟糕了。你想想看，如果她好好打理这个地方，哪会落到这步田地啊？”她又咳嗽了。

我不耐烦了，“伊丽·玛利亚，听我说，”我说，“你记得她的名字吗？”

“不好意思，不记得了。”

“克斯廷？她叫克斯廷·伦丁吗？”

伊丽·玛利亚犹豫了一下：“不，应该不是。等一下。我得看看……”

电话那头传来各种摩擦声和噼啪声，我听到老妇人在低声嘀咕，自言自语，四下翻找着。我静静地等待着。

“找到了。”终于等到她这句话了，“我有一本关于当地历史的书，就放在书架最后面。”

伊丽·玛利亚絮絮叨叨地解释说，这本书收录了斯托维克的建筑和周边土地的情况，记载了它们过去百年间所有者的信息、发生的历史事件、奇闻逸事以及旧照片。如果我想要，可以从撰写此书的女人那里购买。她的名字叫贝里特·拉尔森（Berit Larsson）。伊丽·玛利亚认识她。如果你想深入了解斯托维克和斯特兰德庄园的话，这本书就是个不错的选择，而且一点也不贵。

我不知道她还要念叨这本书多久，也许永无止境。之前还有一位老人啰唆了一会儿，但全都是不着边际的胡话。他神志不清，也就难怪离题万里了。有那么一瞬间，我觉得她可能也患了老年痴呆症。

“啊，就是这张照片，拍的是巅峰时期的斯特兰德庄园，拍得真好啊，”伊丽·玛利亚赞叹道，“到处都是花。摄于 1994 年 6 月。标题为：‘自 1969 年起就经营斯特兰德庄园的罗杰·伦丁是一位成功的业主和企业家’，图中有其女克斯廷及其外孙女伊莎贝尔。”

克斯廷

我第一次来这里时，阳台上到处都是盛放的鲜花。天花板上挂着花盆，地上摆着花箱和花盆。花坛打理得很好，花团锦簇，娇艳动人。

我喜欢帮爸爸料理花草。显然，我继承了他的园艺天赋。我刚搬到这里的时候，我们常常与彼此相伴。那段时光很舒服，很有安全感。虽然过程很漫长，但渐渐地，我也恢复了活力。

为什么我不能和他住在一起，在斯特兰德庄园长大？那样我会走上另一条人生轨道。但事实却是，我从一个寄养家庭搬到另一个寄养家庭。无枝可依，颠沛流离。甚至是 12 岁搬去的艾娜家，也给不了我家的感觉。她是个好人，总为我着想，但我还是尽快地搬走了。我就这么周旋着，直到去了哥本哈根。

我摆脱了伊莎贝尔的亲生父亲，回到了自己父亲的家。我带着伊莎贝尔从丹麦回来的时候，我知道这里就是我们接下来要生活的地方，我和我的女儿。在这里，她拥有一个美好而和谐的成长环境。我会把我从未拥有的一切都给她。

但事与愿违。

世事无常。

我把车停下，下去舒展身体。这次出门比我料想的还要艰辛，而让伊莎贝尔进屋很是吃力。她动手动脚，大吵大闹，刁蛮地使着性子。我解释说她需要进来休息一会儿。

她经历了这么多，要休息一下。这次只要一粒安眠药，就足够让她平静下来。

她哭喊着，哀号着。不，我不想，她呻吟道。小时候你就这么对我，住手，我不想进屋。你杀了奥拉。她不知道自己在说什么，当然，她还沉浸在震惊之中。

我解释说我救了她。那个男人是活该，这是自卫。现在你需要休息。你还不明白吗?

睡觉，休息。像所有乖孩子一样。

他们睡觉、休息。这样就不会吵闹了。孩子们需要小睡一会儿。母亲有时需要安静，这并不奇怪。全天下的母亲都不时地需要一点独处的时间。

她太活泼了。她太野蛮了。呜呜呜。

叫叫叫。哭哭哭。

我们不能再这样下去了。

你必须安静下来。

你必须一动不动。

最后才会完全平复。

我陪了她很长时间，我一下一下地摸着她的头发。

我相信，一切都事出有因。

烧柴火的炉子旁还有些柴木和火种。我在上面的架子上找到了一些火柴，打开炉口，搭好木头，点燃火种和一些报纸。等炉子冒出火星，我再添几块木头进去，房子很快就会变得温暖舒适起来。

我走出去，下了楼梯，向右拐。我看见了下方的斯特兰德庄园。看见了带院子的长长的主楼、后面的小木屋、迷你高尔夫球场，还有紧挨着营地的淋浴和盥洗设施。要重返昔日的辉煌，还有很长的路要走。但这是我在这世上的立足之地，是我人生的归宿。

我转过身，朝悬崖边的观望亭走去。我爱抚着脚边的石鹿，它十年如一日般忠诚地站在这里，守望着我和伊莎贝尔的往昔。

那个女孩，她是我的一切，是我的奇迹。谁能想象我诞下伊莎贝尔时必须忍受的痛苦?

她现在需要睡觉。让她睡觉也费了一番功夫，她肚子痛，不停地哭着。她哭啊哭。

我打了她一巴掌。轻轻地，轻轻地。又打了她一巴掌，这次用力了一点。她反抗着，哭喊得更大声了。我一只手箍住她，另一只手扇她。我把她的头压在枕头上。我下手很小心，但态度很坚决。你需要给孩子设定界限。我按住她，扇她的脸。当然，她也想还手，她是一个劲头十足的好动小家伙。所以你必须强硬点，让她知道谁说了算。母亲是不能退缩的。规矩很重要——没有规矩，一切都会变得杂乱无章。这个小女孩需要睡觉。我按住她的头，一边不停地扇她，一边对她低声哼唱着。

她在摇篮里睡着了，我在她旁边睡着了。

我醒了过来，但伊莎贝尔还在睡觉。

她一直在睡。

我把她抱在怀里，语气轻柔地对她说话。但她一动也不动，她的小身体很虚弱。天气变冷了，她不能感冒。我轻轻地摇了她一下，她没醒。我又轻轻地摇了她一下，但没用。我用力地摇晃着摇篮，呼喊着她的名字。我摇啊摇，甚至打了她几下。但她还在睡觉。

愚蠢的孩子。愚蠢、叛逆的孩子。

爸爸认为这是我的错。

他没有问我发生了什么事，但我从他的眼神里看得出。

我看得出他怕我，他认为是我干的。他怎么会认为我会伤害自己的女儿呢？她是我的一切。

我没做错什么。我是个好母亲，我总是尽我所能照顾她。

我就是个好母亲。

日子一天天地过去了，她一直和我在一起。我给她读故事，她睡在我的床上。我给她洗头发。我们一起吃早餐。我们去散步。她裹着毯子，躺在地板上，我对着她吟唱。一切都简单多了，她不再哭了。她一直和我在一起。我告诉她，哭出来也没关系的。没关系的，伊莎贝尔，我保证。

但她默不作声。

她一直在睡觉。

有一天晚上，爸爸走进我的房间。伊莎贝尔裹着粉红色的毯子躺在我身边。她那么小，那么脆弱。我希望她永远陪在我身边。他为什么不明白？为什么不明白我必须保护她免受万恶之害？

他对我的眼泪无动于衷，我乞求他，哀求他。他推开我，把她抱起来，放进垃圾袋里，塞些石头进去，用尼龙绳绑起来。

我高声尖叫，又打又踢，但这对他造不成影响。无论我做什么，哭得多厉害，哀求得多可怜，都不管用。我站在悬崖边上，看着他划船出去，拎起小包裹，从船边扔了下去。我的孩子就这么沉入黑暗的、深不见底的海水中。

每天晚上，我都去外面坐着陪她，一直到太阳下山了都不舍得离去。我想亲近我的宝贝，告诉她，我没有抛弃她。我把石鹿带来了这里。从那以后，石鹿就一直守望着她。

有一天，他们来了。

他们男的英俊，女的漂亮，浑身洋溢着幸福的感觉。他们来到斯特兰德庄园，一举一动都自恃主人一般。

我现在又看见他们了，一个完美的小家庭。他们沿着海滩散步，大笑着嬉闹，而且他们做出了在公共场合不应该做的亲密举动。他们甚至都还没成年，只是两个轻浮的青少年，两个被宠坏的大城市的孩子，正好生了个宝宝而已。他们逗弄着宝宝，开怀大笑。他们无忧无虑地活在这个世界上。他们认为他们知道什么是幸福，他们认为他们会幸福一辈子。

他们知道悲伤是什么滋味吗？他们从来都不知道恐惧和自我憎恶每天像枷锁一样箍在脖子上是什么感觉吧？

从来都不知道。

他们不知道被人一只手捂住嘴巴，另一只手撕掉内裤，搓弄下体是什么感觉，被人强行分开双腿是什么感觉。他们也不知道痛苦和羞耻怎么永久地在心里植根，愤怒和无能怎么像毒药一样席卷全身，下体怎么变成流血不止的伤口。

他们亲热，他们享受亲热。他们生下了一个美丽健康的孩子。

他们知道生下孩子又失去孩子的痛苦吗？从来都不知道。

他们不应该生孩子。他们自己都只不过是个孩子。

我跟着他们，对我的所见所闻恶心不已。他们毫无顾忌，即使同一个房间里还睡着一个宝宝。

应该教训教训他们，给他们点颜色瞧瞧。什么都行。让他们看看生活黑暗的一面，看看幸福荡然无存的生活是什么样子的。

我一次又一次地到那间小木屋去，偷听和偷看。好像我受到了牵引，去寻找他们。好像我必须这么做。好像有某种无形的力量在驱使着我。

我看到了。

我看到了别人看不见也不理解的东西。

如我所料，如我所愿，如我所祈祷，她回来了。

我的小宝贝回来了。

我的伊莎贝尔。

你在这儿。

我经受了考验，最终还是克服了。我证明了我的强大，我不软弱。现在轮到那个自以为是的女人接受考验了。我小心翼翼地、轻手轻脚地抱起我的小宝贝，亲吻着她的额头和她柔软的小脸颊。她回到我身边了，回到了她归属的地方。

我是她的亲生母亲。

我想向爸爸展示这个奇迹。他回家时，我们正坐在壁炉旁边的摇椅上。我抱着伊莎贝尔，她哭也没关系。她哭得很厉害，我不停地安慰她。我低声哼唱着，轻轻地哄她。

爸爸不理解，就算我冷静下来解释，他也不愿意听，不愿意理解。伊莎贝尔回来找我了。看见了吗，爸爸？你看不到这个奇迹吗？

我的爸爸是个很软弱的人，一直都是。懦弱又胆小。不然，他就不会把我留在我那个坏蛋妈妈身边。

他说我吓坏他了，说我病了。他说我让他很害怕。

你为什么要害怕？我不明白。是我，我是你的女儿。我为什么要吓你？你怎么能说我不像自己了？说我病了？你怎么敢说伊莎贝尔不是我的孩子？

我抱起她给他看。这是伊莎贝尔，你的外孙女。我们要一起住在这里。

你和我，还有我的小宝贝。

爸爸拒绝了。他抓起一瓶酒，喝得烂醉如泥，不省人事，就像我妈妈一样。这只恶心的猪，这具失去尊严的骸骨。我永远都不会这样。

后来我听到爸爸报警了。他含糊不清地说他掌握了关于斯特兰德庄园女孩的消息。那个失踪的女孩，他说他知道发生了什么事。**明天早上到这儿来，我会把一切都告诉你。**

我的心都碎了，我告诉他我都听见了。我自己的父亲背叛了我，你是个叛徒，我恨你。爸爸说，**一切都会好起来的，克斯廷**。他布满血丝的眼睛里噙满了泪水。我知道他会怎么做。他又要将我的孩子从我身边夺走，把她裹在毯子里，放进垃圾袋，仿佛她是一堆需要丢弃的垃圾。他会将她沉入海底的。

他喝醉了，在家里咿咿呀呀的，像疯子一样胡言乱语。他疯了。他才是那个生病的人。

最后他昏倒在了沙发上。

爸爸，你吃胰岛素了吗？我来帮你。这是你的剂量。

比我想象中的容易。

就像我处理掉伊莎贝尔的父亲一样，他服用了过量海洛因。

我感到愉悦、解脱、自由。

尽管如此，注射胰岛素时，我还是流泪了。虽然爸爸对我做了那么多坏事，我依然对他很有感情。当时我还没有意识到这一点，但我对汉斯也有同样的感觉。每次给他注射血液稀释剂，我都会哭。

生与死。

世上万事皆可解，经验教会了我这一点。

我亲爱的爸爸死了。

第二天早上，警察来了。救护车也来了，是我打的电话。我请求他们安静一点，因为我的小女孩终于睡着了。她整夜都惊惶不安地哭着，她学会叫“妈妈”了。

妈妈，妈妈，妈妈。

她那样哭喊了一整夜，我感到了难以形容的幸福。

我打开门：“谢谢你们来得这么快。爸爸在这里。”急救人员和一名警察走了进来。

“他昨天喝醉了，”我说，“他整晚都在喝酒。他肯定像往常一样喝多了。我今天早上才发现他的。他可能低血糖症（hypoglycemia）发作了。”

“低血糖症？”警官问。

“就是血糖降低。”我说，“这不是第一次了，他得了糖尿病。”

斯文·尼尔森是个好人。和好人打交道就是得心应手，他们很容易上当受骗，这些善良的普通人从来都没有见过生活的黑暗面，从来都没有陷入低谷过。

“你知道，一个小女孩在斯特兰德庄园失踪了，”他说，“你爸爸说他掌握了些什么信息。你现在很伤心，我理解你，但很抱歉，我必须询问你。”

“我听说了。太可怕了，太令人伤心了。我们昨天谈过，但他喝醉了。他喝了很多。太多了，我是说。我也有个女儿，她妈妈一定悲痛欲绝。”

“他说了什么？你还记得吗？”

“关于什么？”

“关于那个女孩。爱丽丝，这是那个失踪女孩的名字。”

“对不起，”我说，“我帮不了你。”

“他说他知道发生了什么，”斯文·尼尔森说，“他要把一切都告诉我们。你知道他什么意思吗？”

“他说婴儿车靠近海边，那里水流湍急。他对周围水域的情况了如指掌。但爸爸喝醉的时候总是喋喋不休的，我连一半都没听完。小家伙睡得很不好，所以我大部分时间都去陪她了。”

我擦干眼泪。我有很多事情要考虑。我爸爸死了，我很震惊。我可怜的心爱的爸爸啊，我的悲伤难以抑制。他是人人都幻想的最好的爸爸。我们父女关系很亲密。

斯文·尼尔森非常善解人意。他向我道歉，说希望没给我造成太大不便。警察离开了。

我们得到了第二次机会，我和伊莎贝尔。我们过上了新的生活。而现在，我们又回到了一切开始的地方。

伊莎贝尔

我的耳朵嗡嗡作响，眼前的灯光在拼命地闪烁。

我记忆中的最后一件事就是我的头快爆炸了。

它现在还是一抽一抽地疼。我想动一动，看看自己在哪里，但我的脖子没有力气，抬不起头。我伸手摸了摸头皮，摸到了一手干结的黏糊糊的东西。我的口中充满了铁锈的味道，鼻孔里有血腥味。我躺在一间黑屋子里，身上盖着一条毯子。

我躺在一个凹凸不平的床垫上，鼻间充斥着床垫上的霉味。寒气穿过地板和墙壁渗透进来。外面的空气生冷而潮湿，一道微弱的光从窗叶间漏泄进来。

我不愿回想奥拉浑身浴血的场景，但他就在我的眼前倒下。他的眼神充满了震惊和恐惧。不管汉娜摁得多用力，鲜血还是从他的喉咙里喷涌而出。我衬衫的前衣沾染上他的血液，干了之后，衣服已经发硬了。

我想到了弗雷德里克。他现在在做什么？他和汉娜谈过了吗？她说了什么？他报警了吗？他们在找我吗？

我掀开毯子坐了起来，舒展着四肢。我的关节又僵硬又疼。我全身都痛，尤其是臀部。我光着脚，我的袜子不见了。我饿了。尽管穿着一件羽绒服，我依然冷得瑟瑟发抖。

墙角传来沙沙的声音。是老鼠吗？大老鼠？我把脚从地板上缩起来，在黑暗中环顾着周围的环境。这里有一张桌子、几张椅子、一个旧五斗柜，还有一个靠墙的书架。

角落里有一个铁桶和一卷卫生纸。我从床垫上站起来，脱下牛仔裤，蹲在桶上。我尿完后走到门口，静静地站着，尽量压低呼吸声，侧耳倾听着，什么也没有。我拉下把手。

锁上了。

我回到床垫上，脚下突然踩到了什么东西。我弯腰捡起来。

一本小册子。

欢迎来到斯特兰德庄园

这颗波罗的海岸的明珠

这里有艳阳、煦风和海水

是绝佳的家庭度假胜地

文字下面附了一幅图片，阳光普照的海滩上，快乐的一家子在水边嬉戏玩耍。书页受潮了，沾在一起，我想要掀开下一页，这本小册子就这么被撕烂了。

不一会儿，我听到了脚步声。黄色的灯光从门缝下漏出。钥匙插进了锁孔里，嘎嘎作响。门开了。

妈妈提着一盏煤油灯，灯光映照着她的下半张脸，我几乎认不出她来。她面带笑容地哼着歌，她的眼睛像大理石一样清澈透明。我不敢问她要做什么。

她一句话也没说，牵着我的胳膊，把我从房间里拉出来。我们穿过走廊，走进厨房。这里的光线比上锁的房间好多了，窗户上没有挂百叶窗。在煤油灯下，我发现这里也很脏。看来很多年都没人来过这里了，但是屋里很暖和。柴炉的热量充盈了整个房间，我的脚感受到了温度，不时刺痛着。

我环顾四周。厨房是开放式的，很宽敞，窗户面向花园和大海。墙边放着长椅和浅绿色的橱柜。房间中央有一张宽木板餐桌，周围摆着六把椅子。

窗外的大海一望无垠，海上的天空绚烂多彩，橙色、粉色和红色相互交织。孩子们看了都会喜欢的。夜幕很快降临了。

妈妈不停地哼着歌。她清理着我额头上的血迹，说很快一切都会好起来的。**可怜的孩子，你真倒霉。但你太粗心了，除了自己，你还能责怪谁**？

我认得出她眼中闪烁的光芒。每次我伤到自己，她都会照顾我。她喜欢照顾我，关心我，对我关怀备至，装模作样地向大家展示她充沛的母爱。

我第一次意识到这是她惯用的伎俩。

这一醒悟逐渐驱散了我头上的疼痛。我身体深处的恐惧消退了。我仿佛从一个窒息冗长的噩梦中醒来。我不再害怕了。

我很生气。

“每次我伤到自己，所有的伤口，都是因为你。一直都是你。”我说。

妈妈停下手中的动作，歪着头看着我。

“亲爱的，”她说，“你要懂事点。我以为你明白了。”她掐起一个柔软的棉球，又清洗一遍伤口。我感觉到阵阵刺痛，我扭过头，看着她。

“我要和班级的同学一起去绿林游乐园之前，你连续很多次把我的手臂甩在车门上。我尖叫着求你停下来，但你根本不在乎。为什么？伤害我，你能得到什么？”

“我不能让你到处跑。她就在附近。”

“谁？谁在附近？”我想让她说出来，我想知道真相。

“我从来都没有伤害过你，伊莎贝尔。从来都没有。我保护你，我养大你。”她拿出一个创可贴，贴在我的额头上，“我想让你变得坚强。这是妈妈的责任。妈妈要关心你，保护你。”

“我们现在在哪里？”我说。

“这是我们自己的世外桃源。对外人来说可能不太像，但对我们来说就是。我们会在这里度过美好的时光。”

“斯特兰德庄园？这在哪里？”

“在天堂里。”

她转过身，从厨房柜台下拿出一个平底锅，打开一罐豌豆汤：“我想我们应该先吃饭。你一定饿坏了。”

妈妈微笑着，摸了摸我的脸颊。她的触碰让我不由得打了个寒战。

“你疯了，”我说，“你真的疯了。”

她笑了，笑得很大声，仿佛我刚才说了什么蠢话。我挤出一个笑容，告诉她我不再害怕她了。

“我想我们该回家了。”我平静地说，“我们可以在家过新生活，就像以前一样。日子会更好的。我们一起经历了这么多，已经变得比以往任何时候都要强大了。”

为了说服她，我可以说任何话。说出她想听的话，兴许会奏效。假如我假装她的所作所为没什么大不了，一切如常的话。

“我真的必须打电话给乔安娜了，”我说，“我错过了好几场必修研讨会。她可能开始怀疑了。”

妈妈叹了口气：“她会带坏你的，伊莎贝尔。”

“如果你愿意，我会搬回家。我们可以一直在一起。”

她透过窗户，看向外面，慢慢地搅拌着平底锅。窗户上倒映出她的脸庞，那是一个眼神空洞、面容扭曲的怪物。她在听吗？

妈妈停下了搅拌：“不久前你才试图逃离我，”她说，“你打算去见她。”她语气厌恶。

“我退出团体治疗了。我再也见不到她了。”

“她的孩子被撞是你的错，我别无选择。那把可怕的伞误导了我，我以为是她。她现在应该和他在一起，没空打听你的下落，让她多管闲事。但她也不关心她的另一个孩子。她就是这么自私，总是想着自己。”

一阵反胃涌上心头。她做了什么？她到底杀了多少人？

“你在说什么？”我喃喃道。

妈妈看着我，她又笑了。她拿出一条面包和一把刀：“对不起，亲爱的。我们不能回家。她永远都不会放弃的。她在那里找到了我们。她迟早也会来这里找我们的。”

“她为什么要找我们？告诉我。”

“都是因为她，我们才要逃走。都是她的错。想想看，伊莎贝尔，自从遇到她后，你有什么感觉？你都不是你自己了。你觉得我看到自己的女儿这么糟糕又是什么感觉？你变化如此之大，而我却无能为力。我说话你还不听。”

她准备切面包。但她举起刀子，呆呆地看着。这不是面包刀。它非常锋利，是一把用来切肉的剔骨刀。

她的表情五味杂陈。

愤怒，悲哀，苦涩。

“她的生活应有尽有，但她不值得拥有。她从来都不关心你。相信我，我救了你。我们一起过日子好吗，我和你？”

“我不是你的女儿。”我说，“我的血型和你的不对应。你不是我妈妈。”

“这些都不重要了。你现在是我的孩子，我是你的妈妈。”

“你藏起来的照片里的孩子是谁？”

妈妈猛地转过身来。我还没来得及反应，她就举起胳膊，手中的刀脱手而出。刀尖擦过我的手臂，撞到我身后的墙上，哐当掉落在地。

屋里弥漫着震耳欲聋的死寂。妈妈闭上眼睛，双手抵头，定定地站着。她的身体不住地颤抖着。我看向前门，不知道它有没有锁上。但即使门大敞着，我也逃不远。

“亲爱的姑娘，看看你都做了什么。”妈妈又恢复了友好的姿态。她的声音很柔和。

她走过来，一下又一下地抚摸着我的头发。

“你一直都是我的。我第一时间就知道，你会回来找我的。别担心，伊莎贝尔，我们会永远在一起的。汉斯试图破坏我们之间的感情，但我阻止了他。”

我不想听下去了，但是妈妈仍在继续。

“你必须明白，我别无选择，我不得不让他走。但别难过，亲爱的。他不会痛的，他没有感觉。”

她掐住我的下巴，强迫我对上她的视线。我看向一边。

“你还不明白，伊莎贝尔。但是为了保护孩子，一个母亲必须做好无所不为的准备。”

斯特拉

我走上通往斯特兰德庄园的路时，已经暮色四合了。我把车停好，走下车，关上门。耳边传来掠过树间的飒飒风声，还有浪花撞击海岸的拍打声。

夕阳把天空染成了粉色和橙黄色，让人仿佛置身于仙境一般。我知道爱丽丝在这儿，在斯特兰德庄园。从她失踪的那一天起，我熬过了漫长的年月，都是为了这一刻。

这么多年来，我幻想了各种不同的场景。我怎样才能找回她，我们怎样才能重聚。我做过白日梦，也做过噩梦。我心里充满了对她的渴望，还有逐渐吞噬我的恐惧。

我走到主楼。这里没有来人的迹象，百叶窗还是锁着的。农舍里空无一人。我转身走向“险阻之路”。山上那栋房子一定是伦丁的家。我走过“劫难之环”，但走了几步后，我又停了下来，转过身，捡起了一块石头，用手掂了掂。我把石头放进口袋里，继续朝前走去。

我爬上山坡，看到了房子。窗户上散发出黄色的光芒，一辆深色的东风日产停在外面。

车是深色的，可能是黑色，或者深蓝色，一辆两厢车或SUV。车减速了，我转过身来看，下一秒司机却踩下油门，径直撞向我。

我拿起手机，给亨里克打电话，他没接。我发短信告诉他我的方位，便朝房子走去。窗户上挂着姜饼装饰物，看起来充满童趣。我快到门口时，门突然打开了，一个穿着宽松毛衣的女人走了出来，手里拿着一盏煤油灯。

“我就知道你会来的。”她说，“想喝杯咖啡吗？”克斯廷看着我，微微一笑。她一直在等我。

她转身进入屋里。

我跟上去。

大厅很宽敞，天花板很高，厨房就在左边。

这里到处都是煤油灯。房子很邋遢，窗户需要清洗了。电力似乎被断了——这也不出奇，这所房子已经荒废20多年了。厨房里有个柴火炉在燃烧着，散发出融融暖意。

厨房的长椅上放着一台烤面包机、一个大理石研钵、几罐食物和一个装满水的罐子。桌面上叠着一堆报纸，最上面的报纸是1994年的，早已落满了灰尘。

“房子真漂亮。”我说。

克斯廷歪着头，透过窗户向外看去：“是的，很漂亮。但现在还不如把它烧了。”她又点燃一盏煤油灯，阴恻恻地笑了起来。

伊娃。

克斯廷。

我的新朋友。

“那太可惜了。”我看着餐桌下地板上的刀。克斯廷必须把伊莎贝尔还给我。我朝桌子走了几步，弯下腰来，一把抓住那把刀，抵到克斯廷面前，威胁她告诉我爱丽丝在哪儿。

“我们以前见过，”我说，“在克罗诺博格公园。”我又走了一步。我缓缓地逼近：再走一步，又走一步。

克斯廷转过身来，快步走到桌旁，俯身抓住了另一把刀。她拿刀指着我，慢慢地摇着头。

“你那时应该乖乖听我的话，”她说，“我警告过你。我不是叫你放手吗？我不是告诉过你顺其自然吗？”

“你撞了我的儿子，”我说，“你差点杀了他。”

“你让我别无选择。我不得不阻止你。”

“不过，是你让我找出真相的。”

“因为我理解你，”她说，“就那样失去了女儿，多惨啊，尤其这还是你自己作的孽。我真的很同情你。但你必须明白伊莎贝尔是我的女儿。这是事实。”

她相信自己说的话。她笃信自己是对的。

“你去过我家外面，”我说，“我在街上见过你。你穿着雨衣，脸藏在兜帽下。你在我的邮箱里留下了死亡威胁信，还打电话给我，撒了一堆关于我儿子的谎。为什么？”

克斯廷桀桀地笑了，她突然脸色一正：“你总是自视甚高，以为自己比别人优越。但你一直游走在疯狂的边缘，要推你一把并不难。”她把塑料罐里的水倒进咖啡壶，放在炉子上，称出一些咖啡粉。我们就像两个老朋友一样，喝喝咖啡，话话家常。我在餐桌旁坐下。

“你给我提供了机会。”她说，“把我想知道的都告诉了我。你说，**我的丈夫，他永远都不会相信我。他会认为我疯了**。当然，你自己觉得很委屈。对于像你这样出众的人来说，沦落到精神病院（funny farm），真是太落魄了。”

她的语气充满同情和谅解。

“你不认识我，”我说，“你也不了解我。”

“别太武断。我知道的比你想象中的多。”

“告诉我，我很好奇，这么多年来，你一直都在监视我吗？”

她眯起眼睛，她的脸色因为愤懑而阴郁起来。一开始我以为她会用刀刺向我。但下一秒钟，她又恢复了平静。

“你还没那么重要。”她说，“但我当然知道你是谁、你做什么工作。你遇到了一个上流社会的有钱人，嫁给了他，飞黄腾达了。”她说，“他很平易近人，你的丈夫，我不吝于给你我对他的赞美。我去见他，向他投诉你，他处理得很得体。他还很英俊——这一点让人再满意不过了。但我知道男人那副死德行。他们的本质就像猪一样，像野兽一样。很少有人能像汉斯那样尊重我。他不管我，也从不碰我。”

克斯廷在我对面坐下。

“当然，你还有个孩子。你显然以为你注定要当妈妈的。你在一处好地盘买下了一栋漂亮的房子。你想要什么就能得到什么。你做了那么多坏事，你不配拥有这些。但我确实为你感到高兴，你应该知道这一点。我还流了一两滴眼泪。”

“你一定很不好受。”我说，“伊莎贝尔找到了我。治疗师那么多，她却独独被引荐给了我。你相信命运吗，克斯廷？因果报应呢？你觉得我们的恶行会受到惩罚吗？最终胜出的会是真相吗？”

克斯廷站起来，擦去餐桌上的灰尘。她端出一盘面包，另一只手还拿着刀。

“那是懦夫的行径，”过了一会儿，她说，“是弱者的借口。譬如你。”

“难道你很强大？你是正义的一方？”

“你永远不会明白的，”克斯廷说，“你不像我，经历过了生活的考验。遇到一点小小的挫折，你就完全崩溃了。”

“我知道伊莎贝尔是我的女儿，”我说，“她是爱丽丝。”

克斯廷看着我：“你不配得到她。你自己亲口说的，你可能不适合做母亲。你是个坏妈妈，你我都知道。你把女儿弄丢了，你让儿子白白被车撞了。你真是个没用的妈妈。维持现状才是最佳解决办法。你不觉得吗？”

“撞我儿子的是你，偷走我女儿的也是你。到底什么样的人才会这么丧心病狂？”

克斯廷语气轻蔑地说道：“当然是做该做的事的人，掌控一切的人。你难道不觉得我受苦了吗？”她反问道，“你难道不知道我很清楚被众人排挤于正常之外是什么感受吗？你知道心碎是什么感觉，生活毁于一旦又是什么感觉吗？我不这么认为。你为什么要逃跑？为什么你的一切都唾手可得，不用像我一样付出高昂的代价？”克斯廷把滚烫的沸水倒在咖啡粉上。

我把手伸进口袋里，捏了捏石头。现在可以动手了，用石头拍向她的头，把她打晕。

但我在等。我得找出她把爱丽丝藏在哪里。

“她在哪里？”我说。

这时，我的手机响了。我把手伸进另一个口袋里，摸索着关掉了声音。我在桌下拿出手机，看向屏幕。

亨里克。

克斯廷轻轻地把咖啡壶放在桌子上。她看着我，伸出手来。如果我接了，我就再也见不到爱丽丝了。我把手机递给她。克斯廷握在手里，看着它一直在振动。她打开炉门，将手机扔进火里，又合起门。

“你不会再需要这玩意儿了。”

“我再问你一遍。”我说，“她在哪里？”

克斯廷没有回答。她拿起一盏煤油灯，走进厅里，挥了挥刀，示意我跟她走。我们穿过放着盖了白布的家具的客厅。手机电池在炉子里爆炸了，发出沉闷的爆破声，我吓了一跳。

太阳已经没到了山脚下，天际只剩下几道发光的玫红条纹。我透过长长的窗户，看到了一片美不胜收的海景。

我们在走廊尽头的一扇门前停了下来。我不知道在门后会看到什么，我很害怕。我的手揉捏着口袋里的石头。克斯廷把钥匙插进锁孔，转动它。她打开了门。

有一个角落里堆放着家具。另一个角落里放着一个桶和一卷卫生纸，散发出强烈的尿臭味。地上铺着一张床垫和一条脏兮兮的毯子。

她就躺在那里，一动也不动。我来得太晚了吗？

“你做了什么？”我说，“你对她做了什么？”

我向前迈了一步，但克斯廷一把抓住了我的胳膊。我想要挣脱她的钳制，掏出石头。但她力气惊人，死死地抓着我，像兽爪一样锋利的指甲嵌入我的手臂。她向我举起刀，刀尖离我的脖子只有一英寸。

“她现在属于我了。她是我的。”

伊莎贝尔

房间比以前更暗了。我什么都看不见。尽管有外套和毯子，我还是冷得发抖。柴火炉的热量输送不到这里。但我宁愿待在这里，也不愿和她住同一个房间。

父亲的葬礼上她还哭了。她就是杀人凶手，她怎么哭得出来？我都认不出她是谁了。我不知道她要拿我怎么办。

如果还有力气，我会反抗、挣扎，再次逃跑。但我筋疲力尽了。

假如我承认我是她的女儿，假装我是她的，而不是别人的所有物，事情会好起来吗？

人在黑暗中听觉很敏感。我好像听到了合唱团的歌声，成百上千个人在低声吟唱着。过了一会儿，我才意识到那是浪涛声。

我在脑海中想象出一辆正在驶近的汽车。我听见有狗叫。我想到了斯特拉，想到了她是如何永不放弃的。我想她会来找我的。她是我的亲生妈妈。我爬到墙边，把耳朵贴在墙上，侧耳聆听着。但我听到的只有自己的呼吸声和心跳声。

我对自己很生气，很失望。所以我只能幻想，只能逃入梦乡，编织故事，这样我会感觉好一点。斯特拉不知道我在哪儿，她不会来救我的。没有人会来。弗雷德里克也是，他找不到这里来。

我就这么孤零零的了。

我一想到弗雷德里克，脑海中就浮现出我们余生的画面。我身边的人都很友好。我成了一名土木工程师，找到了一份振奋人心的高薪工作，嫁给了我一生的挚爱，过上了幸福的生活。我们四处旅游，一起看世界。我们会生孩子的，也许生一个男孩和一个女孩。

现在这一切都不可能实现了。

我现在与世隔绝，没人知道我在哪里。

我的朋友很担心，而警察在到处找我，但是时间不够。我消失得无影无踪。也许我会在新闻里出现一段时间，播出在电视上，刊登在报纸上，发布在互联网上，但没人找得到我。

我永远地消失了。

门缝里透出微弱的灯光。我又睡了好久。

我听到她的声音了。

遥远而缥缈，但我听到了。斯特拉在这儿，她来找我了。她没有放弃我，她一直在寻找。

但我也听到了妈妈的声音，冷酷而轻蔑的声音。我听出了她波澜不惊的外表下熊熊燃烧的怒火。

门开了，我不敢抬头看。我在等。

斯特拉问妈妈她对我做了什么。妈妈耀武扬威地回答说，我属于她。

我把头发拨开，偷偷瞄过去。克斯廷紧紧地抓住斯特拉的胳膊。我讨厌她这么做，讨厌她的指甲陷入我的肌肤的感觉。

她手里拿着一把刀，是她之前砸向我的那把刀。她放开斯特拉，走到我跟前，把我拽起来。

“你受伤了吗？”斯特拉惊惶地问。

“不是我的血，是——”

“亲爱的，你醒了吗？”克斯廷打断了我，“来，这里有咖啡和面包。”

斯特拉攥紧双手，好像想冲上前去，扑到妈妈身上。

但不——克斯廷不是我的妈妈。她从来都不是，我再也不会这么叫她了。

我想警告斯特拉不要鲁莽行事。我想告诉她克斯廷反复无常，比她想象中的更危险。

你没看到她眼睛里闪动着阴险的光吗？

我目光灼灼地盯着她，想要向她传达我的心中所想。她知道，她明白。她飞快地点了点头，表示她理解我的意思。

我们走进客厅，我靠在克斯廷的身上。我瞥了一眼她手里的刀，但克斯廷牢牢地钳住我，给我一个无声的警告。

我们回到厨房。这里到处都有煤油灯，但光线依旧很昏暗。天上那轮满月像一枚未经打磨的银币，明晃晃地挂在海面上。斯特拉在我对桌坐下。克斯廷在每个人面前放了一个咖啡杯。她坐下来，观察斯特拉的一举一动。

我不喝咖啡。那么长的时间，我才意识到她在给我下药。每次吃饭、喝茶，她都在里面放了药。斯特拉绝对不能喝。如果她喝了，我们两个都逃不掉。

我捧着杯子。克斯廷站起来，伸手去够糖碗，我敲了敲杯身，冲她挤了下眼睛。斯特拉看着眼前的杯子，伸手推开了它。她无声地做着口型：**你还好吗？**

我点点头，但我的泪水止不住地流下来。我笨拙地擦了擦脸颊。斯特拉向我伸出手来。

“住手！”克斯廷高声尖叫道。大理石研钵重重地砸到桌子上，紧擦斯特拉的手而过。

“快，”克斯廷说，“喝你的咖啡。”她在桌子上放了些蜡烛，坐了下来。她把刀横在面前，“我给你一个机会扭转局面，斯特拉。”

“我该怎么做？”她问。

“求她，原谅你。”克斯廷冲我点点头。

“原谅我？”

“求她原谅你这样一个没用的妈妈。趁有机会的时候赶紧把握。”

斯特拉什么也没说。她慢慢地站起来，拿起蜡烛，走到墙边。克斯廷一直盯着她。斯特拉把蜡烛举近一个镶框的剪报夹前。整个版面的上半部分都被一张照片占据了，照片上一个男人笑容满面，站在一栋建筑前，身后的门廊百花齐放。

“这是你的爸爸，对吧？”斯特拉转过身来。她放下了蜡烛，“罗杰·伦丁。他知道你做了什么，他正要告诉警察。但还没来得及说出口，他就带着秘密死了。”

“他是个叛徒，”克斯廷说，“一个酒鬼，就像我妈妈一样。他不应该从我身边抢走我的女儿。她不需要掩埋。感谢上帝，她又回到了我身边。”

她在说什么？那个女孩是谁，又是为什么被掩埋了？我和这件事有什么关系？

斯特拉在牛仔裤口袋里翻来翻去。她拿出了一样东西，放在克斯廷面前。

“这是你的女儿吗？伊莎贝尔？”

我看到了我在家里那张桌子下的橱柜里找到的照片。我不明白斯特拉怎么会带着它。

克斯廷看着照片。

“真正的伊莎贝尔。”斯特拉低声吐出真相，“你的女儿。”

“我的宝贝，”克斯廷说，“我亲爱的小宝贝。”

“这是你的女儿，克斯廷。不是我的女儿。不是爱丽丝。这是真正的伊莎贝尔，对吧？”

克斯廷抬起头，怀疑地看向斯特拉。

“真正的伊莎贝尔，”她把刀指向我，“就坐在那儿。”

“我不叫伊莎贝尔，”我说，“我应该和斯特拉一起生活。你从我妈妈那里偷走了我！你偷了我的人生！”

克斯廷转向我：“这不是真的。你在说谎。”她喃喃道。

“说谎的人是你。你总是谎话连篇，没有一句话是真的。一句都没有。我的整个人生都是巨大的谎言。我居然和一个精神病患者……一个杀人犯……生活了那么多年……”

克斯廷央求道：“我爱你，伊莎贝尔。但你从来都没有爱过我。噢，为了给你最好的，我多努力、多拼搏啊。”

斯特拉突然从口袋里抽出一块石头。冲向克斯廷，猛捶她的头。克斯廷吃痛，弓起背向后缩去，甩手将刀捅进斯特拉的胳膊里。斯特拉发出痛呼，石头掉落在地上。她捂着胳膊，深恶痛绝地盯着克斯廷。

克斯廷站到我身后，把刀横在我的脖子上。

锋利的刀刃划过我的肌肤。

斯特拉

爱丽丝惊得动弹不得。她盯着我，脸色惨白，眼神里充满了恐惧。她的脸瘀青了好大一块，额头上贴着一个幼稚的、色彩鲜艳的创可贴。这个创可贴太小了，甚至连伤口都包不住。克斯廷站在她后面，拿刀抵住她的脖子。我得想办法转移她的注意力。

“我只想知道一件事。”我高抬起胳膊，用左手压住伤口。

“什么事？”

“伊莎贝尔被埋在了石鹿下面吗？”

克斯廷拽着爱丽丝的胳膊，把她紧紧地拉在身边，朝门口走去。

“拿上一盏灯。我带你去看看。”她退出房间，手中的刀稳稳地架在爱丽丝的喉咙上。我抓起一盏灯，跟上去。

夜空就像一望无际的黑水晶穹顶。繁星如同碎冰一般熠熠生辉。一股寒风从海上呼啸而来，一呼一吸都变成了白色的烟雾。我们漠然无言，肩并肩在黑暗中潜行。克斯廷紧紧地抓着爱丽丝的胳膊，将她挡在我们中间。月光落在刀刃上，折射出尖锐的锋芒。她一刻也没有放下过刀，一直抵着我女儿的喉咙。我什么都做不了。太危险了。我不知道克斯廷还要走多远。

我的右手几乎动不了。我没办法伸缩手指，剧痛一阵阵地袭来。伤口仿佛着了火，酸疼快速地沿着我的肘部和整个手臂向内侧攀爬。克斯廷怀疑地看向我，但我假装没看到。我不知道假装退缩是否有效，但我希望她误以为我已经放弃反抗了。

毫无疑问，今晚以前，克斯廷希望我发现她和爱丽丝的藏身之处，再跟着她们来到斯特兰德庄园。但事到如今，接下来会发生什么事已经无法预料了。

我们来到了悬崖边的石鹿旁。满月的银辉洒在海面上，狂风咆哮着穿破林间的枝叶，卷起我的头发和衣服。

“这是一个漂亮的地方。”克斯廷说。她听起来很高兴，仿佛我们在一个清爽的夜晚出去散步，碰巧发现了一道美丽的风光。

这里有只石鹿凝望着水面。克斯廷拉下爱丽丝，蹲了下来，摸了摸石鹿的背，又站了起来。她把刀指向大海。

“她的灵魂安息在海里。我的小女儿。”

我把灯放在地上，试图伸展一下手臂。现在疼得更厉害了，我的手指动不了了。

“她是怎么死的？”我问。

“她睡啊睡，睡啊睡，没醒过来。爸爸不明白。他划着船，把她扔进了海里。但后来我失而复得了。”克斯廷看着爱丽丝，又看向我，“她变成我的了。我的伊莎贝尔，她回来了。”

“爱丽丝从来都不是你的，”我说，“她在睡觉，你把她从婴儿车里抱走了。”

克斯廷抓住爱丽丝的头发，把她提起来。爱丽丝痛苦地呜咽着，紧紧地抱住头。

“你从来都不是她的妈妈。”克斯廷嘶吼道，“她不想和你有任何瓜葛。她想你赶紧消失，别来打扰我们。”

我慢慢地走近。

“我们爱彼此，”克斯廷说。她用手臂环着爱丽丝，把刀压向她的喉咙，“她是我的孩子。我是她的妈妈。”

“那你把刀拿开。你在伤害她。”

“你还是这么自以为是。当年的你不配拥有她，现在的你还是不配！”

她们已经快退到悬崖边了。爱丽丝盯着我，她的眼神饱含万千情绪。是时候做个了结了！

伊莎贝尔

刀子刮破了我的皮肤。我屏住呼吸，锋利的刀刃压在我的喉头上。我不想死。

“万事皆有因果。”克斯廷在我耳边低语，“究其一生，你和我从未离开过这个地方，伊莎贝尔，我们殊途同归了。”我想要挣脱她的挟制，但我没有力气了。

斯特拉走近我们。她伸出没有受伤的那只手，指向刀子。

“你已经向我证明了你的能耐。够了。”

克斯廷听起来很失望：“你根本就不懂，”她回答，“你为什么不听我的话？伊莎贝尔的爸爸也犯了同样的错误，我自己的爸爸也是，还有汉斯。他们都把我的话当耳边风。”

“把刀给我。”斯特拉仍然伸着手臂。

“想要？有本事你就从我这里拿走。”

我从斯特拉身上看得出，她知道，是时候结束这一切了。我想要告诉她，发生了这么多事，我真的抱歉，但我一句话也说不出来。克斯廷手上的力度又大了些。她又往后退了一步。我瞥了瞥旁边，看看离掉下悬崖还有多远的距离。再走一步，我们都会掉到礁石上，粉身碎骨。

“我们曾经那么快乐！”克斯廷高声尖叫道，“你应该离我们远点！”

斯特拉冲我们扑过来。她抓住克斯廷的头发，猛地把她甩到一边。克斯廷失去平衡，松开了挟持我的手。我一跤绊倒在悬崖边上，跌倒在地。

她们死死地缠住对方，克斯廷一手扣住斯特拉，斯特拉双手困着克斯廷。一轮满月下，两个女人动作缓慢地舞动着。

斯特拉的脸转向我，瞳孔倏地瞪大，倒吸了一口气。

克斯廷一刀插进了斯特拉的肚子，她拔出来，又狠狠地刺进去。她又拔出刀，但斯特拉转身挣开了。克斯廷一时不稳，向后栽去。她伸手在空气中抓了两把，想稳住身体。

斯特拉一把推开她，克斯廷踉踉跄跄地退到崖边上。

克斯廷奋力向她伸出一只手，但斯特拉什么也没做，看着她像只破蝴蝶一般坠了下去。

克斯廷跌落在下面的礁石上，空气中的尖叫声戛然而止。我匍匐着爬过去，趴在崖边往下看。她的肢体不自然地伸展着。血液从她头上汩汩流出，她的眼睛睁得大大的，海水从她的腿上奔流而过。

斯特拉在我身边缓慢地蹲伏下来。

“你还好吗？”她问。她的声音微乎其微。

我靠着她，没有回答。斯特拉痛得抽搐着，呜咽着。

我挺起身子，看着她。

她勉强挤出一个微笑。

斯特拉

我们坐在原地，眺望着大海。海浪拍打着克斯廷躺着的岩石。

我推了她。我杀了她。我没有抓住她伸出的手，任由她坠落悬崖。

爱丽丝说，克斯廷终于死了，她很高兴。她问，她这样是不是很可怕。我告诉她不会。

我的身体开始颤抖起来。我呼吸急促，心跳加速，胸腔剧烈地起伏着。我渴极了，真希望有水可以喝。

爱丽丝问我伤得有多重。我掀开外套。一朵黑色的血花从我的胃部蔓延开来，浸湿了我的腿部。她捂住嘴，脸上浮现出震惊惶恐之色。我们都知道，伤势很严重。她脱下夹克，裹在我的肚子上。她摸了摸我的额头，说我的皮肤一片冰凉，血色全无。

我听到了警笛声，我看到了蓝色的灯光在黑暗中闪烁。爱丽丝让我坚持住，说警车就在路上。

我倒在了地上，侧身躺着，看着月光下波光粼粼的水面。爱丽丝俯身看着我，我想告诉她，这是我们第二次在一起观赏满月，但我张不开嘴。我有好多话想对我的女儿说，但我一个字都说不出。

爱丽丝双手捧着我的脸，注视着我的眼睛。她嘴巴不停地在动，但我什么也听不见。

她把头埋进我的肩膀，我感觉到她在抽泣。我多希望我能安慰她……

伊莎贝尔

草地上洒满了斑驳的阳光，四处点缀着罂粟、黄色毛茛、矢车菊、亚麻、粉色三叶草、牛黄雏菊和野樱桃，一片万紫千红。

我悠悠地在草地上漫步，指尖不时拂过高高的草叶。阳光洒在我的身上，慵懒的风拂过我的脸庞，空气中飘荡着新割干草的质朴味道。我看到地平线像一条蓝丝带不断地延伸至远方。

我想永远地留在这里。

“爱丽丝。”

我转过身来。

你坐在马背上。阳光在你的身后倾泻而出，让我目眩神迷。我抬起手，遮住眼睛。

阳光越来越亮了。我眯起双眼，但于事无补。太阳越来越近了，它变了，它散播的不再是炽热，而是冰冷。那腐蚀性的光亮吞噬了一切。

我在你后面呼喊着，用尽全身力气喊着你的名字，但你已经走了。太阳越变越大，烈焰渐渐向我扑来。

我发出尖叫。

“伊莎贝尔？”另一个声音。

我的身体动不了，我闭上眼睛，把头转过去。

“冷静点，伊莎贝尔。”有个男人说道，“你能看见我吗？你知道你在哪儿吗？”

那个男人一只手拿着手电筒，另一只手抬起我的眼皮。他戴着眼镜，穿着一件白大褂。

“我叫比约恩·德伯格（Bjorn Soderberg），我是奥斯卡森医院的医生。这是洛塔（Lotta），你的护士。你感觉怎么样？”

“斯特拉在哪里？”我想坐起来，但有东西刺痛了我的手。我的手背上插着一根针头，上面有一根管子，连接到一袋透明的液体上。我的臂弯里还有一根针。

“斯特拉在哪里？”我又问道，“她怎么样了？”

“我们可以联系谁，说你在这里？”医生问。

“她到底怎么样了？”

“我们现在必须把精力集中到你的身上，确保你康复。”医生看了看手中的文件，“你可能有……”

“为什么不回答我？我已经问了好几次了，没有一个人告诉我任何事。到底怎么回事？”

“她昨天夜里做了手术。”洛塔说。

“成功了吗？”

“现在说什么都太早了，”医生说，“她还没醒。”

他的语气不对劲，他避开了我的眼神。我的心很慌。

“她挺得过来吗？”我看向护士。她迟疑不决。

“她的情况很危急，”她说，“失血过多，心脏停了好几次。”

医生严厉地瞥了她一眼，洛塔拿出了一个血压计。

“我们需要检查你的部分生命体征……”

我拍开她的手，坐了起来。

“她在哪里？我想陪着她。”

洛塔试图拦住我，但我挣扎了起来。

管子卡住了，我的手传来一阵刺痛。她抓住了我的胳膊。

“求你了，伊莎贝尔，冷静点。”

“她在哪里？”

“你现在什么都做不了。”洛塔说。

她不能就这么走了。她不能。

医生按住我的肩膀，让我深呼吸。他们两个扶我回到了床上。

“对不起。”他说。

“不，”我抽泣着，“不要。”

“你现在需要休息一会儿。”医生向洛塔点点头，洛塔在一根管子里注射了某些液体。

我的皮肤产生了一种冰凉的感觉，寒意在我的血管里蔓延。我在床上沉下去，不停地沉下去，最后消失在温暖柔和的水中。水面上有一个男人和一个女人低头注视着我。我从他们的神情看得出，他们知道斯特拉的情况。他们知道，但不想告诉我。

太晚了。一切都太迟了。斯特拉走了。

她死了。

伊莎贝尔

外面下着瓢泼大雨。风翻滚着涌向窗边，雨点打在玻璃上，噼啪作响。

我的伤口、我的脑海、我的眼睛深处都空荡荡的。

有个男人坐在床边的椅子上。他没注意到我醒了。他神色疲惫，好像一直在哭。我好像猜想出他是谁了。

我翻了个身，男人抬起头来。

“你好。”他说，“你醒了，我应该告诉他们。”

“不用了。”

“你需要什么？你渴吗？”他打开床边桌子上的一个水瓶，往透明的塑料杯里倒了一些，递给我。我全喝了。

“你是我的爸爸吗？”闻言，他露出惊讶之色，我瞬间就后悔问出了这个问题。我盯着医院的黄色毯子，感到很羞愧。男人握住我的手。他的手很温暖。

“不，我不是你的爸爸，”他答，“我叫亨里克。”

“你是斯特拉的丈夫吗？”

他点点头。

“我有爸爸吗？你知道吗？”

“他的名字叫丹尼尔。”

我抽出手，换了一个姿势。管子还插在我的手上，血液在针头旁边的胶带下涌动。这感觉很不舒服，我想拿掉它。我真希望我不必躺在这里。

亨里克端详着我。他的双眼布满了血丝。“斯特拉一直都思念着你，从未放弃过任何一线希望。”

我不想说起斯特拉。我拿过水瓶，拧下瓶盖，直接喝了起来。我盖上盖子，把瓶子放回桌上。我知道亨里克的视线一直追随着我，但我不想和他四目相对。

“都是我的错。”我说。

亨里克倾身向着我：“不是的，你不应该这么想。如果要怪谁，那就怪我吧。如果我相信她，这一切都不会发生。”

“我甚至都还没有机会了解她。”

亨里克深沉地看着我，我读不懂他的眼神。“什么意思？”他问。

我没时间回答。门开了，医生走了进来。

“感觉怎样，伊莎贝尔？”医生问。

“一般般。”我答。

“正常。”

医生解释说，警察送我到急诊室时，他们诊断出我患了体温过低症。我身上有些轻伤，可能会疼一段时间。我的遭遇对整个身体都造成了创伤。

“我们这里有一个社会工作者，你可以和他谈谈。我只是告诉你一声。”

我没回答，我只想他们不要管我。

“我也会陪着你的，伊莎贝尔，”亨里克说，“迟早斯特拉也会来的。”

我盯着他。

“斯特拉？”

“那台手术很复杂。”医生说。

“她的心脏停止了跳动，”亨里克又握住我的手，“当时她已经毫无呼吸了。没人认为她能撑得住。”

“她还活着？”

“我们要等她慢慢地恢复过来。”他笑着说，“斯特拉可是我认识的最顽强的人。”

“你介意我和亨里克聊一会儿吗？”医生问。我摇摇头。亨里克站起来，说他很快就会回来。医生在门口转过身。

“护士很快就会来给你检查生命体征。警察也想和你谈谈。等会儿见，伊莎贝尔。”

“我不叫伊莎贝尔。”我说。

医生疑惑地看着我。

“我叫爱丽丝。”

致　谢

我要感谢所有为这本书的创作和出版做出贡献的人。

感谢远大代理机构（Grand Agency）的珍尼（Jenni）和莉娜（Lena），感谢你们的无私奉献和杰出工作。当然，还有洛塔（Lotta）、乌姆贝托（Umberto）和彼得（Peter）。

感谢我的瑞典出版商北极星（Polaris）出版社的乔纳斯（Jonas）和洛维萨（Lovisa），你们不仅具有真正的专业水准，还总是乐观豁达、积极向上。感谢我的美国出版商普特南森出版公司（G.P. Putnam's Sons）所有的工作人员。

感谢我的家人，感谢我的妈妈和我的姐妹们，他们一直对我抱有坚定的信念。

感谢我的丈夫和我的孩子们，我爱你们，非常爱你们。